李安定 著

生于 1949

半个世纪 半生往事

生活·讀書·新知 三联书店

Copyright © 2022 by SDX Joint Publishing Company.
All Rights Reserved.
本作品版权由生活·读书·新知三联书店所有。
未经许可，不得翻印。

图书在版编目（CIP）数据

生于1949：半个世纪　半生往事/李安定著.—北京：
生活·读书·新知三联书店，2022.3
ISBN 978-7-108-07074-6

Ⅰ.①生… Ⅱ.①李… Ⅲ.①新闻-作品集-中国-当代
Ⅳ.①I253

中国版本图书馆CIP数据核字（2021）第026383号

责任编辑	徐国强
装帧设计	康　健
责任校对	曹志荃
责任印制	卢　岳
出版发行	生活·讀書·新知 三联书店
	（北京市东城区美术馆东街22号 100010）
网　　址	www.sdxjpc.com
经　　销	新华书店
印　　刷	北京隆昌伟业印刷有限公司
版　　次	2022年3月北京第1版
	2022年3月北京第1次印刷
开　　本	635毫米×965毫米　1/16　印张21.5
字　　数	275千字　图88幅
印　　数	0,001-6,000册
定　　价	98.00元

（印装查询：01064002715；邮购查询：01084010542）

引　子

1949年8月19日，我出生在上海的一个知识分子家庭，这是一个微妙的时空。新中国还没有宣告成立，我应该算是中华民国三十七年生人，但在我出生前的三个月，解放军解放了上海。

10月1日，毛泽东登上天安门，宣告了中华人民共和国的成立，我有幸成为"生在新中国，长在红旗下"的第一代人。

有趣的是，我和我的父亲母亲都出生在划时代的年份。我的父亲李效民，山西离石人，生于1901年——20世纪的第一年；母亲朱新华，上海川沙人，生于1912年——中华民国元年。父母和我，用我们的一生，接连见证了20世纪中国的变迁。

日子，就像手中的细沙，从指缝中慢慢流淌，今天和昨天几乎没有不同，然而一百年岁月流淌过去，才发现这是中国上下五千年最翻天覆地的一个世纪。

目　录

1949—1968	生在新中国，长在红旗下	1
1969	革命小将变"知青"，梦断云南边陲	4
	再见了，北京 / 甘蔗林、太阳雨 / 山水相隔，一诺千金	
1970	建设兵团苦乐记忆　14	
	劳苦，平淡，青春着 / 王小波《黄金时代》故事原型 / 感受生命的脆弱 / 学代会、大幅宣传画的挥洒自如	
1971	中国"尤努斯"——父亲孤独地倒下　25	
	河南息县外贸部五七干校 / 父亲，中国小额农贷的开创者 / 从清华学堂到哈佛大学MBA / 父子情深	
1972	版画《收获》带来的机遇　43	
	昆明军区美术创作班 / 海外关系挡住了部队特招 / 做了专职报道员 /《海鸥乔纳森》	

1973　报告文学《种神树的姑娘》　53

顾元的《新家》入选全国美展 / 从普洱镇到惠民山 / 辛温：知青劳模与她意外的归宿 / 大编辑江晓天传奇

1974　重新当上北京人，一时回不过神来　64

《两只小孔雀》/ 依依不舍，告别彩云之南 / 京西矿区的中学教师

1975　苦中取乐的矿区教师　72

走向枯竭的京西煤矿 / 矿校一家 / 孩子王 / 体验生活溶洞探险

1976　天翻地覆慨而慷　79

扬眉剑出鞘 / 大地震中的另类婚礼 / 大快人心事，揪出"四人帮"

1977　"我在这战斗的一年里"　89

谁言寸草心，报得三春晖 / 今后的文学是另外一种写法 / 我是77届高考阅卷考官

1978　四个字的评语，让我走进新华社　100

北京文联代表大会 / 你想不想来新华社当记者 / 大记者陆拂为一锤定音 / 四十年前新华社的初印象

1979　外汇·明轩·泼水节　110

亦师亦兄徐占坤 / 时间就是外汇，让《解放日报》破了版面惯例 / 抓小题材，下大功夫 / 壁画《泼水节》与我的担当

1980　太阳每天都是新的　120

中南海的馒头有点儿甜 / 张榜招贤挑所长 / 破冰军品出口

1981　相互掣肘的一筐螃蟹　129

事事关心，如鱼得水 / 可口可乐免遭厄运

1982　探路者的悲壮使命　135

拿掉一个"总"字的中汽公司 / 中汽"地震"与"红旗"下马 / 邓小平一锤定音：轿车可以合资 / 高标准，还是"卡脖子"

1983　模特曾是敏感词　　145

皮尔·卡丹中国探路 / 模特进了中南海 / 一丝一缕似春蚕

1984　学会读懂市场　　155

中国部长的 IBM 电脑启蒙课 / 工业报喜，商业报忧何时休？/ 花布市场的"有心人" / 让新生儿到王府井亮相 / 第三次浪潮

1985　当年部长大不同　　163

"光荣的第一批" / 劳模出身的女部长

1986　惊心动魄的一瞬间　　170

波音 737 和国产运 10 / 运 7：单发起降是验收的门槛 / 一则新闻打开了农民买飞机的市场

1987　轿车梦起步延误了三十年　　178

武当山下"神仙会" / 饶斌：我愿化作一座桥 / 北戴河：决策建立中国轿车工业 /《周末热门话题》，央视第一个"脱口秀"

1988　矛盾交织的攻坚战　　189

黑市洋烟何处来 / 没有"无冕之王"这回事 / 黄宗英的《中国一绝》

1989　家庭轿车第一声　　196

私家车，禁区中的禁区 / 寻找 90 年代的"领航产品" / 铸剑为犁刻不容缓 / 斯巴鲁 360：从战斗机到微型家轿 / 1989 家轿思考：但愿不是一个梦

1990　彷徨中，改革没有停步　　206

你是房改的受益者吗？ / 人代会上采访战 / 亚运会上的电脑长城志气歌

1991　飞丝如瀑雨如烟　215

老范和东东 / 含泪听歌 /《千手千眼》

1992　东方风来满眼春　224

《区域经济》和邹家华印象 / 扶贫，先要把人"扶"起来 / 世上真有"世外桃源"

1993　新报刊成为一道风景线　234

海德工作室和《中华工商时报》/《新华每日电讯》首任经济版主编 / 来自计委大楼的报告

1994　让世界听到延安的声音——我的姑父林迈可　242

穿上了八路军军装的洋教授 / 他让世界听到了延安的声音 / 可敬的家人：耿直与朴实永存

1995　母亲走了，她曾撑起一个家　256

FCC难圆百姓轿车梦 / 母亲，坚强而内敛的一生 / 悲哀而幸运：兄弟安平和安宁

1996　不能踏空的台阶　269

第一辆进入新华社工作区的私家车 / 底特律：眼见为实汽车城 / 国企改革十年难见曙光 /《车轮载来的空间》并非分庭抗礼

1997　中国"网民"诞生与传统产业再造　280

儿子成为中国第一批网民 / 氢燃料电池，汽车新能源的终极方案 / 十五大的私人记忆

1998　洪水无情人有情　288

两本畅销书 / 艾丰大哥和老林刚 / 抗洪第一线

1999　五十而知天命　300

　　　　国庆招待会和一场大暴雨 / 中美WTO谈判：淡定与惶恐

2000　"鲇鱼"们搅活一潭死水　　305

　　　　为自主品牌轿车的生存权挺身而出 / 奇瑞，借腹生子 / 吉利，渴望阳光出现 / 华晨，大象无形 / 通用汽车的新世纪眼光 / 主动辞去主任职务

2001　新世纪的第一缕曙光　　318

　　　　好人吕福源 / 华尔街，纽约证券交易所 / 混合动力是一种"道" / 家轿与入世，两大推举力迎来十年"井喷" / 一个中国人在伦敦感受的"9·11"

后　记　　331

1949—1968
生在新中国，长在红旗下

母亲怀我的时候，正逢解放军围攻大上海。

上海是不是炮火连天？我问过当时已经 13 岁的哥哥安平。从出世就历经战乱的他，对这次历史更迭的记忆却很淡漠。他说，当时国民党政权的腐败决定了人心的向背，被共产党取代已是大势所趋。炮声在很远的郊区闷雷一样隆隆地响着，市面如故。该跑的早就跑了，留下来的上海市民，貌似平静地过着他们的日子。直到有一天，清晨开门，街上已是穿着黄布军装、打着绑腿带的解放军列队走过。在上海，既没有激烈的巷战，也没有欢腾的入城仪式，世道更迭得异乎寻常地平静。

安平回忆说，5 月 25 日一早，刚刚开始播音的上海人民广播电台开始反复播放歌剧《卡门》第一幕《士兵换防》乐曲，滚动播放上海解放的消息。

我的父亲甚至早就期待着这一天的到来。他是一个倾向共产党的知识分子。从半个世纪的动荡和战火中走来，父母都以为中国能从此安定下来。于是，我被取名"安定"。谁料想，更猛烈的疾风暴雨被留在了往后的日子里。

军管会接管了上海，父亲被任命为中国银行上海分行的副经理，

我一周岁时在上海与爷爷的合影

主管外汇业务。他兢兢业业而又廉洁奉公，在随后疾风暴雨式的"三反""五反"运动中，他成为中国银行"三理"（经理、副理、襄理）级别中唯一没有任何违法行为的留用人员。

因为生活在上海，我们兄弟习惯地称父母为"阿爸"和"姆妈"。

1953年，父亲调去筹建中国国际贸易促进委员会。全家搬到有着城墙、护城河和城门楼子的北京。胡同里吱吱扭扭走着送甜水的驴车，天上飞着带着嘤嘤哨音的鸽群。

从童年到少年，我一直生活在北京。外贸部托儿所、北师一附小、四中、三十一中，一路长大。扑面而来的，既有苏联教育模式的浸润；又有北京人老规矩老风俗的熏陶；更与一系列波澜壮阔的大事件息息相关——抗美援朝、公私合营、"一五"计划、整风与反右、大炼钢铁、亩产万斤、人民公社、三年饥荒、学习雷锋、牢记阶级斗争、中苏论战……从耳濡目染到投身参与，伴随着我和同龄的一代人。

1966年"文化大革命"山雨欲来，6月2日，全国的大中学生冲出课堂"革命造反"。8月18日，毛主席在天安门接见"红卫兵"，其后"革命小将"进行"全国革命大串联",更引燃了一场全社会所有阶层都无人能置身其外的大震荡、大运动。

1968年11月,揪出了"党内最大的走资派",党的中央全会决议,将其"永远开除出党"。12月,毛主席发布"最新指示":"知识青年到农村去,接受贫下中农的再教育,很有必要。"其后,"上山下乡"运动雷厉风行地开展,并一直持续十年,全国2000万中学生,按照"反修防修百年大计"的战略部署,情愿或不情愿地先后离开城市,奔向边远艰苦的边疆农村"插队落户"。

身为北京"老三届"中学生的一员,"第一拨"又让我赶上了。我如同"上山下乡"运动大潮中的一滴水,从此离开父母的呵护,像小鸟离巢,开始我独自一人的未知人生。

1969
革命小将变"知青",梦断云南边陲

至今整整半个世纪过去了。那时我还不到20岁。

1969年5月15日,北京火车站。一列硬座车厢组成的专列,即将从北京发往昆明,车上清一色15岁到19岁的中学生。面向站台的车窗全部开着。所有孩子都扑在车窗上,和站台上送行的家人、同学急切地交谈着,叮咛着。一切温馨而平静。

忽然,震耳欲聋的汽笛声划破了站台上的温馨,火车车厢发出"咣当"一声沉重撞击,开始缓缓启动。场景顿时切换,仿佛打开了一道眼泪和哭号的闸门,车上车下,哭声震天,淹没了一切。

前后两年,这几乎是北京火车站天天要重复上演的戏码。被敲锣打鼓送到街道办事处,注销了北京城市户籍,奔赴遥远艰苦的农村、农场,是被称为"北京知青"的一代人刻骨铭心的记忆。

再见了,北京

我并没有挤在窗前。按照我们家多年的规矩,出门,家人是不送行的。当天中午,在北京六十二中教书的母亲从学校提早赶回家,给

我去云南插队前夕的全家福

我炒了一盘要放很多胡椒粉的蒜烧鳝鱼,那滋味终生难忘。后来我一生走遍大江南北,在饭馆里见鳝鱼就点,但是再也没有找到那种"妈妈的味道"。那天,大哥安平和弟弟安宁都回不来,我和姆妈两个人默默地吃了午饭。饭后,姆妈赶回学校上班,我打了一辆每公里两毛钱的三轮摩托出租车,拉上一个装着我今后生活全部家当的箱子,一个人去了火车站。

火车开始移动。突然间,越过同学们的肩膀,我看见站台上的人群中站着一位老人,目光有些木然,右手机械地挥着一本小红书——当时全国人民的一种标准动作。是父亲,是父亲。我一下子扑到窗口,大叫:"阿爸!阿爸!"不知什么时候,他一个人赶来北京站的——当时他还在单位因"历史问题"接受审查。阿爸的目光急切地沿着眼前划过的车窗寻找着。终于,他看见了我,眼睛一亮,紧紧抿着的嘴角露出温暖的笑容。月台已沉浸在一片高分贝的哭喊中,他只是举手无言地挥着小红书。随后，火车加起速来，父亲的身影越来越模糊。我们始终没能说上一句话。

想不到，这就是我们父子俩所见到的最后一面，三十秒钟，生离死别！这无言的一幕，永远深深地印在我的脑海里。

满载离别之情的火车走走停停，足足开了四天四夜，最后在云南楚雄州一个叫"一平浪"的小站停下来。分配在滇西德宏傣族景颇族自治州各农场的一千多名北京知青，在这里换上解放牌卡车组成的车队，晓行夜宿地沿着曲折惊险的滇缅公路开了七天。

不见首尾的车队时而跃到雪线之上的高黎贡雪山，时而下到猴子在芭蕉树上跳跃的澜沧江谷底。路好像没有尽头。

途中到达一个叫作保山的古老县城，前面就是在抗日战争时，中日军队浴血争夺的澜沧江大桥。队伍中突然传出消息，说再往前就是蛮荒之地，麻风病横行。女孩子和年纪小的同学，开始想家想妈妈，哭着闹着，再也不肯上车往前走。

我坐在一边，默默地看着。北京已是万里之遥，没有了户籍，再也不是北京人，没有了粮食、副食、棉布的定量供应，断绝了回头路，经过了三天的整顿，车队继续前行。

5月30日，我和来自北京西城区的302名初高中同学一起，到达位于中国地图上最西南端中缅边境的陇川农场，开始了我的知青生涯。

能到云南农场，是我主动争取来的。看过作家艾芜的《南行记》，我对云南的风土人情怀有一种神秘的、美好的向往。尽管云南地处边陲，古代是"烟瘴之地"，意为充军发配距离最遥远的地方。按明清刑犯发配制度：附近，两千里；近边，两千五百里；边远，三千里；极边及烟瘴，俱四千里。烟瘴，潮湿闷热腐木蒸腾生成的乌烟瘴气，各种莫名疾病的侵袭令人胆寒。中缅边境的野人山谷，在抗日战争中曾让一支美式装备的中国远征军近乎全军覆没。

插队知者青所住的小茅屋

能够分到一个建在坝子里设施基本完善的老农场，而不是在大山深处白手起家，我们这伙知青还真算有福分。坐着手扶拖拉机到达拉线分场第三生产队时，天已经黑尽，我们睡进老工人临时为北京知青搭起的新房里。

眼前的一切都是竹子做的。大龙竹在陇川坝子取之不尽，用之不竭。新房的柱子是碗口粗的竹子，门和墙壁是用竹片编的，桌子、凳子和床架直接用竹子楔在红土地上，床板是用劈开的竹筒压平的，睡上去嘎吱嘎吱响。

吹熄床头的小油灯，四周陷入一片漆黑寂静，屋顶匆忙铺上去的苇叶，露着一道道的缝隙，躺在床上，直接可以看到黑暗的天空中布满繁星。蓦然觉得，北京已是万里之遥，刚离开时总觉得和出去大串联一样，过几天就能回家，睡在茅屋里，才明白了铁一样的事实：也许数年不能见到家人，甚至一辈子都要扎根在这片遥远陌生的地方。

对于一个不到20岁的青年人，一股绝望顿时涌上心头。

甘蔗林、太阳雨

年轻人的适应性真是挺强的，清晨醒来，一束束阳光，透过晨雾，在竹篾编制的墙上形成光怪陆离的图案。我一扫心头的乡愁，生机勃勃的第一天就开始了。

陇川农场是十年前建立的。一些解放军官兵复员来到这个地广人稀的坝子里"屯垦戍边"；随后云南保山和湖南启东的一批青年男女陆续移民这里，开荒种地，娶妻生子。拓荒者们在这里种甘蔗，种香茅草，种水稻，建成了现代化的大糖厂、香料厂、机械厂、食品厂，成为一个粗具规模的农工联合体。

所谓坝子，就是四面环山的一块盆地，中间有河流穿过。天气好的时候，群山都是湖蓝色的，有雪白雪白的棉花一样的云朵，缠绕在山的半腰。

我所在的陇川农场拉线分场三面和缅甸接壤，对面山上就是有名的"洋人街"，缅共和政府军常常在那里交火。当时已经有上千昆明和北京的知青，揣着"解放全人类"的一腔热血，越过边境参加了缅共。很多人战死、伤残，结局都很悲惨。我们干着活，抬头就可以看见"洋人街"开炮的白烟，隔得远，听不见炮声。

三队主要种的作物是甘蔗和香茅草。大片青绿色的甘蔗林，很像北方的青纱帐。最初干的农活，是给甘蔗中耕除草。甘蔗地里没有一丝风，又闷又热，即使待着不动也会大汗淋漓。甘蔗叶的边缘，如同锯齿，干上一会儿，胳膊和腿被划得鲜血淋漓，汗水一蜇生疼。

甘蔗林里有千奇百怪的蚊虫和蛇，最讨厌的是旱蚂蟥，常常不声不响地爬进裤管，用吸盘紧紧地贴在你的腿上。蚂蟥能分泌一种抗凝剂，咬开一个伤口，人的血液竟是自动流进它的肚子，等它吸饱了离开后，伤口还要淌一阵血。

相比之下，去给香茅草除杂草就成了一种享受。今天大城市里很多傣家饭馆有一道名菜叫作香茅草烤鱼，用的就是这种草缠绕在鱼身上。经过炭火烧烤，草叶中清香的精油，给鱼添加了一股浓郁的香味儿。我们种的香茅草是成吨成吨地收割下来，在拉线分厂的香料厂蒸馏出精油，千里迢迢运到上海，作为制造牙膏、香皂和化妆品的香料。

香茅草一般种在高坡上，扦插栽种，最后长成齐胸高、郁郁葱葱的一大蓬，彼此相隔一米左右。香茅草散发着浓郁的香气，因此地里从来不长虫。除草的时候，山风猎猎，把衣服吹得啪啦啪啦响，爽快无比。

后来我被队里分派去放牛。和我搭档的是一个 15 岁的孩子，名叫高潮。他的哥哥叫土改，都是转业军人的孩子。早晨，我们开栏把牛赶出牛圈，牛群慢腾腾地走到生产队后面的缓坡草地，一个坡一个坡地啃着嫩嫩青草，边吃边走。

云南没有黄牛，都是个头很大、身子很壮的水牛，比四川、贵州的水牛还要大一圈。

中午水牛吃饱了，就躺在河边反刍，晒太阳。如果牛群散得太开，高潮就飞奔过去，用一个竹篾编的弹弓射出泥丸弹，把牛赶回来。这个地方没有石头，但是不缺胶泥，把胶泥揉成球，晒干，泥丸弹坚硬如铁。

我在视野开阔的坡顶，把斜挎在肩上的厚棕衣铺在草地上，掏出从北京带来的速写本，用笔尖儿掰弯了的老式金星牌钢笔画速写。我画水牛，画高潮，画山坡的曲线，画用几根大龙竹在小河上高高搭起的竹桥。从初二开始，我就一直在北京西城区少年之家美术组学习版画，从素描、速写、水粉画系统地学起。"文革"中虽然不上课了，但是画画的机会反而更多了，画宣传画，搞展览，绘画的本事倒是大有用武之地。尽管今天成了个放牛娃，我也不想放弃多年的爱好。

坝子里的小气候变幻无常,太阳雨说来就来,甚至来不及把棕蓑衣顶在头上,就被浇成落汤鸡。但是一阵山风吹过,加上太阳的灼烤,衣服瞬间干透,人也被晒得黝黑。

瓦蓝色的天空、飞奔的朵朵白云、曲线浑圆的绿色草坡、云缝中箭一样射下的刺眼阳光,让身心沐浴在一种说不出的清新透亮的自由里。有过这种感受,多年以后在阿姆斯特丹看到凡·高的油画原作,才能对大自然明媚的强烈体验产生共鸣。

农场生产队大都和傣族寨子比邻而居。除了围绕村寨的竹林,每个傣家寨子前边,都有一棵大青树,内地叫榕树、黄桷树。云南的大青树高大茂盛。树上垂下胡子一样的气根,垂到地面,就扎进土里,日后越长越粗形成树干,长出枝叶,天长日久,竟会出现"一树成林"的奇观。

德宏傣族管年轻姑娘叫"小仆少",她们更是美得玲珑剔透。紧

美丽的陇川坝子

身短上衣，束腰筒裙，个个皮肤细嫩，脸庞如含苞欲放。夕阳下，彩云，白鹭，剪影般的绿竹林，江畔一群同龄的"小仆少"，竹扁担横穿起两个箩筐，前后排成一列，结伴挑担走过，如风摆荷叶。傣族人多信小乘佛教，几乎每个寨子里都有一座奘房，即寺庙，男人少年时，多出家，入奘房，做小和尚，学识字读经文。成人后，还俗娶妻生子。少数留下来，做庙里的主持。艾芜的《南行记》里，有许多年轻和尚与"小仆少"缠绵的恋爱故事，十分感人。

傣族人爱水，每天一朝一暮，在河边沐浴绝不能少。我和高潮放牛收工，翻过一个山坡，不止一次撞上河里沐浴的傣家姑娘，她们并不惊慌，只是欢笑着把身体没入水里。我们转身另择旁路，身后留下银铃般的笑声。

山水相隔，一诺千金

到农场的第一年，思乡情浓，真是家书抵万金。读家信，写家信，成为知青们的精神寄托。

我收到的家信，大多是阿爸和大哥安平执笔。阿爸的信不失"正统"，比如过好劳动关，劳其筋骨，苦其心志。但是也不乏一些生活细节的叮嘱。大哥安平的信里有许多当下的北京故事，比如夏天下了一场鸡蛋大的冰雹，很多人被砸伤，还砸坏了不少老北京的瓦房；比如，北京扒城墙修地铁，拆西直门城楼时，发现箭楼里面竟包填着一座完整的元代瓮城。读着信，仿佛回到北京，周六的晚上，全家人聚在一个15瓦电灯下一起吃晚饭，这是我最温暖的记忆。

那时候，我最期盼的，还是每周一封来自延安的航空信。

1969年春节过后不久，有一天我到学校，看到传达室放信的玻璃隔里，有一封落款丰盛中学顾元的来信。顾元是和我同龄的女生，我们在少年之家的美术组一起学画，从初中到高中，到"文革"搞运动，一直很谈得来。在信里她告诉我，已经被分配去陕西延安插队，希望走之前能和我见上一面。我马上骑车就往她家赶。

见面没说几句话，她的眼泪就流下来了。青梅竹马好几年了，真的要分手了，才突然知道彼此的感情是什么分量，多年的友情原来不知不觉升华成为爱。

我们彼此没有说出那三个字。她只是期盼地对我说：安定，以后你攒了钱，到延安来看我吧。

这句话，让我感到背后的分量。我几乎想都没有想，就对她说：放心，我一定会去延安看你。就这么一句平平常常的话，竟胜过情人之间的海誓山盟，被我们整整恪守了八年，更成为一生承诺。今天想来真是不可思议。

随后几天，我忙着帮元收拾行李，把一个木头书架改成双开门的柜子。顾伯伯、顾伯母，还有两个弟弟顾亮、顾均也把我接纳为家庭的一员。

一个星期之后，我把元送上奔赴延安的火车。从此一别多年，彼此远隔千山万水，靠着路上要走十多天的书信维系着两颗心。直到1976年8月，我们结为夫妻。那是后话了。

那几年，大学停止招生，就业岗位短缺。城市如何安置滞留多年的数百万中学毕业生几乎无解。用"广阔天地，大有作为"的憧憬，把他们送到乡村和边疆，如同开闸放洪，堪称解困妙招。当时中国大多数农村近乎赤贫，人均土地和口粮非常紧缺，大量知青下乡，会给农民和知青家庭背上多么沉重的包袱，似乎就顾不上了。

收到元的每一封信，都让我揪心。她插队的延安河庄坪公社，地处黄土高原，水土流失严重，粮食收成很低，农民常年吃糠咽菜。从北京来了十多个大男大女，明摆着要挤占当地农民的口粮。延安不愧是革命圣地，农民尽力善待了这些"来自毛主席身边"的北京娃。

知青们辛辛苦苦地干下一年，粮食收成就在山顶、地头和社员一样按照工分分配。女生挣的工分少，分到的谷子（小米）、荞麦、玉米棒子，原粮也只不过二百斤。太阳落山，元和女同学们，扛上麻袋，摸黑一脚高一脚低地沿着羊肠小路背回半山腰的窑洞。口粮还不够吃半年，没有分到一分钱现金，许多知青要靠家里父母寄钱买粮食，更不要说回家探亲的车票钱。一般城里的普通家庭只要有儿女在外插队，经济负担都不堪其苦。

相比之下，陇川农场有广袤的土地，自然条件好。我们劳动和生活再苦再累，光是能够放开肚子吃饱饭，在全国大多数知青中就属于幸运的特例。

入冬时节，香茅草的榨季开始了，我被调去香料厂做出料工。三层楼的拉线香料厂，是边境上的一个地标。楼后面是一个池塘，再过去就是界碑了。楼里面包着一座蒸馏塔。收割下来的香茅草，从各生产队用牛车或者手扶拖拉机拉过来，再用机器切碎，被传送带送进三楼蒸馏塔顶，用滚轮往下压实。旁边锅炉房送来滚烫的蒸汽往上吹，香茅叶里的油脂被蒸馏出来，流进一个个大瓶子里，这就是日化工业的原料香茅精油。

一楼蒸馏塔的底部有一个直径一米的圆口。按下电钮，蒸馏过的废料就大口大口地吐出来。两个出料工用钉耙把废料扒进铁车里夯实，然后飞快地推着车，把废料倒在堆场。

一开始还算轻松，我和另一个出料工，当地农中毕业的小陈还能聊天。但是几天过去，堆场上的废渣已经堆成小山了，后面的废料，就要压着松软的废渣，使出吃奶的力气推到坡顶，往返时间大大增加。转身赶回去，出料口已经堆积得快要爆炸了。我们从下午3点开工，一直要不停歇地干到半夜。等到发电机房的轰鸣停下来，周边突然万籁寂静，身子软得一丝力气都没有了。跟机器一块儿干对手活儿，那真不是玩儿的。

1970
建设兵团苦乐记忆

　　春天，中苏军队在黑龙江上冰雪封冻的珍宝岛爆发了激烈的武装冲突。随后双方在边境陈兵百万，苏联领导人甚至动了对中国核基地做"外科手术"的念头，后来受到了美国的坚决反对而作罢。

　　从20世纪50年代崇拜追随的"苏联老大哥"，到60年代的"苏共修正主义叛徒集团"，再到70年代亡我之心不死的"苏联社会帝国主义"。在我们的青少年时代，这个北方邻国的形象不停地激烈转换。

　　1970年，战争大有一触即发之势。北京知青前去插队的黑龙江、内蒙古、云南农场，因为分布在边境线上，很快地进入了军垦编制。

劳苦，平淡，青春着

　　1970年的4月，云南省农垦总局改制为中国人民解放军云南生产建设兵团。陇川农场改称云南建设兵团三师十团，拉线分场最临近国境线，排序为一营。生产队改称为连队，连长以上的各级正职由一批新来的现役军人充任。香料厂改为独立排,但是没有现役军人来当排长。

我们这些知青都改叫兵团战士。虽然远离中苏边界,但在最西南的边疆,也常有实际的敌情出现。界河对岸就有国民党残余部队撤走后留下的武装土匪和情报机构。60年代初,我们陇川农场就出过一位全国闻名的女英雄徐学慧。她为保护银行的钱箱,被土匪砍断了双手。晚上我们常常要紧急集合摸黑"出情况"。香料厂独立排也有两支抗美援朝时期的仿苏50式冲锋枪。有专职的保卫人员,每天晚上背着枪,围着香料厂巡逻。

虽然成立了兵团,也常常有夜间的突然拉练,但知青过的还是农场插队的日子。

独立排长杨明伟,保山人,当过兵,高身条,背微驼,嗓门儿大。他是香料厂八个北京知青的贴心人,他从不端着进行什么"再教育"的架势,而是千方百计帮助我们解决生活中的困难。

我是知青里唯一的高中生,杨排长特别爱跟我聊天。排里写报告,出大批判专栏,刷大标语都安排我去干。他出去办些"外交"活动,比如应邀参加傣族村寨的婚礼;到山上景颇寨子买木柴(香料厂烧锅炉的燃料,按方计价。景颇人把木头截成段劈开,用马帮运下山);老杨总是带上我,让我大开眼界。

香料厂停工检修的日子,非技术工种的人被派外出打工,干些卖力气的杂活。我正值年轻力壮,并不发怵,反而喜欢每天都能干不同的活路。

比如打米,要把装满八十斤稻谷的竹筐甩上肩膀,在狭窄的跳板上奔走,送进碾米机,这对我渐渐成为小菜一碟。

比如去砖厂帮工,赶水牛把泥塘里的硬胶泥块和水踩踏搅匀,用于脱坯烧砖。赤脚下到冰凉的泥塘吆喝起水牛,如同在沼泽里跋涉,牛和我每一次拔脚都很吃力。这个活儿体力消耗极大,牛都曾经被累死过。干一上午，我饿得一口气儿吃过两斤米。

最累的还是进山扛电线杆，先要进山钻到茂密的林子里，把景颇人事先砍下，去掉枝杈的树干费力地拖出来。再两人一根上肩，喊着号子走二十里山路，一路不停地换肩、打尖儿，走走停停扛回农场。崎岖的山路，空身走都不容易，更别说每人肩膀上百十多斤的分量。到家肩膀红肿几天不退，两条腿疼得迈不开步子。

其实，这种强度的劳动在云南兵团里还真算不得什么。那些种橡胶的农场，"学大寨"突击月，知青开荒挖营养坑，每人每天定额挖土方2.3立方米，手上磨血泡已经不算什么了，十个小时以上连续挥舞锄头，腋下都会磨得鲜血淋漓。

我到陇川第二年，生活上已经逐步适应了。滇西一年只分雨季、旱季，终年温差不大。不像滇南的西双版纳又热又湿，连蔬菜都不能生长。陇川的雨季从5月到11月，有几个星期几乎不停顿地下着倾盆大雨，空气里湿度极大，桌上碗里放一块石块一样的盐巴，过上一夜，就被空气中饱含的水分融化成一碗盐水。跨越冬春的旱季，日子反而很好过，风大、干燥、晴空万里，而且气温很宜人，是水果和蔬菜的高产期。

北京知青不分男女，都被定为农工二级，工资加边疆补贴，月收入28元5角。伙食费每月8元钱。从这一点上说，我们的收入水平高过同期中国大多数农民。家境不太好的知青，每月还可以往北京寄一些钱补贴家用。陇川的主食是大米，每人每月定量38斤，足够一个男生往饱里吃。队里三个月杀一次猪，每个职工可以分两三斤肉。老职工就把肉拿回去，风干做成腊肉，或者炼成猪油全家慢慢吃。北京知青，尤其男生，分到肉一通狂吃，吃到肚歪，过两天又重新过上和尚一样寡淡的日子。

香料厂几个女生更能跟老乡们打成一片，互通有无，把家里寄来的酱油膏、细挂面送给老职工，被视为至宝。由此食堂开饭时，她们会

腾冲叠水河瀑布

端上一碗米饭,钻进老职工们的小伙房(用土坯、茅草搭建的矮小厨房),能够吃到豆豉、酸腌菜,甚至有牛肉干巴和油炸花生米的待遇。

男生们想解馋,就得等到"街(当地读gāi)子天",步行七八公里,到一个叫作章凤的边境口岸赶街(赶集)。在一个个比邻的摊位上,可以买到用稻草捆成一串的鸡蛋、水牛肉、猪油、蔬菜,以及菠萝、番石榴、榴梿一类热带水果。卖东西的都是傣族女人,讨价还价的水平很高。景颇人住在山上,到达街子上比较晚,女人卖完背篓里的东西,男人就立刻拿钱去买酒喝。也有从缅甸"洋人街"过来的青年男女卖日本尼龙、听装奶粉、冒牌的瑞士手表。章凤街子是当时西南边境的一道独特风景,商品比内地的城乡集市都丰富得多。二十多年以后,缅甸的翡翠、玉石,甚至走私的毒品,也是从这里开始进入内地的。

男生们赶街,搭伙去国营食堂大撮一顿,肉菜3角,素菜1角。大锅菜,烹饪手艺不高,却足以解馋;女生们则喜欢在傣族女人小摊上,要一碗豌豆粉或是米凉粉。黄黄的、颤巍巍的一大块豌豆粉,用竹片片在小碗里,佐料任凭食客自己加,十足爽口美味。

北京的男生女生一开始彼此授受不亲。后来上海、成都知青陆续来到兵团,年龄虽然不大,倒能像小夫妻似的成双成对温馨相处或是翻脸吵斗,这才让老大不小的北京知青渐渐"情窦初开",享受"食色,性也"的幸福。但是很少有人谈婚论嫁,因为兵团规定,单身职工可以享有两年一次的公费探亲;结了婚的探亲假就没了,甭想回北京看望爸妈啦。

王小波《黄金时代》故事原型

后来成为著名作家的王小波,也是陇川农场的北京知青,我和他们二龙路学校的一帮教育部子女都很熟,有时候见破衣拉撒的他在人群外戳着,不大和人说话。

他所在的十四队,是一个水稻连队,活计特别苦。在内地,农民种水稻也辛苦,犁田、耙田、育秧、栽秧、中耕直到收割,全要泡在泥水里。内地农民平均一人也就只有几分水田,但是在陇川农场,田地广阔得无边无际。栽秧期之长,一直要栽到前面的秧苗长成稻谷才结束,腰还没展一展,马上又要转身去收稻子。云南兵团的劳动强度之重,不是一般农村可比,也没有黑龙江、内蒙古兵团猫冬的喘息。

那些女同学,在冰冷的水田里,一泡就是水稻的一个生长期。到了雨季天天下雨,披一块塑料布,照样得出工,整天衣服水淋淋地贴在身上。劳动定额非常高,周末还要早晚两头摸黑地"放卫星"。当初见到蚂蟥就要惊叫的北京女孩子，如今只好任由蚂蟥爬到腿上，吸饱血，再自行离去。泡在泥水里的双腿，总是鲜血淋漓。劳动强度和环境，对那些还不到20岁的北京女孩子，日后造成的身心伤害可想而知。遇到"放卫星"，香料厂也会停工支援，苦虽苦，也就是咬牙力挺半个月的事儿，和那些水稻连的女孩不能比。

王小波后来的小说杂文，许多都取材于陇川农场。没有太多苦难的痕迹，有的却是浪漫甚至情色。也许这正是他的超凡之处。

在他的著名小说《黄金时代》中，王二和陈思扬私奔，在私搭的草棚里做考拉熊状的情爱故事，时空就设置在我和高潮放牛的同一片草场。王小波著名随笔里那只"特立独行的猪"，会学糖厂的汽笛声，让地里干活的人们有了提前收工的借口。我们那会儿干活，中午就是听着糖厂拉响的汽笛声收工。

王小波逝世十周年时，《三联生活周刊》曾派出记者，去陇川农场考察《黄金时代》里面陈思扬的生活原型。了解王小波所在的十四队有没有一个漂亮队医，进而和他有过情感纠葛。结果无功而返。我看过相关报道后开玩笑说，应该来采访我，只有我知道前因后果。

沉默寡言而又酷爱读书思考的王小波，在农场的生活一点都谈不上浪漫。一米九的瘦高挑儿，平时就有腰病，而在水稻收割季，连续几周"打掼斗"（整捆的稻谷，甩在一个大木斗里反复摔打，用以脱下谷粒），把他累得得了肝炎，住进了团部医院。

团部医院有一个姓陈的医生，卫生学校毕业，三十岁出头，刚刚离婚，带着一个七八岁的女孩独自过活。陈是窄脸，大眼睛，长头发，好身材，文静而飘逸。在边疆蛮荒之地，应该算是女神级了。当时她正在和也因患上肝炎住院的北京知青大L有声有色地谈恋爱。同病房的小波一不留神成为旁观者。大L所在的拉线二队，挨着香料厂。大L和我同校，老高二，戴一副黑边眼镜，文质彬彬，比较闷。他和我的住处同在一道山坡上，独住一间小屋，门总是关着。

缘分来了，挡都挡不住。在医院，大L和陈两人渐渐陷入情网。陈应该比大L大五六岁，尽管周围议论日多，两人并不为所动。大L出院，陈依然经常搭牛车跑十多公里到二队来看大L。别人多有侧目，我却对他们的执着相恋充满了钦佩。后来两人竟然修成正果。70年代末，陈带着已经长成大姑娘的女儿随大L回北京拜见公婆。

在北京，我家和大L的家隔着一条马路，因此能完整地讲出这段故事。想必王小波并不知道，也不关注故事的结局。以他天才的想象力，当时躺在医院里，旁观姐弟恋的轰轰烈烈，足够给他后来的小说提供灵感。

感受生命的脆弱

陇川坝子虽然远离林莽，仍是"烟瘴之地"。人的生命格外脆弱，死人的事情经常发生。我到香料厂后两三年里，身边起码有七八个青壮年男女，莫名其妙地死了。过上几天，活着的人就把他们忘得一干二净。

到云南不到一年，就有两个同去的北京知青相继死去，近年去云南回访的知青说，想去凭吊两个"插友"，却连坟都没有了踪影。

两个知青都是男孩，都是我的朋友。

一个是18岁的朱正祥，人很文静和气，看不出家境非常贫寒。他在山上修水电站，中午午休睡在床上，被对面草屋里一个北京知青玩弄一支三八老式步枪，走火打中。子弹穿过三根竹柱，从他弓身熟睡的后背打进去，穿过半个身子进入头部，哼都没哼一声就死去了，平静得表情都没有变。

另一位死者是20岁的赖小林。高大帅气，爱打篮球。父亲是位将军，一个兵种的副司令员。"文革"中曾受审查，刚刚恢复工作。小林没有干部子弟的傲慢，干活玩命。连里水源不干净，他染上了肝炎。据说他是一种特殊体质，只要感染肝炎，立即会恶化为急性黄疸性肝萎缩。团部医院治不了，送到芒市镇，第二天就去世了。

正祥的丧事，是我和另一位老高中生宛金泉（北京著名饭庄"烤肉宛"创办人的嫡孙）一起与营部谈判的。我劝阻了同学们一些过激的要求，只请求最大限度抚恤他孤苦的老母亲。墓地在一个山包上，是我选的，墓坑的方向朝着北京。全营七十多位知青都赶来送葬。营部领导如临大敌，怕闹成群体事件，再三叮嘱我，不许领着大家唱《国际歌》。一口薄木棺材、一块简陋的石碑，了却了一个花季少年。

小林的丧事办得比较隆重，刚刚复职的将军，派夫人飞到昆明，从昆明军区到建设兵团，多位首长陪同赶到陇川。入殓时遗体已经变形，不敢让母亲看儿子最后一眼，一直哄着她。葬礼那天，营团领导戴着白口罩，参与抬棺。一口薄棺抬到山顶，急忙入土。等母亲赶上前来，眼前已经是一抔红土。做母亲的那歇疭而绝望的哭号，让周围的知青和军人都为之撼动。

老夫人走后，没有人记得要为小林立一块碑。知青在谈判时，提出要能喝上洁净的水。营里出钱打了一口井。这是小林留下的唯一痕迹。

学代会、大幅宣传画的挥洒自如

当时全国有一种颇具荣誉色彩的活动，叫作学习毛主席著作积极分子代表大会，简称"学代会"。云南建设兵团也不例外，从团到师到兵团，逐级召开，极为隆重。代表是从基层由群众推选出来的，集中起来"讲用"，交流学习毛主席著作的体会。

团里召开"学代会"，讲用稿都要提前拟好，并通过审查。每个营抽调一两个知青，或者有文化的农场子弟，在团宣传干事的带领下，组成一个班子集中写作讲用稿。在杨排长的力荐下，我被一营推荐进入写作班子。

大多数被推选的代表都堪称劳动模范，吃苦耐劳却没有多少文化。他们的事迹，往往出于质朴本分，并没有和学习某一条语录有多少瓜葛。

当时的文风是一堆假大空的言辞堆砌，句句是空话，让人不知所云。

所以我自己在整理讲用稿时，坚持要把当事人模范事迹的细节挖掘出来，当然也要找几段应景的语录做标签贴上去，我还免不了这个俗。

我至今还记得写过的六连一个老职工的讲用稿。六连有一块飞地，离连队很远，派人去耕作，每天几乎一半时间耗在路上。连里于是决定派单身职工老段住到那边干活。老段二话没说，背一小袋米，牵上头水牛就去了。地头有个窝棚，成了睡觉吃饭歇息的地方。虽然是一个人，但是他很自觉，从早到晚赶着水牛犁田，忙个不停。

眼看栽秧的季节到了，田还没有犁完，偏偏又赶上他拉肚子，一会儿一趟地往田边跑。后来他嫌麻烦，干脆把裤子脱光，一边赶牛犁田，一边任由跑肚拉稀不再理会。听上去很不雅，文中贴了什么样的政治标签也忘了，但是这段细节，我一辈子都记得。

"学代会"开过，我被团部留下，借调到政治处搞宣传。

工作很杂，包括写材料、搞报道、刷标语、画宣传画。技不压身，学过的本事没想到这会儿都用上了。

政治处除了徐处长是现役军人，副处长是个造反派。还有几位老干事，都是1956年集体转业到农场的中尉、少尉。他们多是1949年前后入伍的学生兵，对我这个北京知青非常友善。比如说团里第一大笔杆子李宗博，团部领导讲话和文件都由他起草，他能一边抽着烟，一边跟人聊着天儿，一边写稿，一下笔几十页稿纸，不但没有错别字，也很少修改，一气呵成。老沈，美术字写得特别好，经常带我上街用魏碑和黑体字刷标语。他教我黑体字的横竖笔画中段都要往里收，这样字体显得格外挺拔。

和我一起画画的老兄，叫杭来宝，是1965年来农场的上海支边青年，在团机械厂做车工。他绝顶聪明，特别能聊，人缘极好。他无师自通地学画油画，团部、营部影壁上的大幅肖像，都是他画的。包括毛主席去安源、登庐山、站在天安门城楼上，伟大领袖的造型、用色，多和原作无二，非常专业。

与来宝合作过最有趣的事是画大幅革命宣传画。我们在十米长、三四米宽的木框架上绷上帆布，爬在梯子上，用大号的油漆刷，蘸上油画颜料，调和油漆，每天在露天一口气儿干上十个小时，足足用了一个星期才画好。这样尺度的大画，我后来再也没有接触过，可以用"挥洒自如"形容那时的享受。

在"文革"中，这种源自电影院海报的大幅招贴画，曾在全国风靡一时，与文艺复兴时期意大利教堂的壁画同样具有教化作用。画面上自然有工农兵手指前方，各族人民阔步向前，同时少不了一颗红太阳在画面上方闪着金光。

虽然是无师自通，但是我和嘴角叼着一截燃尽了的手卷毛烟的来宝反复揣摩切磋，很在意素描黑白和色彩冷暖关系的把握。无论做什么，必须要达到专业水平，成为我后来做一切事情的最低标准。

记得最大的一幅画，由警卫排的一群小伙子吃力地抬着，固定在团部新建大礼堂的一面山墙上，面对熙熙攘攘的弄巴街子。

后来许多成名的画家，"文革"中都有过这样一番历练。军旅画家陈雄勋告诉我,他画在景洪街头的一幅民族团结宣传画上,所有穿着紧身短上装的傣族女性胸部都画得十分丰满。几个街子天过去,画面上这些女人的胸部都被人摸得漆黑。

1971
中国"尤努斯"——父亲孤独地倒下

1971年新年刚过,结束了参加生产建设兵团"五七"成就展览的版面绘制,我从三师师部所在地芒市刚回到陇川,突然接到从师部转来大哥安平的电报:"父亲于1月17日在河南息县五七干校病逝。"

脑子一下子蒙了。两周前,我在芒市还专门买了一公斤当地特产菠萝干,寄给爱吃甜食的阿爸。前天,刚刚收到他的回信,说是在干校吃到了儿子从万里之外寄来的菠萝干,好吃极了。言语间洋溢着一片父子情深。

河南息县外贸部五七干校

晚上,蒙上被子,我大声哭出来。我们家一向有慈父严母之说。从小到大,阿爸从来没有训斥过我们,最重的话,就是我感冒生病时,他总是同一句"不听话吧,看看冻着了"。

厮守在父亲身边的往事,一幕一幕地在眼前重现,唯一能够安慰自己的,就是阿爸在临终前吃到了我用劳动所得给他买的菠萝干,尽了身在远方的一点孝心。

我的父亲李效民

我请了假，关山飞度、日夜兼程地赶往河南信阳市息县，想对阿爸做最后的送别。

千难万难，用了整整十天，我才到了位于息县的外贸部五七干校。信阳，是1961年前后的那场饥荒中，人为造成灾情最严重的地区。外贸部1970年选中在息县建立五七干校，方圆几十里内人烟绝迹，连地都不用征。

贸促会所在连队的一个头头告诉我，阿爸早在十多天前已经火化，由妈妈和弟弟安宁，把骨灰带回了北京。那时候没有手机，没有电话，一封航空信，从内地到陇川，也要走十天。没有接到消息也好，让我能够来到父亲最后生活的地方。

那是一间新建的土坯房，进屋是铺着炕席的大通铺。人挨着人睡，每个人只能占有窄窄的一小条。原先属于爸爸的铺位空着，露着硬邦邦的苇席。去世前，爸爸已经年届古稀，但是每天仍然要和青年人一样参加体力劳动，甚至要干脱土坯盖房这样繁重的活计。在此期间，贸促会的专案组，依然逼他交代所谓"历史问题"。

繁重的劳动，加上沉重的思想精神压力，让阿爸开始抽上劣质香烟麻痹自己。1月7日，肺源性心脏病引起的大面积心梗，让他突然摇摇晃晃地倒下。送到医院，曾经抢救过来，但是心梗再一次更厉害地发作，夺去了他的生命。

阿爸，孤独地死在十年动乱中，身边没有一个亲人陪伴，也没来得及给妻儿留下一句话。

回到北京，全家围坐在一起吃晚饭。只是没有了阿爸，没有了过去那种轻松愉快的气氛。

对于阿爸的死，姆妈始终出奇地平静。她说，阿爸这些年受了太多的委屈，默默地一个人扛着，心里太苦，这下才总算是解脱了。

父亲，中国小额农贷的开创者

河南，是父亲30年代从美国学成归来，报效祖国，最早创办"小额农贷"的地方。这一为贫苦农民提供金融服务的尝试，在中国金融史上留下厚重一笔。命运让父亲李效民的"报国为民"的苦难历程，最终熄灭在起点。

到1971年底，阿爸就满70岁了，他突然去世时，69岁生日刚刚过了不到二十天。

阿爸去世25年后的2006年，一个孟加拉人尤努斯，因为推行小额农业贷款取得的成效，而获得诺贝尔和平奖，轰动世界。

于是研究中国金融史的学者们，再次提及20世纪30到40年代，一批留美归国学人为改变中国农村百业凋零的贫困局面，投身创办

"小额农贷",而且业绩辉煌,直接提振了中国在抗日战争期间的战时经济。此举开创了亚洲金融史上的先河。近年来,大量历史资料和论文披露,我的父亲李效民是中国"小额农贷"的开创者和实践者之一。

《中国新闻周刊》记者何忠洲在一篇长文《上个世纪中国的尤努斯们》的序言中写道:

> 每个文明在遇到危机或者挑战的时候,首先考验的就是这个文明共同体里的精英集团。这就是当年海归李效民们甘愿在国难之际奔赴农村僻壤,创办中国农贷时的内心动力。

而当父亲在外贸部五七干校含冤去世的时候,造反派仍然在继续对他进行历史审查。他们无论如何不能理解,一个留美归国的硕士放弃大学教授不做,跑到农村去给农民发放小额贷款。这里面一定有什么不可告人的目的。

20世纪30年代中国战乱不断,农村经济日益萧条,一些有现代金融意识,践行孙中山"扶助农工"理想的银行家开始把目光投向贫困的中国农村,希望开拓农村贷款新渠道,振兴农村经济,使中国农村成为日后抗战的牢固后方。

1932年秋天,著名现代金融家、中国银行总经理张公权来到太原。邀请几位学者吃饭,正在山西大学法学院教授国际经济的父亲应邀参加。在饭桌上,父亲陈述了自己设想改变农村凋敝的振兴策略,与张公权的思路不谋而合。张留下他深谈,并当场邀请他参加中国银行农村贷款业务的开拓和推广。

长期关注贫困民众的父亲立刻辞去了山西大学的教授职务,转赴中国银行担任农贷员,月薪从原来的大洋230元降到120元,却毫不在意。

中国金融史上,开拓中国银行农贷事业的是两个留美的硕

1936年，父亲在河南辉县下乡农贷途中

1938年，父亲在四川内江下乡农贷途中

1936年，父亲领导的中国银行农贷团队，前排右一是父亲

士——康奈尔大学农业经济学硕士张心一，哈佛大学 MBA 李效民。张心一坐镇总行，负责总体筹划、草拟办法；乐于实干的父亲组织和培训农贷专业队伍，穿着短裤草鞋，背着贷款，奔波在农村第一线。

父亲和张心一这对搭档着手农贷的第一个试点就在河南农村。历史上的富庶中原，此时已经变得满目疮痍。向农民提供现代银行贷款，不但在中国，在整个亚洲也尚无先例。小额贷款没有抵押，风险高，又要与农村高利贷恶势力针锋相对，加上中日全面战争的阴影迫在眉睫，让他们的工作充满挑战。

史料记载，父亲在农贷工作中投入了极大的热忱，表现出高超的管理才能。

父亲当年给中国银行总行写的报告中提到，他们首先着手鼓励贫苦农民加入农贷合作社，然后"着重对贫农、小农、佃农放款"，"对各合作社及其他农民团体贷款，务必由本行派员直接贷放，以免假手他人剥削农民之弊。已经核准的农贷，均按照农业季节及时贷款，免失时效"。当时他们发放的农贷利息相当低。农民借一元，每个月的利息只有一分钱。

从 1934 年到 1936 年的三年间，中国银行在河南的农贷业务成绩斐然。贷款从零开始发展到 16 个县，有贷款往来的合作社已增至 484 家，惠及农民近 4 万户。

至今保留下来的父亲当年所写的一份报告中提到：农民们获得掘井贷款共计 8 万元，开掘水井 2000 多眼。由于水利振兴，粮食收成提高，农民还款极为踊跃。父亲在报告中说，"成绩俱称不恶，殊足欣慰"。（父亲后来曾和我说，中国农民历代有"好借好还"的传统意识，金融信用实际是最好的。农贷业务几乎没有坏账。）

父亲主持中国银行在河南的农贷，还涉及开封市陈留镇作物改进会的优良麦种的推广；河南大学"灵宝棉"育种场引进的高产棉花品种的种植；以及梁漱溟主持的著名的辉县试验区，可谓轰轰烈烈。

父亲带领的农贷队伍只有十几个人，清一色是大专院校毕业生。父亲要求大家胸怀共同的抱负。他们穿着短裤草鞋，或骑车或步行，奔波在农贷第一线。平时下乡，干粮和饮水都是自己随身携带，不得接受农民馈赠。他们不但要和地方高利贷恶势力竞争，也要和腐败的官府斗。获得好处的农民对这支队伍十分爱戴，就连当地官府最头疼的帮会组织"红枪会"，明明知道他们背的都是现金，却从来不与他们为难。

1937年抗日战争全面爆发，河南沦为战场，国民政府迁都重庆，政治经济中心很快转移到西南。

父亲在1938年被调到重庆，任中国银行重庆分行农贷专员，主持四川省的农贷工作。

抗战前，国内汽油和食糖等战略物资长年依赖进口，随着日军攻占缅甸，进而占领滇西（正巧是我插队所在的地方），盟国援助物资运往中国的交通大动脉滇缅公路被掐断。国内的物资供应越发紧张。

在父亲的直接参与下，中国银行的农贷转向一个更富有战略意义的新布局。四川内江自古以来种植甘蔗，盛产蔗糖，是中国历史上有名的"甜城"。但是"二战"前民族糖业已经被洋糖冲击得七零八落。抗日战争爆发后，用国产糖业弥补进口被封锁的缺失，成为当时关系国计民生的当务之急。

1938年，在父亲的主持下，中国银行在内江组织了蔗糖产销合作社，发放甘蔗种植及制糖加工的贷款。到1940年，受益蔗农达到80余万户，400余万人。四川糖产量达到历史空前的高水平，满足了抗战时期前后方的食糖供应，同时以甘蔗渣为原料的工业酒精替代汽油，让战时运输车队重新跑起来。仅内江一个县生产的酒精就满足了国民政府资源委员会需求量的13.8%，创造了战时经济的一个奇迹。

大哥安平回忆说，父亲那时身兼四川农贷和糖业公司的主持人，极为忙碌，常年奔走于农村。因为不适应四川的潮湿酷热的天气，双脚溃烂，涂满紫药水。阿爸在乡间和同事的一张合影上，他不但胡子拉碴，脚上还绑着凌乱的布条。虽然极其艰苦，但是父亲因为能够为抗战出力，乐此不疲。

为躲避日寇的轰炸，全家住在重庆南山半山腰的一处房子里。家里也成为中共地下工作者避风落脚的地点。有时地下党借我们家开会，父亲就在外面放风。父亲的留美同学章汉夫曾在我家躲过国民党特务的追捕。1949年后章汉夫任外交部副部长，一直和父亲保持着朋友往来。

父亲在自传中提到，"小额农贷"扶持的梁山造纸合作社，利用漫山遍野的竹林打浆制造优质的新闻纸，经章汉夫的介绍，曾被《新华日报》采用。

从清华学堂到哈佛大学MBA

多年后我看到父亲写于1953年的一份自传，尽管有向单位"交代"个人历史，当时的文风还比较平实，不像许多年后，旧知识分子的自传以无限上纲的自我批判为主。

父亲李效民1901年12月19日（阴历九月廿九日）出生于山西省吕梁地区离石县东关的一座挂有"将军第"牌匾的大宅院，是我爷爷李子维（李文琪）的独子。父亲在自传中写道：

> 我的高祖在云南做过提督。道光年皇帝钦赐在家乡修造了将军府都督第。当我生下来以后，父亲离开家乡外出读书。他先考中秀才，后来考上保定陆军军官学校，毕业后在晋军做到营长。

在辛亥推翻清朝时,他参加了当时的革命。民国初年,全家都到了太原,从此我们一支跟这个大家庭无形中脱离了关系,生活不靠老家分文接济。

1915年父亲李效民就读于太原模范小学高小部,与同学冀朝鼎成为好友。

1917年夏,已经考上清华学堂的冀朝鼎从北京写信建议他也投考该校,清华在当时是美国政府用庚子赔款在华举办的留美学生预备学校。中等科、高等科各四年,毕业后直接进入美国大学学习。各省以承担庚子赔款的比例,分配录取名额。冀朝鼎的鼓动,让父亲勾画了新的人生蓝图。本来他仇恨西方列强,抵制学习英语。然而一旦目标确立,他表现了惊人的毅力,花了一个暑假补习英语。

1917年9月父亲如愿为清华学堂录取,同届同学有唐亮、谢启泰(即章汉夫)、贺麟、陶葆楷、任之恭、高士其等人。

是年冬,阿爸在清华与几个同学发起"暑假修业团",后来发展为"唯真学会",会中有施晃(中共早期党员,至今清华校园里仍有他的纪念碑)、徐永瑛、罗宗震、冀朝鼎等。父亲在自传中记述:"那时俄国革命成功,劳工神圣正为年轻的一代所向往,我们唯真学会自己成立了工作部,承印学校里的信纸、信封、练习簿,一部分会员又在清华西院养鸡、植树。"

1919年"五四运动"爆发,父亲是直接参与者。那年他正值18岁。他在自传中说:

"五四"当夜,我在清华得知学生在城里火烧赵家楼,怒打章宗祥、陆宗舆后,惊喜若狂。6月3日,得到被选(自愿报名,再行选出)参加示威游行消息,大为兴奋。军警放出风声,说学生参加游行就逮捕,甚至要遭枪毙。我们那时热血沸腾,任何迫害都置之度外。进到北京城里,已经临时戒严,军警密布。我们分散为十个人一组。登台演讲,呼喊唤醒民众,反对军阀与列强勾结出卖祖国。学生上去一个,军警抓一个,我们相继被捕,被双层上刺刀的军警押送到北京大学三院,一直被囚禁二十多天。最后在全国民众的愤怒抗议下,北洋军阀终于把我们释放。我们马上回到各自的家乡,启发民智,扩大宣传。

父亲从年轻时候起,就有强烈的平民意识。自传中说:

"校役"一词,我觉得非常刺耳,就写了一篇文章登在《清华周刊》上,主张改为"校工",平时叫"工友"。我还在学校周边发起了车夫驴夫阅览所,建有避风雨的木屋,内有书报、开水。我另到星期日平民学校当教员,暑假主持过通俗演讲团,在农村讲时事与常识。我听过李大钊用一个下午,给我们讲述对

李效民在清华一年级时读书照

帝国主义的认识。他讲得很沉痛、很透彻,给了我不可磨灭的印象。

1926年夏,父亲李效民结束了在清华的岁月,由爷爷的上司商震将军派兵护送,到雁门关前线和爷爷话别。爷爷对军阀混战早已深恶痛绝,父亲留美不久,爷爷就离开军队,辞职还乡。

自传中,父亲对在美国学习经历做出如下叙述:

> 我先在美国西北大学商学院就读。一开始就感受到美国人对东方人的歧视,始终找不到宿舍、租不到房子。最后找到烧饭洗碗的家庭工作,才把住的问题解决。
>
> 当时正逢第一次世界大战之后,欧洲社会主义革命和工人运

1926年中国留学生乘船赴美合影

父亲 1929 年在哈佛大学寝室

动风起云涌。在芝加哥大学有一个留学生关注革命活动的中心。我每个星期日坐火车去芝加哥参加活动,阅读了《共产党宣言》等书籍。

我那时主修企业管理,副科是社会问题。在工商企业管理方面,有工会运动史、劳工问题、劳工立法等课程。借读这些课程的机会,参加了各种工会的活动,并调查了芝加哥贫民窟。又读了反托拉斯课程,知悉了美国百万富翁巧取豪夺、鲸吞蚕食的发家史。当时两个意大利工人沙可与温若地,被美国政府以莫须有的罪名送上电椅,引起全世界的愤怒抗议。

1928 年夏,考入哈佛大学商学院——美国资本主义造就后备军的大本营。我在这里主修国际贸易,获硕士学位。

1928 年以后,留学生中的中共党员多集中在纽约,在那里出版了《先锋报》,我担任波士顿的推销工作。我被选为《中国留美学生季报》(英文)及《中国留美学生月报》(中文)的总经理。因为广告收入足够维持印刷费,我给美国五百多个大学及专科学校图书馆各寄赠一本,并在全世界华侨区域找到推销员,后因内部有一人反动(此处意思不明。——引者注),致月报于1930年末寿终正寝。

据美国的研究者查阅哈佛大学的资料后告诉我,1930年读完商学院的MBA,父亲考入哈佛经济学院读博士,但是1929年开始爆发的大萧条,以及其后带来的灾难,让他决定放弃读博,启程绕道欧洲回国,投身到他更感兴趣的经济实践中去。自传中说:

1935年夏天父母在北京欧美同学会结婚后的全家人大合影,左二、左三为我的外公外婆,左七、左十为我的爷爷奶奶

在 1930 年冬，我得到留美学生监督处的批准，到欧洲考察。历经西欧、南欧、北欧、北非等地区的十几个国家，主要参观工厂及银行。在巴黎时，我参加纪念巴黎公社的工人示威游行，被法国特务把我连同其他外籍参加者一起逮捕。在看守所，感受到互不相识、言语亦不相通的各国人士之间的阶级友爱与彼此鼓励。此事增加了我对法帝国主义的憎恨。预祝越南早日脱离法国得到独立与自由（写这份自传时，胡志明领导的越共正在与法国殖民者展开独立战争。——引者注）。1930 年底，从欧洲经过捷克斯洛伐克、德国、波兰，路过莫斯科到达哈尔滨，我的学生时代告一结束。

1931 年，"九一八"事变后，学成归国的父亲受聘于国际联盟李顿爵士调查团，前往东北调查事变真相，而列强们偏袒日本的倾向让他失望不已。

1932 年到 1934 年，父亲被冀朝鼎之父、时任山西省教育厅厅长的教育家冀贡泉聘为山西大学法学院教授，讲授国际经济。父亲当时专门开设了"满蒙国际关系"课程，从历史上剖析日本侵略的本质。

1935 年夏天，父亲李效民和母亲朱新华，在北京欧美同学会举行婚礼。证婚人是清华大学校长梅贻琦。

父子情深

我和父亲一样属牛，生我的时候他已经 48 岁了。我和大哥安平之间，有过三个姐姐，但是由于战争和颠沛流离，她们都在很小的时候夭折了。也许是岁数大了，阿爸对我和弟弟安宁格外疼爱。

尽管五十年过去了，闭上眼，就能看到阿爸，像个农村老干部，没有一点儿留过洋的影子。一件洗得褪色的四个衣袋的蓝布干部服，穿在他中等个头的身材上，显得有些肥大。阿爸走路抬脚很高，落脚很重。他说，这是从小走山路留下的习惯。离石地处吕梁山区，山路大大小小的石块密布，高抬脚才能避免磕磕绊绊。

小时候，我上的是在崇文门附近的外贸部保育院，两个星期才能回一次家。星期六的下午，所有小朋友都趴在院门口的铁栅栏上，急切地等着家长来接。接我的永远是父亲。望着路的尽头，阿爸出现了，远远见到我，他总是不动声色地抿着嘴笑着，他的嘴唇很厚，绛红色。和阿爸手拉手从保育院出来，路口对面是灰砖尖顶的同仁医院，那时节，北京的大街上车少，人少，没有人说话带脏字儿。"抗美援朝"停战，第一个五年计划热火朝天，人性纯洁、友善、知足、向上，天是蓝的，太阳很亮。

我们家住在北京"社会主义住宅"的样板区——和平里。楼的一头空地，被爷爷和阿爸开垦为菜地，捡出碎砖瓦，种上西红柿、黄瓜、茄子等各种蔬菜。在菜地里忙碌的阿爸俨然就是一个老农。种植，是他一直延续到晚年的爱好和乐趣。

春天，阿爸喜欢带上我和弟弟安宁背一个"二战"美军帆布套军用水壶出门郊游。其实楼对面就是农田、村落、小河、树林、牛马猪狗，还有内战期间国民党军留下的钢筋水泥碉堡。

星期天，阿爸还会叼着烟斗，用一台美国产"胜利"手摇唱机放唱片。父亲有两个海运木箱，装着精致皮纹封套的黑胶木大本唱片。整套的贝多芬、舒伯特、柴可夫斯基、勃拉姆斯的交响乐，那是他的珍宝。30年代离开美国，游历欧洲，用尽全部外汇积蓄买下这些唱片运回国，历经战乱迁徙而不离不弃。这些交响乐是他"放洋"带回的唯一"大件"，他的精神食粮。阿爸往往会凝神静听，有时也会随着旋律手舞足蹈。阿爸的这些唱片和他对西方古典音乐的爱好，传递给我们兄弟和同学好友，也传递给未能谋面的孙辈——我的儿子李蛮。

上小学那年，我们家搬到有护城河，河边种着大柳树的阜成门外。我依然住校，周日的傍晚，阿爸总是用他的自行车，把我一直送到学校。他推着车走，我坐在车座上，搂着他的脖子，爷俩一路走一路聊。

记得一个星期天，姆妈带安宁去外公家，我有点感冒留在家里。阿爸拿了一本英文版的《鲁滨孙漂流记》，一边看，一边翻成中文绘声绘色地讲给我听，一直讲了一整天，鲁滨孙和"星期五"在荒岛上的经历让我如醉如痴。

童年有关阿爸的记忆，许多都和苏联展览馆有关——1954年建成的北京新地标，高耸的塔楼上有一只毕加索画的白色和平鸽，鎏金的塔尖上有一颗大大的玻璃五角星。

恰逢中苏蜜月期，1954年10月，苏联经济和文化成就展览会在这里开幕。随后两三年，捷克斯洛伐克、日本、印度的大型会展接连在这里举办。阿爸当时在贸促会的外展部工作。每逢有展览，都是他最忙的时候。而到周末，阿爸总会带我和弟弟安宁到苏联展览馆去。我们比同龄的孩子更早地大开了眼界。

说到苏联展览馆，我太小，没有什么印象了。只记得广场小卖部卖的苏联铁盒糖果和俄语小学读本，硬皮，大开本，画满插图。

捷克斯洛伐克展览会上展出的斯柯达柴油大巴，浑圆敦实的车身，暗红色真皮座椅。后来批量进口，成为北京公共汽车的主流车型。既有劲儿，又皮实，直到80年代还奔跑在长安街上。当时我还没有上小学，但是在我画的大汽车的车头上，依样画上"SKODA"几个字母。

特别值得一提的是1957年秋天的日本商品展览会。那时的日本刚刚走出战败后的满目疮痍，当年展出的日本汽车，还是用薄钢板焊了个驾驶舱的三轮摩托小货车和改装车，没有方向盘，用自行车一样的手柄转向。然而让中国观众最开眼的，是日本产的电视机第一次亮相。屏幕几乎是凸起的弧形，不甚清晰，然而有声有影，人山人海。

展览期间的一个晚上，阿爸带我到苏联展览馆的电影厅，那里正在演出京剧折子戏。门外一辆面包车上，几个日本人在车里忙着，他们面前的监视器里，正同步放着剧场里的演出。今天想，那是一台电视转播车。

然后，阿爸又带我登上一公里外的西直门城楼。那些年，北京没有高楼，四九城的城门楼都还在，高大巍峨。中国第一个实验性电视台就建在西直门城楼里。城楼的一层大殿很宽敞，黑压压有不少设备。那天晚上，日本技术人员在城楼上正接收并转播展览馆电影厅上演的京剧。在一台台监视屏幕上，我记忆中的画面很清晰，是京剧《打渔杀家》。我对京剧一窍不通，但就是因为电视的机缘，我记住了这出京剧的名字。日本展览会闭幕，电视台也就撤了。

当年的我只有8岁，中国第一个电视台，恐怕我是仍然在世的唯一见证者。

和阿爸48岁的年龄差，让他很少在我面前流露他的内心情绪。他待人真诚热情却不善逢迎，为人耿直而清高，默默坚守他的做人底线。

冀朝鼎和父亲是一生的朋友。在美国，父亲就知道他是身兼美共和中共身份的地下党员。直到抗战、国共内战，他一直在冀朝鼎直接安排下，参与共产党的外围工作。1945年抗战胜利后，中国银行派他去接收台湾制糖业。而当时已经潜伏于国民党金融决策层的冀朝鼎希望他到美国大使馆任金融分析员，协助美国共产党员艾德乐从事情报工作。他甘冒风险毅然接受。冀朝鼎在1964年突然中风去世，在"文革"中，这段经历成了阿爸无法说清楚的悬案，被造反派反复逼问，受尽折磨。

多年来我只知道阿爸在美国学的是工商管理——一个在1949年

后大学院系调整中如同社会学一样被停办的专业。比不得那些学物理，学原子能，回国能造原子弹的科学家。

直到90年代，MBA的头衔在中国火起来，尤其他在中国开创农贷事业的历史被研究，我才知道父亲是1930年哈佛大学毕业的MBA。后来我专门去波士顿的哈佛校园，看了父亲曾在商学院的留影处之一——哈佛图书馆。

父亲传承给我们兄弟三人的是一片中国传统读书人爱国为民的拳拳之心，是看淡功名利禄的傲骨。如土耳其诗人希克梅特所说：还是那颗头颅，还是那颗心。

1972
版画《收获》带来的机遇

1972年，是毛泽东《在延安文艺座谈会上的讲话》发表三十周年。"文革"动荡稍歇，北京将举行"文革"以来第一次全国美术展览和全军美术摄影展。各省市、各大军区也要举办相应的美展。

去年从北京回来，我就回到香料厂干活。刚过年，榨季最忙的时节，我正光着膀子穿一件背带工装裤，在热气腾腾的出料口干活，杨排长找来对我说：我替你干，你赶紧收拾一下，准备去昆明。他拿出师部宣传科发来的通知，让我到昆明军区美术创作班报到，这让我颇感意外。

昆明军区美术创作班

当年离开北京的时候，我去王府井美术用品商店买了一盒的松鼠牌木刻刀带上。在西城区少年之家美术组，向张艺辉老师学的就是木刻。农闲的时候攒了两天轮休，我刻了一幅木刻版画，画的是一个军人和一个知青，在收割的间隙共读一本毛选，取名《收获》——是师部宣传科向我征稿的应景之作。

后来得知，新华社昆明军区分社的摄影记者蔡志培下基层采访时路过师部，无意中看到了我的版画，觉得主题和技巧都还不错，就亲自带回去交给军区美展筹备组。昆明军区的《国防战士报》也抢先刊登出来。

蔡干事是我一生遇到的几位伯乐之一，虽然我没有在美术创作这条路上走多远，倒是多年后和他成了新华社的同事。他有时到总社出差，我们曾几次在食堂相遇，一起吃饭，聊起往事，不胜唏嘘。

1月中旬，我赶到昆明，去老西门外的昆明军区第三招待所报到，参加军区美术创作班。

当时昆明军区是个大军区，下辖11军、14军、54军、云南省军区、贵州省军区、援越、援老的工程部队（天青色军装，没有帽徽领章），以及云南生产建设兵团。

创作组由军区政治部的文化部领导挂帅，以军区各单位的专职美术创作员和美术编辑为主。他们都是从军多年的专业画家。比如军区文化部美术组的组长梅肖清少校，他的油画和国画，在军内外都很有名气；创作员林聆大尉的水彩画，在国内也是独树一帜。

除了一些军级单位专职的老画家，各部队也选送了一批有基础、有作品的年轻人。创作组有二十多个人。除了我和兵团一师的丁品两个北京知青，年轻人大部分是两个兜的战士。我们住在两间大屋里，工作室在云南省博物馆三楼，一辆解放牌卡车负责接送往返。朝夕相处，老老小小很快就混得很熟了。

大家的作品很快就确定下来了，有人是加工原有作品，比如我；有人在大家的集思广益之下，另选题材，创作新作品。

贵州省军区的申根源干事，当年四十出头，版画家，用天津口音一口一个"小李儿"地叫我。在他的指导下，我的《收获》从黑白木刻变为三色的套色木刻。画中人物也变成了一个指导员和一个稚气未

我的木刻《收获》被昆明军区选送全军美展

脱的小战士,在收割水稻的间歇中如饥似渴地学毛选。今天看,题材概念得不能再概念。但是在人物神态的刻画、用块面概括代替线条的处理,以及表现稻浪起伏的刀法,都还有些探索。它成为军区第一批确定送全军美展的作品。

　　套色木刻《收获》,每边 80 厘米见方,是我一生中刻过的最大的版画。但是比起创作组选送的那些油画,画幅应该算是最小的了。

　　梅干事的革命历史题材油画《八角楼的灯光》、丁品表现种橡胶开荒会战大场面的《送水》、陈雄勋的《红日高照团结寨》都堪称巨幅油画。但是我今天印象最深的,是林聆干事的水彩画《遵义会议的会议室》,手法极其简洁,没有一个人物,只有十几把椅子围着一张会议桌。椅子竟是用蘸满颜色的扁平水彩笔,一笔一根木橙地画出来的。

组里的年轻人关系非常融洽，互相摆动作来做模特。最年轻的战士画家尚丁的油画《我是海燕》，画的是一名女通信兵暴雨中爬上高高的电杆接线。为了表现打湿的衣服裹在身上的衣褶，组里一个北京女兵把身上军装用水泼湿，拍照给尚丁做参考。

昆明军区选送的22幅作品，最后被全军美展选中了6幅，《收获》落选了。但是这22幅画作为昆明军区美展的优秀作品，由云南人民出版社出了一个画集《昆明部队美术作品选》，《收获》被用作封面。遗憾的是，人物身后刀法最精彩的稻浪也被删掉了。

海外关系挡住了部队特招

在昆明最美好的记忆，是在军区国防剧场看内部电影。那个时候，八亿中国人能够看到的电影，只有八个样板戏、老三战，以及苏联老片《列宁在十月》和《列宁在1918》。

1972年，中国进口了一些外国电影，在严格控制的范围内部上映，放映前标明是"供大批判用"。我们创作组也以专业人士的身份前往昆明军区的国防剧场观摩。最早看到，也是最震撼的，是两部日本影片《啊！海军》和《山本五十六》。

我们都被要求阅读了《人民日报》上刊登的，批判这两部影片宣扬军国主义的文章。但是电影放完一个最大的想不到，就是剧场灯光亮起，两层的剧场里寂然无声，无论是经历过抗日战争的军区老首长，还是我们这些小兵，竟没有一个人说话议论，都是面无表情地鱼贯退场，只能听见衣裾的摩擦声。看来，有一种震撼叫无声。

过两天，我们这群秃小子发现，住在招待所的军区直属队文学创作班有个北京女兵，把军帽边儿捏起折，帽檐儿一直往下压到眉梢上，大家就用《啊！海军》的主角给她起了个外号，背后叫她"平田一郎"。

与"平田一郎"同在一个创作班的还有两个北京兵，男的叫杨浪，女的叫谢丽华。两人后来参加过对越自卫反击战。转业回北京后，一个去了《中国青年报》，一个去了《中国妇女报》，都当了编辑。后来两人结为夫妻，也成为我的半生好友。杨浪是1993年国内那一波媒体改革的闯将之一，也曾为拙作《车记》作序；谢丽华以帮助农家女的职业培训名扬国内外，曾被克林顿总统的夫人希拉里请到白宫一叙。

夏天，最热的时候，按照总政的统一安排，我们这个创作班再次集中，去北京看全军美展。

火车走了三天三夜，到达北京已是傍晚，住进珠市口附近一栋民国初年楼房改建的部队招待所，大家列队去虎坊桥华清池洗澡。华清池离母亲任教的六十二中不远。我就打了个电话过去，想给姆妈一个意外惊喜。传达室的大爷听我要找朱新华，第一句话说，她不在了。真把我吓了个五雷轰顶。接下来他才说清楚，姆妈刚刚退休了，不再来上班。我立刻请了两个小时假，乘公共汽车赶回家，昏暗的屋里没有开灯，姆妈正一个人默默地坐在藤椅上，看见我突然出现在门口，也颇感意外。虽然睁大的眼睛充满了惊喜，却依然波澜不惊地说，安定，是你回来了？

虽然我离开北京已经整整两年了，但这次回京只待了不到一个星期。在家里只住过两个晚上。

回到陇川，我被正式调到团部宣传处任新闻报道员。到团部上班没几天，我正在水塘边洗衣服，军务参谋老孙和一个不认识的军人走过来。老孙介绍说："他就是李安定，这位是11军的王干事。"王干事上下打量着我，很亲切地和我聊了几句，后来就再也没有见过他。

过几天，孙参谋不无遗憾地向我透露，11军政治部因为你的美

1954年,我的二姑李效黎和丈夫林迈可随英国工党代表团访华,中央领导周恩来、邓小平等人会见了工党领袖、英国前首相艾德礼率领的全体成员

术创作才能,专门派那个王干事来特招你的。他对你很满意,但是最后看了你的档案,里面有海外关系,而且情况比较特殊,和上级商量后,最后决定放弃了。

我并不觉得意外,因为我的二姑父林迈可(Michael Francis Morris)不单是英国人,而且作为抗日战争中在延安的几位外籍专家之一,在中央三局和新华社工作。"文革"中,在"怀疑一切"的思潮下,被造反派意淫为潜伏在毛主席身边的外国特务。阿爸反复被逼交代,而他又怎么能够知道当年发生在延安的事情。这个没有政治结论的海外关系,和前文所写的那个"说不清"悬案,着实让父亲和我们兄弟三个在历次运动中吃尽了苦头。别说参军,就连我到云南边境插队,都是学校工宣队因为我在复课闹革命中的优异表现而特别恩准的。

做了专职报道员

　　还在香料厂的时候，有一次，从一位同学那里借到一本巴掌大的小书——1962年解放军报社出的内部读物《通讯员培训手册》，借书的期限只有两天。我两个小时就读完了，但是鬼使神差似的，我下工后熬了两个晚上，把这本小册子做了详尽的摘记。教材简单明了：什么叫新闻、新闻的体裁、新闻的写作，包括导语中必备的五个W。后来发现，其实大学的新闻写作教科书，也无非这点儿干货。就是这本小册子，搭建起我半生从事新闻写作的基本框架。

　　从版画创作转向做专职报道员给报社写稿，这些知识很快就用上了。而且那个时候我就很有点用户意识，考虑我们作为一个边疆的军垦农场，在《云南日报》和昆明军区的《国防战士报》所处的边缘地位，我不去写那些穿靴戴帽的废话文章，而是规范地按照新闻的五个W，写一些三五百字的动态消息：糖厂利用废甘蔗渣造酒精、军民共建防洪堤、实验站引种热带水果……这些题材虽然远离当时的政治大气候，但是特别适合报纸"经济动态""边疆新貌"等栏目采用。加上德宏州的《团结报》（的确和民革中央的机关报同名），我的投稿被采用，几乎相当于全师各团报道采用量的一半。

　　我最长一篇文章，是关于香料厂几个北京知青哥们儿，用蒸馏过的香茅草废渣，试制活性炭的通讯《活性炭诞生记》，足足2000字，几乎没有改动地刊登在《云南日报》上。

　　除了文字，我还画一些速写和组画投稿。

　　管生产的副团长张志诚是个老农垦，山东人，当过县委书记。下去蹲点时，他总带上我，让我发现了不少新闻好线索。有一次到山边一个新连队，那里生活很艰苦，早饭没有菜，只有盐巴，他就在地边儿挖了一块野姜，切成细丝，撒点盐巴，就饭吃。"文革"结束后，张场长当上州农垦局局长，又被派到非洲马里，任中国农业专家组组长。

张团长的大女儿张红珠，大我两三岁，在团部医院当护士，人很泼辣。她最爱调侃我隔壁办公室的组织干事"老牛角"。"老牛角"并不老，听名字就知道他又耿直，又厚道，常被红珠调侃得说不出话。多年后一次出差，我碰到正在上海培训的红珠，她已经嫁给了"老牛角"，过得很幸福。

在团部，我的朋友除了杭来宝、"老牛角"，还有生产参谋郭培明。他是昆明人，农校毕业后，分到农场当技术员。我们很聊得来，他也像个老大哥一样关心我，他老婆做了好吃的，他总要把我叫上，去他家的小伙房一起吃。1986年我去云南采访，他已经当了陇川总场的场长。

在团部的朋友里，和我交往最多的还有两位北京女孩——广播员曹自强和团宣传队的编导左方。两人都是北京师大女附中的才女，和我一直交往至今。曹自强播音字正腔圆，那会儿正私下学英语；左方甘为他人作嫁衣，她执笔的花鼓戏剧本，别人署名登在《云南日报》上，她也并不争功。那时我已有奢侈的煤油炉和锅碗瓢盆，厨艺也不错，请她们吃过我得意的炒鳝丝和炖猪蹄。多年后，曹自强担任了中国驻新西兰和美国的外交官；80年代，左方就职于中共中央政策研究室，作为主任林子力的得力助手，参与起草过许多重要的经济改革文件。

《海鸥乔纳森》

团部管机要的老杨为人随和，我经常钻到他的办公室里，去看团部订阅的唯一一份《参考消息》。从我会看报纸，就每天晚上抢着看阿爸带回家的《参考消息》。"文革"后期，阿爸自己也看不着了。尤其我到了农场，几乎就像闷在水底，外面世界的变化完全不得而知。比如，1969年7月11日，美国"阿波罗13号"载人登月成功。当时中国的所有公开媒体，都没有一个字的报道。

这下，我可以三五天一次地看到邮局集中送来的《参考消息》。某日，我吃惊地看到《参考消息》用了四分之一的版面，摘编了一个美国飞行员理查德·巴赫写的寓言小说《海鸥乔纳森》。这篇小说讲的是一只不甘平庸的海鸥乔纳森，不顾同类的耻笑和驱逐，苦练冲向云霄的飞行极限，这种极限，如同天堂，不是一个地点，不是一段时间，而是一种完美的状态。

当时我二十岁出头，身为知青，社会地位不如贫下中农，前路茫茫，甚至没有可能做人生设计。但是，我在写给女友顾元的信中谈及乔纳森给我的启迪：一个人最现实的追求，应该是竭尽潜能，把自己身边所钟情的事情，做到尽善尽美。这句话，后来成了我一生中的座右铭。

有一天，老杨不动声色地对我说，给你看些东西，你一定喜欢。说着拿出钥匙，打开机要室里屋的门。我惊呆了，屋角的几个敞开的麻袋里堆满了书和旧杂志。老杨说，这些是1966年"破四旧"开始时分场上缴来的。你喜欢看书，就先挑两本去，看过了再来换。

我翻了翻，大多数是"文革"前出版的中外文学作品。和当时在北京中学生间传来传去的那些名著的遭遇不同，这些书大多还是很完整，有里有面儿。

我自是乐不可支。每天晚上看书直到团部小水电站关闸停电，再在蚊帐里点个小油灯，听着屋外雨打芭蕉的噗噗声，一看就是大半夜，真是无比享受。后来，我还歪打正着地被评为优秀共青团员，因为警卫排的小伙子晚上巡逻，总是看到我屋子的灯是点亮的，表扬我每天工作到深夜。

我看书很杂，没有书单可晒。有一天，我拿到一本很厚的书，书名叫作《我们的经验》，由新华社国内新闻部工业组编辑。1958年结集出版，内部发行。书中的文字，都是新华社和各分社对于第一个五年计划重点工程建设优秀报道的写作体会。

我特别记得，有一篇关于成渝铁路建设报道的总结文章，其中提到新华社工业组组长田林冒着风雪亲临现场指挥。我当时觉得，能够指挥全国报道的人真了不起。

后来我常常疑惑，这样一本内部发行的书，怎么会在中国最西南边陲一盏孤灯下被我读到，并且记忆这么清晰。这本书和我结下了半生的缘分。

1973
报告文学《种神树的姑娘》

年初,我本来是要以一幅国画《织筒帕的小仆少》冲击当年云南省美展的。画上是一群傣族少女坐在木织机前,编织图案美丽的筒帕(傣族彩线女包)。这是我和德宏州的画家朋友们结伴下乡采风,在画了大量速写和习作的基础上提炼出来的。本来在州里被一致看好,结果画送到省城昆明,正赶上"中央文革小组"把一批老画家为北京饭店新楼创作的装饰画小品,批判为反对突出政治的"黑画回潮",我的画立即被无情地退了回来。

而在此时,一篇报告文学的写作任务落在我头上,为我打开了一扇新的命运之门。多年后我终于明白,命运替我做了选择,我天生就是做记者的命。无论多么努力,我顶多能做个三流画家,但我能做一个挺不错的记者。

顾元的《新家》入选全国美展

在延安插队的女友顾元,这一年艺术才华脱颖而出。

一年前,她从插队的河庄坪公社,分配到延安文化馆,从知青变

顾元的国画《新家》
入选全国美展

成国家干部，工作是群众美术推广。她被送到西安美院进修。当时的西安美院，画家石鲁、刘文西、蔡亮等大家云集，堪称一流美术院校。在老师的精心辅导下，她临摹被称为顶峰之作的元代永休宫壁画人物，苦练传统工笔线描，执笔创作的大幅工笔国画《新家》，被1973年全国美展选中，进入中国美术馆展出。

顾元性格开朗，和当地的老乡关系融洽，尤其对于黄土文化有着一份独特的理解和感触。

《新家》画的是两个戴着红花刚到延安的北京女知青，被老乡一家迎进窑洞的情形。笔墨设色显现出不错的功底，画面很阳光，很喜兴。每一个人物的身份表情，窑洞中的摆设装饰都很生动。

也许那股浓郁的生活气息，让这幅画获得广泛的传播，不仅入选全国美展的画册，而且被印成大幅年画在全国城乡热卖。全家人都为顾元感到高兴。然而从她心底对这幅画并不满意，认为不是插队中体验到的那种真实，甚至是一种粉饰。这种清醒，在当时十分难能可贵。

更幸运的是，顾元遇到了从中央美院下放到延安文化馆的著名油画家靳之林老师。当时靳老师已经50多岁了，命运坎坷，但是对艺术的追求，对于陕北的黄土地古老文明有一种近乎痴迷的爱。其后数年，靳老师对于延安南北朝佛教洞窟中的佛像与壁画做了深入发掘和研究。多年后，他成为一个新的艺术学科——"中国本源文化"的开拓者，享誉中外。顾元作为他的助手，对陕北的民间文化，尤其是简约传神的陕北剪纸艺术做了发掘和复兴。

他们用了几年时间，走遍边远山村，历尽艰辛，把藏于民间的那些曾被污蔑为传播"四旧"的剪纸高手——许多都是六七十岁的老太太——请出来，带徒弟，举办剪纸学习班。

延安剪纸，事先不画稿，拿起剪刀就剪，根据直觉和印象对物体进行大胆的捕捉和创造，造型夸张，朴实可爱。和今天那些一次刻出几十张繁复纤细、匠气十足的刀刻剪纸完全不同。每逢过节，陕北家家户户都会用剪纸美化自己的窑洞，在新糊的雪白透亮的窗纸上，贴满了红红绿绿的各色剪纸。整个窑洞被装饰成一个红花绿叶、鸟飞鱼跃、人欢马嘶、万物争春的艺术世界。

靳老师给我讲起过一段趣事，他带一个法国艺术家考察团在延安看农民剪纸，一位客人问一个老婆婆："为什么你剪的老虎是一个侧面，却也有两只眼睛？"老婆婆不假思索地说："老虎本来就有两只眼睛啊。"客人惊叫起来："她的回答和毕加索一样！"

"文革"刚刚结束后的1978年，延安民间剪纸被送到中国美术馆展出。全国美协主席江丰亲自撰写前言。其后，延安剪纸还成为中国

顾元创作的《走西口》等剪纸曾在中国美术馆和法国卢浮宫展出

在"文革"之后,第一个受邀在巴黎卢浮宫展出的中国特展。展品中除了传统剪纸,也有顾元根据陕北民歌创作的《走西口》《兰花花》《五哥放羊》等造型夸张、极其传神的新剪纸。

从普洱镇到惠民山

那年雨季快结束时,我被兵团政治部点名,去接受一项重要采访任务。

坐了五天的长途汽车,到达兵团所在地思茅市(2007年改称普洱市)。路上经过古普洱县城,古镇破败而苍凉。我还画了木房街市和石板台阶的速写,题字是"普洱没有茶叶卖"。直到70年代末,普洱茶主要销往西北牧区,在茶叶市场没有什么地位。昆明特级的普洱茶只卖五块钱一公斤,价格相当于北京的"高沫儿"。

顺便说，如今的普洱茶，身价百倍，最贵已炒过万元。但是我喝过最好的普洱茶，是 1999 年昆明世界园博会上，云南农大最早推广的普洱。我花了半斤 120 元的"高价"，买了红色印花纸盒包装的最贵的一种。沏出来的茶色，如同葡萄酒的玫瑰红，味道醇厚香糯。我只当日常的茶水自饮。一罐茶叶喝完，喝普洱的品味也吊上去了。此后，名贵普洱喝过无数，再也没有达到那个境界。

在兵团新闻科接待我的是现役军人谭长健。谭干事，四川人，为人实在。他原是《解放军报》记者，估计是在运动中站错了队，被贬到偏远的云南生产建设兵团。在这儿，我还见到了依然在搞美术创作的北京知青丁品和阿城（他创作小说《孩子王》是日后的事儿）。还有后来做了《中国日报》摄影记者的康晓敏。

谭干事向我交代了任务：团中央所属的中国青年出版社正在筹备恢复，作为重头戏，准备首先推出一本全国知青先进人物的报告文学集，云南兵团的北京女知青辛温是入选者之一。经过在兵团广泛筛选，确定由我担当采写任务。

推荐我的正是谭干事，他手上正在编辑一本云南兵团的通讯报道集。文集里选了我两篇通讯，他没有改动几个字，觉得我的文字水平完全可以担此重任。我又一次遇到一位穿军装的伯乐。

事情就有这么巧。谭干事在家里提到了我的名字，他的妻子惊喜地说："李安定？一定是我的学生。"

原来她就是我小学三年级的那大辫子、大眼睛的韩老师。她曾把我的作文《十月革命节给苏联小朋友的一封信》推荐给高年级做范文。在异乡师生重逢，我和韩老师都悲喜交加。她说，我教过的学生里，你是最淘气也让我印象最深的一个。

又坐了三天长途车，我经过西双版纳的景洪来到澜沧县的惠民山，一片群山深处的新农场。那里生活工作条件异常艰苦。山里的拉祜族少数民族，前些年还过着刀耕火种的部落生活。1968 年，北京、上海、成都和昆明的知青来到这里，砍伐林莽，烧山开荒，修筑梯田，在这里试种神奇的药用作物——金鸡纳树。金鸡纳的树皮可以熬制出一种白色生物碱粉末——金鸡纳霜。提炼物称为奎宁，是治疗热带流行病疟疾的特效药。据说金鸡纳种子在国际上无比金贵，相当一两黄金一两种子。金鸡纳霜和橡胶一样，是一种重要的战略物资——当时抗美援越派往疟蚊横行地区的前方将士，急需奎宁防治疟疾。金鸡纳树本来是在南美赤道附近种植的热带作物，北移成功引种到北回归线附近的中国云南。

惠民山的植被大片大片被砍光，赤裸出的红土梯田上，竖起大标语："种出金鸡纳，解放亚非拉。"为了这个宏大目标，惠民农场的每个知青都在玩儿命干。把挖树根、造梯田，看作如同在大戈壁上造原子弹发射场一样，充满光荣感和使命感。

辛温：知青劳模与她意外的归宿

在惠民山上的金鸡纳树苗圃里，我见到北京知青辛温，衣服上打着补丁，本本分分的一个姑娘。讲起种植金鸡纳树成功的心得，就是一种饱含责任心和对每一个细节的执着。此前经历过报纸电台，甚至《解放军报》无数次的采访和"讲用"，她说话时依然很平稳，没有战天斗地的气势。

我看到，由辛温担任排长的苗圃排的女孩子们，用绣花一样的细心侍弄着刚刚破土发芽的小苗，连晚上睡觉都要轮班起来几次，提着小马灯，爬到山上的苗圃中，查看出苗的情况。

有资料说，金鸡纳树出苗率在国外一般是 20% 左右，而在辛温她们精心的培育下，出苗率达到 39%，最高达 71%。喜报层层报到中央，受到周恩来总理的表扬。

当年的金鸡纳苗圃已经变成普洱茶山

后来报告文学写出来，有两万多字，但是今天记得住的，也就是上面写的这些骨架。

怀着一种政治抱负，诚心地做好眼下的事儿，似乎是那个时代"中国知青"的一种标记。无论在大山深处开荒种金鸡纳树的辛温们；无论是怀着"解放全人类"梦想过境参加缅共，冲锋号一响就跳出战壕，牺牲最多的中国知青；无论挥舞树枝扑救山火，风向一变，顿时被火舌吞噬的知青集体。最后没有英雄称号，渐渐被人淡忘。

在惠民山，我遇到了在北京时的朋友王运昌，他是个见识独到、行侠仗义的汉子。有朋自远方来，自然要酒宴招待。惠民那里实在够苦，正逢雨季，又热又潮，地里不长菜，平时佐餐的就是盐水煮黄豆。到山下小卖部，买了一个瓶装罐头，打开一看，竟还是黄豆煮猪肉。

就着黄豆，喝着苞谷酒，我问起辛温的事迹。运昌说，她苦也苦了，累也累了，但是你们写材料，把先进人物的思想境界不断拔高。久而久之，她在人前就要踮着脚被架起来，下不去了。自己累，别人也质疑，辛温一定会被写她的那些文字累垮。

辛温后来的确被越架越高，先是农场的副场长，后来是农垦分局的副局长，全国先进知青代表，频频到省里和北京开会，受领导人接见。但是活得很纠结。

站在那个位置上，难免会说过头话。许多全国闻名的知青典型，在"四人帮"被打倒后，受审查，甚至被判刑。有人是咎由自取，有人当了替罪羊。比起他们，老实本分的辛温还是幸运的。"文革"后，辛温嫁了一个普通干部，分一间小屋，在家学做烙饼、织毛衣，开始本本分分地过日子。

辛温的名字最后一次出现在全国报刊上，是1979年9月作为知青代表参加国务院知青工作座谈会。那年春天，云南知青群体阻拦火车运行，要求全部返城，这一过激举动震惊了全国。会上，国务院相关领导宣布：历时十年的上山下乡运动正式结束。全国各地的知青陆续回到家乡城市。

离开惠民山，我没有再见过辛温，听王运昌说，她已经皈依佛门，一个人住在京郊幽静清修。北京知青聚会，辛温挨桌给"插友"们一本本分发礼佛敬佛的小册子，没有半点儿怯意。聚会第二天一大早，在酒店长廊，王运昌远远看见一个人跪下叩拜，复又起身，再跪拜。从背影看正是辛温。她头前的地上，是一尊妙相庄严的佛像。

沧海横流，世事难料。

大编辑江晓天传奇

我人还在思茅，中国青年出版社通知兵团，让我带好素材，直接去北京写初稿。

深秋，我回到北京家里，对姆妈说，这次可以在家住上一段日子。姆妈听了很高兴。

中国青年出版社，坐落在北京东四十条，和中国少年儿童出版社共同占用着一座三进的大四合院。当时"文革"进入后期，团中央准备恢复出版工作，两家出版社荒废了七八年业务的编辑们，陆续从干校回到了北京，筹备再次开业。

中青社的文学编辑室，占着院子当中的一间大北屋。主任江晓天和另一位老胡，是我的责任编辑。他们用了两天时间，听我介绍了采访所获得的全部材料，我也谈到了由于缺乏复杂的冲突细节，担心写作存在难度。他们给了我很多重要的指点，帮我搭起了结构框架。我钻到招待所里没日没夜地写了五六天，终于写成了将近两万字的初稿，标题是《种神树的姑娘》。

老江他们又用了几天，认真看了我的稿子。老江对我说，行啊，小伙子写得不错。没搞"三突出"，写出了一群活生生的年轻人。本来担心你会写成时髦的那种套路。稿子站得住，咱们再继续打磨。

这本先进知青集子的其他作者，大多是各省文艺刊物的主编或成名作家，见到老江，都是毕恭毕敬。唯独我是初生牛犊不怕虎，说话口无遮拦。老江他们反而喜欢拉我一起聊天，听我调侃社会上的种种"文革"陋习，听我讲云南少数民族的风土人情。

我跟老江吹牛：傣族的孔雀舞，您在剧场里看都是女孩儿演的，温柔细腻；可是我在德宏看过最震撼的孔雀舞，是一位年过六旬、筋骨精瘦的老头跳的。他曾是中央民族歌舞团的舞蹈演员，在世界青年联欢节上得过奖,名叫庄相。平常看上去,就是一位蹲着抽水烟的普通老者,但是当象脚鼓和铓锣一响,他顿时抖擞精神,乍起肩膀,翻转手腕,俯仰身躯舞动起来。举手投足之间,把一只孔雀从洗澡、抖毛、开屏和昂首,演得惟妙惟肖,摄人心魄,活脱脱的一个孔雀之王。老江听罢说:看看,你一说边疆,就动真感情。

直到今天,老江的形象,还在我眼前浮动,长头发,高颧骨,粗粗的眉毛下,两眼炯炯有神,和善、亲切、智慧。他人很清瘦,爱喝茶,浓茶,我见过的最浓的茶。一个玻璃罐头瓶,泡开的茶叶顶到瓶口。我们聊天,尤其我调侃"文革"时,他总是眉开眼笑。有时身子斜着向后仰,对老胡说,你听听,你听听,小李子怎么说的。

有一天,他拿来一本杂志,给我看上面一中年作家的新作,说是写得好,有生活,有人情味儿。在"文革"中这样的作品的确很难得,但是我看过,不知深浅地对他说,老江,我觉得这是从女作家刘真的《长长的流水》脱胎出来的。找来两相对照后,老江两手握着茶杯,夸赞我感觉好,是个当编辑的材料。

中青社,是20世纪50年代初由《山东青年报》和上海开明书店重组创立的,很多年轻编辑来自山东革命老区,如今人到中年,又经过几年的折腾,但是开朗、义气、进取、善良的性格不改。常在食堂一起吃饭,他们和我这个唯一的年轻人,都很谈得来。

"文革"中,功过难辨,大人们不愿意谈及以往的经历。我只知道老江是安徽人,红小鬼出身,是著名作家姚雪垠的巨作《李自成》的责编。直到我做了新华社记者,在新闻稿中看到老江担任了中国作协书记处书记,我才从跑文化口的同行嘴里知道,江晓天堪称新中国顶尖的文学编辑。

"文革"前在"十七年文学"中,中国长篇小说的代表作,有"山青保林"和"三红一创",一共八部书的说法。即《山乡巨变》《青春之歌》《保卫延安》《林海雪原》,以及《红日》《红旗谱》《红岩》《创业史》。这些小说以及由此改编的电影，在当时的中国可谓家喻户晓。

而"三红一创"四部书的组稿、策划、编辑、出版都出自中国青年出版社，并由江晓天一手成就。甚至可以说，没有江晓天的慧眼和运作功力，其中有些甚至不可能成书。尤其是他在"文革"中，面对"四人帮"的淫威，挺身而出，舍命保护长篇小说《红岩》的作者罗广斌和杨益言，体现了中国传统文人的风骨。

我一个初出茅庐的小子，遇到这样的大师级的编辑手把手地教我写报告文学，实在是对我后来我文字生涯的一次扎实锤炼。

到了年底，老江找我谈了一次话。他说，中国青年出版社业务即将恢复，原来的编辑们都开始步入中年了，年轻人太少，准备招一些有文学基础、有生活历练的年轻人进来，培养为编辑。我们观察了一段时间，觉得你各方面基础都不错，你看看，是否愿意留在出版社工作？

听了老江的一番话，我心中的纠结多于惊喜。那一阵，我太爱云南，尤其德宏，那是心目中的一个艺术金矿，我才刚刚摸到门口。回到北京做编辑当然好，但是每天坐在那里看稿子，不大适应我的性格。当然，我心里还有另外一道阴影：调到中青社工作，会不会又遇到特殊海外关系这道迈不过去的坎儿？

我考虑了两天，答复老江：还是想回云南去，那里的民间文学丰富，生活多彩多姿，我想沉下去，体验生活，过几年拿出像样的作品再来找您。

老江有些意外，但是很赞赏我的这种态度，说我挺有出息，支持我的选择。

1974
重新当上北京人,一时回不过神来

  美国总统尼克松访华和中国加入联合国,让全球冷战格局变化,剑拔弩张的中苏战争危局出现缓解。上一年毛主席发布新的最高指示:"还是安定团结为好。"被折腾够了的中国人民对此特别认同。

  1974年新年到了。起码在北京,对于普通老百姓是"文革"十年中的一个相对的喘息期。离家五年来,第一次和姆妈、安平、安宁全家人聚在一起迎来新年。然而"树欲静而风不止",新的风暴正在蓄势待发。

《两只小孔雀》

  少年儿童出版社和中国青年出版社同在一个院子里,让我认识了少儿社的老编辑金近。不夸张地说,我是读着他写的《狐狸打猎人》等童话长大的。金近,绍兴人,一位慈祥的小个子老者。我常去他的办公室聊天,他对我说,小李,我看你还有一颗童心,这很难得,可以来搞儿童文学呀。

我便把去年发表在云南省《红小兵》月刊上的图配故事《两只小孔雀》拿给他看。

去年初,我被借到德宏州,和州里文化馆和报社的几位画家一起,为省美展搞创作。经常下乡到傣族村寨写生,对这片景色秀美、风情浓郁的热土,愈发眷恋。

我借住在师宣传队的宿舍,一片土坯和茅草搭建的简陋房子。和宣传队比邻的是警卫连的半大小子们。

和我同屋的宣传队编导老楚,戴着黑边眼镜,一脸老成,是一位重庆老知青。晚上我俩闲聊,老楚讲起一段趣事。不久前,警卫连那群小子不知道从哪儿捡了两个大鸭蛋。正好连里养的母鸡在抱窝,就把鸭蛋放了进去。过了些日子,鸡蛋里的小鸡出壳了,鸭蛋却没有动静,小伙子们不甘心,又把鸭蛋送给另一只抱窝的老母鸡做接力。几天后,鸭蛋终于破壳了,但不是扁嘴的小鸭子,而是两只绿色绒毛的雏鸟,它们和一起出生的小鸡们,跟在鸡妈妈身后找食吃。后来小绿鸟渐渐长大,有人认出这是两只小孔雀,让这群小子乐开了花。两只小孔雀长得很快,换了一身闪闪的羽毛,长出了翅膀。

有一天,警卫连的小战士们正在逗孔雀,一只小孔雀突然飞起来,飞到一个不太高的架子上,另一只也跟着飞上去,小伙子们拍着手欢呼起来。小孔雀有些受惊,扑腾着翅膀飞到屋顶,再也不敢下来。小战士们担心小孔雀飞远了,急得不行。有个小子精明,跑去把老母鸡抱来,鸡妈妈看见两只孔雀宝宝,站在那么高的地方,急得咕咕直叫,连孩子们洒在地上的米也顾不上吃。两只小孔雀听见鸡妈妈的招呼,定定神,张开翅膀飞下来,小战士们一拥而上,把小孔雀搂在怀里。

这样一个闲聊中的趣闻,让我脑海里灵感一闪。我编了一个百余字的故事,画了六幅水粉配图,取名《两只小孔雀》,寄给了云南省

我的儿童文学作品《两只小孔雀》
没有一分钱稿费

《红小兵》杂志,很快就发表了。云南版画家蒋铁峰还用我的故事,出版了一本精美的木刻连环画。

我把故事讲给金近老师听,他说:故事挺不错,很有画面感。上海美术电影制片厂正在和我要本子,你把它改成个脚本,我推荐过去试试。

没用几天,我就把《两只小孔雀》脚本写出来了。故事的主角是一群傣族孩子,在给帮傣家寨修水电站的解放军骑兵连割马草时,捡到了两个蛋,借鸡孵蛋,孔雀长大,最后在水电站落成典礼上,孩子们把小孔雀送给解放军。金老师很喜欢这个故事。送给了正在向他约稿的上海美术电影制片厂。其后两年,这个故事被拍成动画片,出了短篇小说和连环画,动静还不小。

依依不舍，告别彩云之南

春节前，收录了我所写的《种神树的姑娘》的报告文学集已经定稿，就等待出版社重新开业后，作为第一本书推出。

偏偏天有不测风云。

1971年9月，副统帅林彪出逃坠机，接班人出现空缺。随后中国加入联合国，中美关系缓和，主管外交的周恩来总理在国际上声望大增，引起猜忌。"四人帮"觉得时机到了，跃跃欲试。借批判林彪，突然把矛头指向周总理。

1974年1月24日和25日接连两天，江青和"中央文革小组"几个人，身穿绿色军装在北京工人体育馆连续召开在京军队和中央机关万人动员大会。继而在全国掀起一场声势浩大，目标明显针对周恩来的"批林批孔"运动。这个会，我所以记得很清楚，是团中央筹备组传达会议精神的同时，宣布中国青年出版社暂停恢复业务。

中青社业务停了，《种神树的姑娘》也胎死腹中。我和老江、金近等编辑们告别，准备回云南去。他们也在为各自下一步的安置担忧。

我还没有动身，兵团宣传处来了通知，让我再去北京出版社，参与编辑一本知青书信集——那时候的说法叫作"三结合"。责任编辑金和增，是一位30多岁身材娇小的女编辑。她当过中国儿童艺术剧院的演员，显得很年轻，特别有亲和力。书名叫作《写在广阔天地间》，收集的都是一些知青的家信。书中有一封信，是一位知青和作教授的父亲谈及"书香门断书香"的话题，一片豪言壮语。老金问我怎么看？我说，我就是这个情况，但我不去想。

当时，经过八年的自然淘汰，北京中学师资严重短缺，决定从各生产兵团招收一批北京老高中生回来当老师。各区教育局纷纷派出工作组去各地招人。我听到消息,并没有太动心,依然把出版社的工作完成。

倒是有一天姆妈小心翼翼地和我说,云南实在离家太远了,是不是趁这个机会回来。我一下子体会到老母亲心里的牵挂。寻思了一下,答应回去试一试。不过估计赶不上了。当时东北兵团招考的知青老师,已经陆续回北京报到了。

等我到达昆明时,知道云南兵团的教师招考也基本结束了。我走到陇川前一站的芒市停车住宿时,在师部招待所巧遇从陇川刚刚返回的工作组人员。相见闲聊,他们对我很感兴趣。组长跟我说,远郊区名额还没有招满,如果明天我们动身前,团里能够把你的档案和审批材料送来,我们就收你。我没抱什么希望,但还是在师部打了个电话给我的好朋友,团里组织干事"老牛角",说明了情况。电话里他只说了一句:放心吧,安定。

第二天在招待所吃早饭时,我看见"老牛角"和北京来的工作组人员坐在一起时,真有点儿不敢相信自己的眼睛。组长惊喜地对我说:"叶干事连夜开车把你的档案和团里的审批文件送来了,真是辛苦他啦。"

北京招考教师必须要通过团党委会一级的审批。"老牛角"接到我的电话,已经到了下班时间。他填好表,没顾上吃晚饭,就一位位地去到团党委成员家,上门征求意见,他们都表示了同意。政委还对他说,安定这小子今后会有出息,咱们不卡他。

一直跑到很晚,终于过了党委成员的半数。"老牛角"回办公室盖了党委的大印。要了团里那辆武汉仿造的212,翻山过岭连夜赶到芒市。他还和我开玩笑说,本来想把入党问题一块儿解决了,可是凑不齐人开支部大会了。

他一句都没有提起一夜奔波的辛苦。说什么好呢,这就是兄弟啊。

半个月后，接到通知，我被分到北京门头沟大山里一所矿山中学。从云南知青到北京中学老师，角色的切换，对我来说竟是这样突然和恋恋不舍。

陇川，我是流着眼泪离开的。

1974年4月底，我回到北京。把户口重新落在西城区阜外大街71号户主母亲的名下，距离我去云南整五年。重新当上北京人，一时都回不过神来。

直到今天，我依然认为，插队五年虽然短暂。但是它是我人生中一个重要阶段。被"很有必要"地送到贫穷边远的农村边疆"扎根一辈子"，对前途的无望与艰苦生活的锤炼，是以后的青年人难以获得的感受和经历。

"中国知青"是历史上空前绝后的一个巨大群体。长身体时遇到"三年饥荒"，该学知识时赶上"文化大革命"，该就业时被"上山下乡"，结婚生子遇到"独生子女政策"，人到中年赶上了"下岗失业"——这一段顺口溜成为从1947年到1953年出生的一共七届城市中学生的共同写照。美好称呼"新中国的同龄人"指的就是这一代人。

那些插队回城之后，没有学历，没有一技之长，始终挣扎在社会底层的知青兄弟姐妹，真正成为被抛弃、被牺牲的一代人。当然，其中也不乏抓住机遇，励精图治，有过苦难磨砺的知青成为今天中国社会的栋梁。

对于我来说，做知青的经历既不是"蹉跎岁月"，更不是"青春无悔"。我只是在努力地找回着自己。

五年知青生活中，影响过我命运的每一个善良的人都让我终身感恩。在我的后半生，始终对云南，对知青的经历灌注了深沉的情感。和家人提起云南，我常常说"我们那儿"；在工作中只要遇到知青的子女，我总是当作自己的儿女一般感到亲切，另眼相待。

京西矿区的中学教师

1977年5月，我开始进入下一个人生角色：矿区中学教师。和当知青一样，我的经历依然有点另类。

回京当中学教师的知青，大都分配在北京城区的中学。在云南，我生活在坝子里；这回，反而走进京西大山里面了。门头沟区安家滩中学——区教育局所辖最远的一所中学。先是把远郊线路336路公共汽车几乎坐到头，然后在门头沟的城子镇，换乘木头直背椅的绿皮小火车，沿着永定河谷进山。火车开得很慢，停停走走一个小时。到达一个叫作王平村的小站，沿盘山公路徒步一个小时，到一个叫作安家滩的煤矿坑口。再沿着几乎是45度的山沟爬到山顶，就是安家滩中学了。听说这里曾是一座小庙，至今还有一棵老松树。

教师大都很年轻，有"文革"前的大学生，有跟我一样从兵团回来的北京知青，有刚刚从门头沟师范学校毕业的小年轻。大家都住在学校里，一周回家一次。学生大多数是煤矿工人的孩子。住在学校对面依山而建的矿工宿舍区。

到学校报到后，我被安排和矿区工宣队谢师傅、教导处苏老师组成一个三人教改小组。负责当下"评法批儒"运动。谢师傅人很精明风趣，绰号"谢老转儿"，识文断字，他跟我透露说，咱这个小组是矿校联办的试点。所以，矿上特意出面跟教育局把你选来的。这让我哭笑不得。

"批林批孔"已经搞了一年多，再笨，我也明白，这是醉翁之意不在酒。先是把林彪和孔子绑在一块儿。孔子崇尚《周礼》，子曰："克己复礼为仁"；林彪写过一个条幅："克己复礼，唯此为大"；两人相距两千五百年，却被指"搞倒退""复辟资本主义"，一脉相承，一顿痛批。后来不仅孔子要批判，春秋时期的"周公"也要批，影射周恩来的用心昭然若揭。

"文革"中第一次印发了许多古文的小册子，有反面教材，孔子的《论语》；有被弘扬的法家代表作和人物：写出《五蠹》和众多寓言故事的韩非子、变法图强的商鞅、焚书坑儒的秦始皇、西汉作《盐铁论》的桑弘羊乃至明代的李贽的文字节选和生平。要由我们翻译成白话，让老师学生甚至矿工师傅能够听懂。我负责翻译古文，编成故事；苏老师加上批判语言；再由谢师傅声情并茂地上"评法批儒"的大课。

对我来说，这倒是一次先秦诸子散文的自学。除了儒家和法家，老子、庄子、墨子的文字也有涉猎。坦坦然然地读书，不必担心别人说我不积极参与"文革"和大批判，倒是一桩乐事。

1975
苦中取乐的矿区教师

前些天，在报纸上看到一则消息。京西的煤矿已经全部关停，门头沟区产业转型为北京高端休闲度假旅游区。有着北京最高的山、最早的庙、最大的草甸、最长的河谷和最悠久民俗的门头沟区，今后发展潜力无限。

走向枯竭的京西煤矿

1975年，由于住在矿区，我第一次和大工业有了接触。矿工们每天穿着工作服，戴着雪亮的头灯，坐着罐车下井。不时还要举行夺煤会战，看起来一片轰轰烈烈的景象。

京西门头沟，顺着永定河谷，当年是一串国有煤矿。京西矿务局，是和首钢同样重要的大国企，在50年代曾经很是风光过一阵子。我注意到1956年建的安家滩坑口大楼，矿工食堂和浴池里，都是用金黄色的铜丝镶嵌的水磨石地面。

经过"文革"，京西煤矿已经风光不再。煤炭资源接近枯竭，许多采空区出现坍陷。坐车往大山里去，常常可以看见远远的一片村落，走近一看，断垣残壁，茅草没人，这是采空区已经被搬迁的村落。直到有一天，夹着电闪雷鸣，整个村落会突然陷落，地面留下一个大坑，坑里很快被荒草覆盖。

由于到了开采周期的尾声，矿区产量锐减，生产生活都不再投入，当年的矿工新村早已停止建设。但是孩子仍然一波波出生，矿工们就用废旧的坑木和木皮搭建简陋的住房，当初灰砖红瓦的新村完全被木板房所吞没。去学生家做家访，大儿大女和父母挤在一个炕上睡的，比比皆是。

矿区的孩子们都知道，他们父辈的工作每天都面临着不小的生命危险，当时坑道冒顶、塌方的事故时有发生。每天，矿工下井，全家人的心都悬着。毕竟中国单位煤产量的矿工死亡率是世界上最高的。

即使幸免于矿难，由于当时劳动保护不足，大量矿工患上矽肺，矿井下的矽尘吸附在人的肺叶上，让肺部石化，无法进行正常氧气交换。病情严重后会活活憋死。我住的宿舍后面就是矿上的康复队，都是患有矽肺、丧失劳动能力的矿工，天天只能坐在屋檐下艰难地喘息。

由于下井后要走很长的路才能到达工作面，所以下井一次都在十二三个小时。下工后，矿工们涌进矿区的大浴室，把满脸满身的煤尘冲去，泡一个澡，神情轻松地去食堂，点一份小炒。咂一瓶小二，美美地享受当下。

矿校一家

在京西，你要识别一座矿山，不是看坑口的那些建筑物，而是远远望去一片十多层楼高白花花的矸石山。煤矿里采出来的煤，由电机车拉着一串罐车送到煤场装火车运走；而伴生在煤层里的矸石，则被筛选出来送到露天堆场。天长日久堆成一座高大的矸石山。远远望去，小如玩具的电机车拉着矸石罐车慢慢爬上山顶倾倒。

许多矿山的孩子，背着柳条编的背篓，踏着滚滚而下的矸石，不顾危险地快步冲上陡峭的石山，在矸石滚落中捡拾里面残剩的煤块，让人想起马踏飞燕。这就是矿山生活的一部分，矿工家庭居家取暖烧饭的用煤，就是来自这种颇具风险的举动。

学校以矿工子弟为主，安家滩矿和学校自然亲如家人。冬天取暖，资金紧缺的学校从来不缺煤用，来源自有它独特的渠道。

煤矿要给学校送煤，不能动用已经计入产量的国家煤仓，而是趁着夜黑风高的夜晚（此时矸石山上没有其他拣煤的人），把刚刚采出的煤块混上矸石拉到矸石山上。学校的年轻教师，带上一帮高年级的孩子，每人背一个柳条背篓。迎着打着呼哨的寒风，艰难地攀上矸石山，脚下的石头哗啦啦地滚。

在山顶上等了一会儿，一列矸石罐车开了过来。其中两辆做有记号的罐车开到坡顶，车斗一翻，煤块混着矸石呼啦啦倾倒下来。大家一拥而上，抢着把滚落的煤块往背篓里拣。然后背下山顶，装进从公社生产队借来的手扶拖拉机，拉回学校。

这时候师生们都已经冻得不行，被工宣队的师傅接到山顶守护设备的工棚里。汽油桶里烧着大煤块，呼呼蹿着火苗，暖和极了。一会儿，学校后勤处抬来从矿区夜班食堂刚出炉的一筐箩又热又酥的大烧饼和一大盆猪头肉。又饿又累的我们，一哄而上，大快朵颐。冻饿之极时吃的这顿嗞嗞流油的烧饼夹肉，是我一生中最深刻的美食记忆之一。

孩 子 王

无论做什么事，我总想另辟蹊径，力求做得与众不同，从而体验出其中的乐趣。在学校，教改组本来是个挺好混的差事。我却有些不甘寂寞，寒假前的期末语文考试，我在高二一个班做试点，把全班学生分成几个小组自编自演节目。对口词、三句半、快板一类。我带着几个孩子试着搞了一个童话广播剧——《灯苗》。灯苗，就是借指1949年前，矿工们在狭窄矿坑爬行时叼在嘴边的小油灯。脚本是我们自己编的，讲矿井里一个叫灯苗的小精灵和一群孩子惩罚了残暴把头的故事。

我小的时候，没有电视。看电影也不那么容易。从收音机里听广播剧，电影录音剪辑。通过声音在脑海里再现一幕幕活动的场景也是一种享受。"文革"中，电台很少播出广播剧和电影录音剪辑了。于是我想带着学生们试着做一个广播剧。

孩子感到很新鲜，而且不乏生活。不但能跟我一起，你一句我一句的编出故事脚本，而且能够分别扮演角色。我们借了学校里的唯一一部磁带录音机。同期一次性录制音乐、解说、对话，乃至风声和矿洞倒塌的音效。孩子们很投入地各司其职：放唱片的、用声音模仿刮大风的、推倒石头垛的轰隆声，十分逼真。汇报演出那天，我们把录音机和一个单声道音箱搬到台上，小演员们围在一旁。按下放音键。一场生动有趣的广播剧，就在矿区礼堂里响起，真是别开生面。尤其，孩子们对话的声音通过音箱放出来，和平时说话不一样，给人一种奇妙的感觉。故事的题材也很新鲜，在学校的老师和同学中间获得了认可。

广播剧的录音带，作为教改的成果，也被矿区有线广播站，在全矿和家属区广播。

新学期，我开始兼做高二的语文老师。那个时候，中国教育一团混乱。虽然大学有了推荐与选拔相结合的招收"工农兵学员"。但是随即就先有反潮流的"白卷考生张铁生"。后有反对"师道尊严"的黄帅。连教育部部长——原来在周恩来身边工作的国务院秘书长周荣鑫，也连气带病死在任上。那时候，中学生毕业的出路还是插队。读书既然无用，当老师自然没有尊严。上课时老师在台上讲，学生在下面想干什么就干什么？随便出出进进，也很正常。

我对讲课并不发怵，也不像那些很凶的老师，拿粉笔头直接砸学生。我相信人心换人心。

我把上语文课变成讲故事。把课本里鲁迅的小说《祝福》节选，足足讲了六节课。把时代背景，绍兴的风俗习惯，以及鲁迅其他小说人物，都穿插进去。我甚至找到旧画报上电影《祝福》的剧照，白杨扮演的祥林嫂的呆滞眼神把孩子们带到另外一个时空。平时上课最调皮捣蛋的孩子，都听得入了迷。

这些朴实的山里孩子，一旦认可了你，就会把你当成知心朋友。门头沟的大山里面景色动人，不上课的时候，学生们结伴带着我去找别致的景点。从学校翻了两座山，就是著名的古刹潭柘寺，春天，满山满谷盛开着大片大片粉红色的杜鹃花。夏天，悬崖上挂着瀑布，下面是一个很深的水潭，可以跳水游泳。

我们还发现一段历史遗迹。在陡峭山梁的青石板路上，留着骡马踩出的很深很深圆圆的蹄印。路边有一截刻着半文半白碑文的石碑，记述着二百年前这里就是京西煤窑通往京城运送煤炭的古道。那些圆坑是无数骡马走过石头坡顶，长年累月踩踏出来的。

体验生活溶洞探险

回北京后，我一直和北京出版社金和增老师保持着联系。那时候，刘心武、陈建功也是她联系的业余作者。她家在后海附近的文化部宿舍，她的先生老张，是一个待人真诚的老干部，他们夫妇经常邀我到他们家里，聊天吃饭。老金鼓励我把小孔雀改成儿童文学短篇小说。

但是真的写起来，可并不轻松，在当时的政治环境下，一个朴实的故事，不得不加上阶级斗争的反派人物——当年的土司的管家眼镜蛇，一个蓄意破坏电站的坏蛋。

后来做了多年记者的我，逻辑思维完全取代了形象思维，再看这篇两万多字的《两只小孔雀》，暗自好笑当时真能编，幸好最初的真实细节，和我在傣乡采风体验，让这个故事今天还读得下去。

1975年6月，《两只小孔雀》由北京出版社出版，开印10万册，定价只有0.17元，当时没有稿费，只送十本样书，出版后马上有人改编成小人书，开印也是10万本，而且一再加印。

1978年，上海美术电影制片厂的动画片《两只小孔雀》也上映了，是采用了此前金近老师转去的没有阶级斗争的版本，边疆风情给了编绘者们追求美的极大空间，还是挺好看的。1971年初，为了拍摄这部动画片，上海美术电影制片厂的该片剧组曾专门去云南体验生活。

也就是这个时候，我正收集素材，开始孕育一个关于京西矿区孩子的中篇儿童文学，题目就来自前面提到的广播剧《灯苗》。

为了体验生活，设计场景情节，我还先后钻了门头沟大山里几个无人的溶洞。我带上从矿上借来的矿灯，杵着棍子一个人进去探险。

探险，是最不能一个人去干的事。但是我知道其中的风险，不敢带孩子们一起去。有一回，我正在一个七岔八拐的山洞里摸索地往前走，矿灯突然出了故障，四周一片恐怖的漆黑，往哪里摸都是冰冷的大石头，根本没有出路，再也找不到洞口，我绝望得几乎要哭出声来。幸好，矿灯最后重新亮了起来，此事今天想来还十分后怕。

在永定河谷下苇店村村边有一个溶洞，洞口挂在半山腰。上山容易下山难，我从洞里出来，面前几乎就是峭壁。脚下的小山村和那条绿皮小火车的铁轨，显得十分渺小。天色渐晚，山下的村民发现了我，大声喊我，要我留下姓名单位，似乎怕我摔下山遇难。我还真的靠在峭壁上，给顾元写了一封短信，告诉她脚下的危险。

在京西古刹潭柘寺后面，大约走两公里的山路，有一个很大的山洞，和桂林的七星岩大小差不多。不同的是，洞里没有喀斯特地貌的钟乳石，而是大片的沉积岩。下到洞底，顿时宽畅平坦，有明显人工修凿的痕迹。村民告诉我，这是抗美援朝时，中央派工兵修建的备用山洞指挥所。但是一直没有启用，后来完全废弃了。考虑到这一带是抗日战争时期的晋察冀边区的平西根据地，军方高层对这一带很熟悉，这种说法很有几分可信。

顾元这时已经是一个小有名气的知青画家。《中国青年》杂志即将复刊，派了中国艺术研究院的一位年轻画家到延安，与元合作画一组《北京知青在宝塔山下》的素描组画。元的素描底子好，搞创作脑瓜特别灵，情节构图信手拈来，又有延安当知青的生活，画家对她好不赞赏。素描正在创作中，被《北京日报》知道了，把她一幅素描拿去抢先发表。记得标题是《又添一个铁姑娘》，画着村里大娘把亲手做的垫肩，给两个攥着扁担的北京闺女一面戴上，一面端详的生动情景。

1976
天翻地覆慨而慷

1976年,接踵而来地发生了太多不可预见的大事件。大悲大喜,地覆天翻。太突兀,太密集,构成家事国事最跌宕起伏的一年。

扬眉剑出鞘

1月8日,周恩来总理因癌症去世。作为中国十年动乱局面中一个维持稳定和平衡的代表人物,他的去世,让大多数中国人心头充满了悲哀和对未来的不可知。

毛主席没有出席周恩来的追悼会,批示由邓小平念悼词。而此时,"反击右倾翻案风"已经进行了两个月,矛头直指邓小平。

一股炽热的岩浆在地表下奔突,民心正发生着激变。

4月5日是清明节。从4月1日开始,来自北京和全国各地的工人、学生、知识分子,不约而同地聚集在天安门广场。英雄纪念碑上堆满了花圈,松树上扎满了纸做的小白花,纪念碑的栏杆上贴满了悼念周总理和露骨地影射"四人帮"的诗词。花山诗海的中间,人流涌动,有人在抄录诗词,有人登高大声朗诵,有人慷慨陈词地讲演。甚至出现了一人振臂万人追随的场面。广场上的人越聚越多,前后达200万人。

家住北京的老师们,大都请了病假、事假回到城里。我也几次来到天安门广场,一泡就是大半天。记得那年是个倒春寒,天上始终阴云密布,寒风凛冽。广场上的气氛却越来越炽烈。北京的普通老百姓,第一次公开表达出对"四人帮"刻骨铭心的痛恨。

广场上的无数诗词之中,有一首诗流传甚广,说出了人民的共同心声:

欲悲闻鬼叫,我哭豺狼笑。
洒泪祭雄杰,扬眉剑出鞘。

在人群中,我几次碰到了弟弟安宁的中学发小王文澜。文澜三年前参军,已经是38军某师的摄影干事。广场上的他穿着便装,拿一个海鸥120照相机,脸色冷峻地攀上爬下,选取最佳的角度,拍摄着广场上波澜壮阔的场面。我们目光相遇,彼此用眼神打了个招呼,并不说话。这时广场上已经开始出现了便衣在拍照和盯梢。

"文革"初期,文澜革命多年的父亲落了难。他常来我家,和安宁一起听阿爸收藏的古典音乐唱片,用以获得心灵的安慰。

在"文革"中,私下听西方古典音乐和偷听敌台差不多。记得文澜和我们哥俩一起听音乐,怕惊动邻居,不但关严门窗,甚至用抹布堵住唱机的共鸣箱,以降低音量。尽管音质大打折扣,依然听得如醉如痴。

4月5日清明节当晚,"四人帮"把持政治局会议把天安门前人民对周总理的悼念定性为"反革命事件"。9点整,广场上所有的灯骤然关闭,大批军警和工人民兵手持铁锹、木棒冲进广场。我赶忙去广场边上取自行车,听到身后黑暗中棍棒声、哭喊声、口号声不绝于耳。

清明天安门悼念周总理的市民（王文澜摄影）

悼念周恩来总理、反对"四人帮"的"四五运动"，就这样被压制下去了。接下来，是一场大追查。数百名民众因参与天安门的活动而被捕，许多人看不到光明，绝望地把广场诗词和照片销毁。

然而，王文澜是个有心人，他在有意识地用镜头记录下一个个历史画面。为了把这些照片妥善保存下来，他冒着风险把十多个胶卷在部队驻地和北京之间不断转移。两年后"天安门事件"平反，大型影集《人民的悼念》的出版轰动了中国，影集中收入多幅王文澜提供的广场实况照片，他第一次以镜头记录了中国命运的脉动，奠定了日后作为中国新闻摄影变革领跑者的地位。

大地震中的另类婚礼

无论如何，生活总要继续，生命总要繁衍。和在延安工作的未婚妻顾元写信商量好,夏天我们结婚。

从20世纪50年代起,全家一直住在父亲单位国际贸促会分的阜外宿舍四间房子里。"文革"中,被人抢走了两间,总算幸运,后来在公用水池的旁边补了一间小西房。春天,大哥安平结婚,两口子住了那间小房。那时候安宁已经在门头沟的杨坨煤矿当矿工,平时住在矿上。待到我要结婚,姆妈挪到我和安宁住的外间屋,腾出朝南的屋子给我当婚房。

从放暑假开始,我就在忙着打家具。我到山货店买了七根木头扁担,正好够做沙发的框架和扶手(打家具那时候成为北京人一项时髦的手艺)。我设计的沙发造型很精巧,扶手有了人体工程学的舒适概念。淡淡的木本色框架,配了海蓝色的色织布面料,十足的包豪斯风格。那个时代,北京人结婚,有两样计划经济的优待:一是板式或框式双门大衣柜,98元;二是铁管或木板床架的双人床,56元。两样都要凭结婚证购买。板式大衣柜是买回来的。婚床是我自己做的,用家里旧的双人棕绷床架,安装了四条上粗下细的圆腿和一个包了紫红色色织布的软床头。顺便说一句,设计和制作家具一样是我的爱好,直到90年代末,我们家的沙发大床、组合柜都是我自己设计的,现代而简约。

顾元是7月27日傍晚从延安回到北京的,一下火车,就直接赶到阜外大街的我家来。那天我正光着膀子,全身都是汗,刚刚把床做好。她看了很满意,笑意盈盈。

把她送回百万庄的建设部大院,我回到家里,因为白天的劳累,睡得很沉。临近天亮的时候,仿佛听见木质的柱梁嘎嘎地响,动静越来越大。睁眼一看,屋里的一切都在剧烈晃动。

地震了!凭着在云南的经验,我大喊一声。跳下床,姆妈也披了衣服坐起来,整个梁柱剧烈扭动,地面和墙继续起伏着、呼扇着,如果不是榫卯结构,梁柱恐怕已经散架。我一把拉上姆妈,磕磕绊绊跑出门去，院子里已经站满了惊慌失措、衣冠不整的男男女女。五分钟后，大地归于平静，但是人们不敢再回到屋里去了。

安平说，院子里不安全，还是旁边阜外医院地形开阔。大家觉得有理，就相互搀扶着，到了阜外医院的花园长椅上坐等天亮。

我不放心元，就骑车去找她。晨曦中街上都是人，胡同里的一些碎砖盖的房子有不少倒塌了。不远处救护车凄厉地嘶鸣着。

到了建设部大院，顾家已人去楼空，好在很快在院子里找到了他们。两家人都安全，大家都松了一口气。这时一向淑女做派的元和他爸妈说，我要跟安定走。

顾元的父亲顾启源，江苏苏州人，1950年毕业于美国伊利诺伊大学，获建筑学和规划学双料硕士，建筑大师贝聿铭留他当助手，他不放心顾妈妈带着才一岁的元留在国内，于是他谢绝了邀约，乘最后一班中美班轮回到中国。今天站在北海琼岛上向西北方望去，五龙亭后面大屋顶的国防部大楼，就是他回国后最初的设计作品。元的母亲沈诗萱，浙江绍兴人，毕业于燕京大学，曾任协和医院护士长，后来到人民卫生出版社做编辑。

骑车驮着元回到家，院子里的人已经在阜外医院搭起的一个大军用帐篷里安置下来，28日白天北京一直下着倾盆大雨。

地震的中心在200公里以外的唐山。地震发生在7月28日凌晨3点49分56秒，属于7.8级的强烈地震，震中烈度11级，震感影响半个中国，天津、北京被严重波及。

当时通信中断，整整一天，党中央都不知道震中在哪里。亏得唐山的一位工人开上一辆矿山救护车，在被地震搞得满是裂缝和坑洼的公路上跑了一整天，傍晚到达中南海西门。党中央这才紧急派出军队，连夜赶赴震中的唐山救灾。

唐山大地震，是世界地震史上最为惨烈的一次。地震时，列车出轨，桥梁倒塌，公路路面隆起或裂开，供水供电瞬间停顿，65万间

军队徒步赶往唐山地震灾区　（王文澜摄）

民用建筑倒塌，24万余人瞬间惨死，百万灾民无家可归。

地震后的一个月，北京人陷入搭建"地震棚"的热潮中。大的机关和企业给职工下发了油毡木方，一般市民就各显神通满街找材料，甚至到防空洞工地拉走砖和水泥。一座座地震棚在楼群和院落里拔地而起，而且越盖越专业。人们趁机扩大着原来颇为局促的居住面积。老城区的四合院里的空地都被地震棚挤满，人们走路相遇要侧身而过。地震棚此后成为京中一景，颇能缓解百姓住房短缺的燃眉之急。

搭建地震棚的热潮中，我和元，全然是一对另类分子。元的探亲假即将到期，我们热切期盼的，是能够领到一张结婚证。仿佛只有这一张红纸，才能让我们合法地住在一起。今天的年轻人大概对此完全不能理解。

街道办事处的员工也忙着在院子里盖地震棚，听到我们的领证请求，大感不解，兵荒马乱的日子，办什么结婚证？去了两三次，办事处的人终于被打动，钻进被杂物堆满的办公室，好不容易找出印章，填好两张大红结婚证，递给我们。我俩当下决定，今晚结婚。

此前两天，元的小弟弟顾均陪着妈妈去上海三姨家避难。临行前，顾元全家和我到新侨饭店吃了一顿西餐。顾妈妈对两个弟弟说，这顿饭是为了送姐姐的。席间，元对妈妈有点儿撒娇地说，我想和你一起去上海。平时很少对家事做主的顾伯伯严肃地说："元，你要出嫁了，今后一切事，先和安定商量。"从此，在我和元几十年的婚姻生活中，她总是和我一起面对，从来没有过撇下老公，用"回娘家"来回避或施压。

我们是在地震期间一场罕见的暴雨中结婚的。那天是1976年8月7日。领到结婚证当天的下午，下起了大暴雨。兵荒马乱，没有迎亲的车队，也没有出租车。顾伯伯和大弟弟顾亮送元坐103电车来我们家。我去迎他们，街上的水，已经淹到电车车门的踏脚板，水之大，记忆中从来没有过。元是蹚着大水过门的。全世界，这样的迎娶也许绝无仅有。

我们的婚礼，就是两家留在北京的家人，一起吃一顿晚饭。婚期，不是我们选的，而是"天定"。我的一生中，这样的"天定"，前前后后，一桩接着一桩。

大嫂下厨。让姆妈在屋里陪顾伯伯说话。没有办婚宴，没有请客人，不记得有酒，就是一顿再普通不过的晚饭，甚至没有一道纯肉的菜。姆妈、安平、安宁、大嫂、顾伯伯、顾亮和我们俩，一家人围成一桌，亲亲热热地吃饭说话。

天特别黑，雨特别大，饭后我们俩打上伞，一家一户地给邻居们送喜糖，大家听说我们今天办婚礼，都大感意外。

经过八年的天各一方，终于走到了一起，睡在我新做的大床上，我们俩感到很幸福。虽然接下来又要分离。

靳之林老师正好来北京出差，特意到中山公园画了一幅紫薇盛开的油画写生，配上精致的相框，作为我们的新婚礼物。

我们的蜜月是在门头沟永定河谷一段最美丽的河湾丁家滩度过的。那是我们学校的一片学农基地。暑假，我的朋友陈永慎在那里看房。他是内蒙古兵团回来的，为人平和实在。每天帮我们到附近的丁家滩村买菜做饭，吃得最多的就是蒿子秆。

我和元就在山上河边到处走。周边见不到什么人，只有从峭壁间冲出来的滚滚河水。河边梯田刚刚收过的麦地里，种了秋玉米，浓绿的青纱帐刚刚长起来。真是属于我们的二人世界，四下里很静，可以听见高压电线上传来的嗡嗡声。

回到城里。我正在用地震棚的材料在屋子外面盖一个小厨房，好久不见的王文澜突然来家里看望，军装空荡荡的，在他又高又瘦的身板上打晃。问他怎么瘦成这样？他大大咧咧地说，差点儿回不来了。

作为师部摄影员，在29日大地震次日，他和38军的战友顶着余震跑步进入唐山。

当时中国政府宣布，谢绝一切国际救援，军人和唐山百姓只能用最简单的工具，甚至双手挖开断垣残壁，寻找瓦砾下的幸存者。夜以继日，文澜用他手中的相机记录着地震给人类带来的最惨烈的伤亡，以及人们的抗争和无奈。他拍摄的救灾现场照片，开始出现在报纸上。

大量无法深埋的尸体造成了瘟疫，加上空气中弥漫着令人窒息的恶臭，让体力严重透支的文澜患上了恶性痢疾。吃药和大蒜都无济于事，军医把碘酒稀释了，直接让他喝，"恶治"救了他的命。正躺在床上恢复的文澜，恍惚中听见，一个被埋了13天的妇女刚刚被战士们从瓦砾堆里挖出，并奇迹般地活着——时年46岁的卢桂兰在无水无粮的情况下创造了医学的奇迹。虚弱至极的文澜竟能一跃而起，抓起相机冲到现场，拍下这组历史性的救灾镜头，如果中国当年能参加荷赛（荷兰世界新闻摄影大赛），这些照片以其对中国人顽强生命力的诠释，一定会榜上有名。

大快人心事，揪出"四人帮"

到了9月初，元的婚假到期了，但是没能回延安。蜜月刚过完，元就怀孕了。没想到一个新的小生命来得这么急匆匆，准爸爸、准妈妈又喜又惊。从刚怀上娃，元的妊娠反应就特别强烈，吃什么吐什么，躺在床上根本爬不起来了。孕育一个新生命，可真不容易。开学后，我进山了，只有周末可以回家，元留在家里，准奶奶提前进入角色，开始精心照料怀孕中的儿媳妇。

9月9日下午2点，矿上的大喇叭广播中央人民广播电台的预告，说是4点钟有重大新闻播出。我们这些家住北京的老师比较敏感，基本猜出了将会发生什么事。4点钟，我一个人走到学校后面的山坡上，矿区大喇叭里传来了沉痛的声音。但是出乎意料，竟是1月8日周恩来去世的讣告。很快播送中断，哀乐再起，这次重新播出的是伟大领袖去世的消息。在如此重要的时刻，全国电台联播竟出现了这样的乌龙。后来的解释是，电台技术人员太紧张了，放错了录音带。

全国城乡上上下下都设立了灵堂，人们一日几次地排队吊唁。9月18日下午4点，在天安门广场举办了毛主席的悼念仪式，由中共中央第一副主席、国务院总理华国锋致悼词。各省设分会场，全国人民集中肃立收听追悼会的实况转播。"四人帮"和老帅们，站在华国锋身后，内心想必都已经剑拔弩张。

当时的政治空气很诡异。10月初的一个傍晚，王文澜来到我家。神秘分兮地把我和安宁拉进里屋，兴奋地伸出四个手指，几乎脸对脸地小声而兴奋地说:"那四个人,抓起来啦!"

根据后来披露的情况,华国锋、叶剑英、李先念、汪东兴,经过相互试探和沟通,最终达成了共识。在10月6日晚上,对江青、王洪文、张春桥、姚文元实施了抓捕。

随后,政治局开会直至凌晨6点,宣布由华国锋担任中共中央主席、中央军委主席、国务院总理,并向全国人民公布"四人帮"被抓捕的消息。

10月15日,在天安门广场举行了打倒"四人帮"的庆祝大会和游行。十年来,在这个广场举行过那么多次集会游行,但是人们从来没有像这一天那样畅快地笑着、跳着,尽力地发泄着对极左路线禁锢思想、倒行逆施的仇恨,以及对"文化大革命"把经济折腾得一片狼藉的反感。经历过民国时代的一位老报人说,欢庆"四人帮"倒台的兴奋,只有当年日本投降时的喜悦可比。

郭沫若在"文革"中说过很多违心的话,但是他在打倒"四人帮"后的一首词《水调歌头》经过著名豫剧演员常香玉的传唱,说出了当时广大中国人的心声:

大快人心事,揪出"四人帮"。政治流氓文痞,狗头军师张。还有精生白骨,自比则天武后,铁帚扫而光。篡党夺权者,一枕梦黄粱。

1977
"我在这战斗的一年里"

1977年，是时代大转折之前的萌动。有两件大事值得一记：对我家来说，是儿子李蛮呱呱坠地；对国家来说，是邓小平第三次复出后拍板的第一件事——恢复高考。

谁言寸草心，报得三春晖

5月初，顾元乘飞机从延安飞回北京待产。我在空荡荡的东四民航局大楼里等了两个小时，机场大巴终于开来了，见到元挺着肚子走下车，我心里才一块石头落了地。

去年10月，她离开家回到延安，虽然妊娠反应逐渐消失，但是在文化馆的灶上，每天只有高粱面饸饹，营养极其缺乏。肚子一天天大起来，仍要参加学大寨工作队去公社蹲点。

我们从不过百八十元的积蓄里，拿出50多元钱让元坐民航的双螺旋桨小飞机直飞北京，姆妈见到挺着大肚子的儿媳妇欢喜得合不拢嘴。

晚上，元让我看她的肚子，肚皮时不时地动一下，动一下。元矜持地跟我说，是你儿子在耍把式，有点等不及要出世了。

分娩前一天，元还赤着脚，在一个大盆里双脚踩踏地洗毛毯，运动似乎是为了分娩更顺利。当晚，临产迹象出现，送她去西什库的北大医院妇产科。大夫检查后说，先住下，大约后天分娩。

那时候北京没电话。第二天天黑以后，心头一种预感袭来，再也坐不住了，和来家里探听消息的顾均骑上车直奔医院。

到产房门口，报出顾元的名字。护士说，已经生了。我愣在那儿。旁边等候的人撺掇我，快问问，男孩女孩？护士说，是个小子。

1977年5月19日大约晚上8点，李家新一代的头生子，来到这个世界上。我回家报信儿，周边街区竟罕见地全部停电，桌上点着蜡烛。全家一片惊喜。

两天后，我和顾妈妈接元和儿子回家，当时的出租汽车只停在医院门口接送病人。我们坐的是一辆深蓝色的华沙牌轿车，每公里收费三角五分。

回到家，邻居大人孩子围上来。那时候天热，北京大院里各家各户都开着门，邻居串门都是掀帘子就进。一家的事儿全院都操心。大家看了都说，漂亮，真漂亮。我小心翼翼地护着孩子，那么轻，那么软。心里突然觉得一种升华，我做爸爸啦！

过了两天，元说，给孩子起个名字吧。我说，听你的。她说，叫蛮蛮好吗？我点头。蛮蛮是陕西关中农村娃一个很普遍的名字。我和元都喜欢作家王汶石60年代的一个短篇小说《蛮蛮》，写夏收农忙时节，和奶奶一起生活的一个调皮又可爱的娃娃，写得活灵活现。我说，就这个名字好，我在云南插队，那边的人也被叫作南蛮子。

奶奶、阿婆（姆妈和顾妈妈从此称谓升级）都同意，说这名字很上口，不俗气。大名李蛮，小名蛮蛮。这个名字后来几乎没遇到过重名的人。蛮蛮长大后，网上自称"大蛮子"。

奶奶和阿婆都是极讲究干净的人。蛮蛮裹的尿布必须永远干爽，

儿子出生带来的喜忧参半

只要湿了,马上就换。那时候没有尿不湿,蛮蛮的尿布都是用柔软的旧被单裁开缝制的。换下来的尿布,要打上肥皂,用开水烫,然后再洗。我的奶爸生涯,主要就是洗尿布,一批没洗完,一批又来了,院里的邻居取笑我说,屁股长在洗衣盆旁边的小凳子上了。

我也托陈永慎等学校的同事,在学校附近的村里千方百计地买鸡蛋和老母鸡,保证元的营养。

元的奶水很旺,蛮蛮长得很快、很健康。拍满月照片的时候,两手托着他的腋下,他能两脚沾地,脖子直直地挺着,充满好奇地东张西望。

一天,我看见元一边给蛮蛮喂奶,一边眼泪哗哗地流。问她怎么了?平时很不愿意情感外露的元哽咽着说,蛮蛮太小了,我实在舍不得离开他。

短短56天的产假很快就过去了,延安文化馆领导来信,非常强硬地催元马上回去上班。

母子分离的日子终于来了。临出门前,元最后一次给蛮蛮喂了奶。我提着行李站在一边,尚未懂事的孩子贪婪地吮吸着妈妈的奶水,吃饱了,又抬起眼睛望着妈妈的脸。

突然,元下狠心似的把蛮蛮一把推到奶奶怀里,扭头疾步冲出家门。蛮蛮似乎被那凝重的气氛惊动了,在她身后哇地一声大哭起来。元咬着嘴唇,眼里充满泪水,加快了脚步,始终没有回头望一眼。

在那个时代,做父母的我们没有选择。

顾元回延安以后,照顾蛮蛮的重担,几乎全部压在了年近七旬的奶奶肩膀上。

断奶之后,蛮蛮的主要食物就是家里难得订到的半磅牛奶,掺上黄豆面、米粉做的代乳粉。奶奶每天用蜂窝煤炉子把和着辅食的牛奶煮开,分装在四五个奶瓶里。想当年,既没有冰箱保鲜,更没有微波炉加热。煮透的牛奶先用凉水冰上,到点儿该喂蛮蛮了,再放进开水杯里加温。奶奶先滴几滴奶在手腕上,不烫了,才喂孙子。蛮蛮倒不挑食,每瓶奶都喝得干干净净。

由于我回山里上课,洗尿布的活也由奶奶接手了。冬天,屋里炉子旁边的铁丝上,像海军旗一样,挂的都是随尿随换、洗得干干净净的尿布,屋里没有一点异味儿。

奶奶的劳作是全天候的。24个小时,热奶,喂奶,拍背,换尿布,洗尿布,做饭,收拾屋子。逢到蛮蛮偶感风寒,晚上哭闹不睡,奶奶就得一夜抱着孙子,一边拍着,一边哄着,在屋子里踱步,往往彻夜不眠。一两年间,奶奶没有睡过一个囫囵觉。

原来神采奕奕的奶奶,很快累得都驼背了,青光眼越来越重,但是从未听她有过一次抱怨。有空能坐一下,奶奶也要牵着蛮蛮的两只小手,让孙子在她腿上蹦啊跳啊,练腿劲儿。奶奶唱着家乡浦东川沙的儿歌给他加油:"陌桑桑,骑马到松江,松江老虎叫,别转头来朝北跑。……"这儿歌，必须用方言唱才好听，用普通话写出来，味道减了一半。蛮蛮蹦累了，把脸勾在奶奶的肩膀甜甜地睡去。

一个家族的延续，往往就是老一辈对子孙之爱的一种无私的奉献——中国人称为"隔代亲"。

一天傍晚我回到家，看到奶奶手上绑着纱布，邻居孩子们比画着给我重现当时的情形，争着告诉我，蛮蛮在软布童车里站起来，小车突然歪倒，奶奶扑过去，把胳膊垫在小车和地面之间，自己重重地摔倒在地。车子把奶奶的手指压得血肉模糊，被送到医院去缝合了三针。面对孙子可能遇到的风险，老太太不顾自己安危，做出平时绝对做不出来的矫健动作——全然发自一种忘我的本能。

谁言寸草心，报得三春晖。

只吃了三个月母奶就断奶了，蛮蛮从小长得不高不壮，但是有奶奶的呵护，没生过大病，几乎没去过医院。只有一次，街道的管片大夫来巡诊，听了听他的心脏，说有点问题，该到医院去做一个检查。

好在北京儿童医院离家不远，也不像今天是"中国第一挤"。我一个人抱着蛮蛮，挂号，看病，交费，拿药，最后抱着他，爬上四层楼去做心电图。

大夫说，做心电图需要给孩子吃镇定药，我又得下楼重新开药，交费，取药。大夫看我只有一个男人带着个孩子，动了恻隐之心，破例让我把孩子留下来。我下楼一圈跑下来，一直担心蛮蛮找不到爸爸会哭成一团，等我大汗淋漓地赶回心电图室，却看见大夫、护士围在床边，看着蛮蛮咯咯地一个人笑个不停。

蛮蛮太爱笑，成了全家人的掌上明珠。每次看着开始牙牙学语的他成天无忧无虑地笑，我都很心酸。因为，他虽然出生在一个北京人家，却落不上北京户口（按当时规定，户口只能随母亲，落在延安）。没有北京户口，在那计划经济的年代，蛮蛮就是一个"小黑人儿"，没有粮票布票，没有副食供应，而且以后上学也只能在北京借读到初中。

爱笑的儿子,不知道什么样的未来在等着他。

今后的文学是另外一种写法

北京市当时成立了"文学创作办公室",把作家和业余作者组织起来,搞文学创作。主任由原北京人艺党委书记赵起扬担任。我也被列为门头沟区文学创作的青年骨干。

当时中国最红的作家,写出《金光大道》和《艳阳天》的作者浩然,"文革"中写出《万年青》、后来写出《人到中年》的女作家谌容等,都不止一次来到曾是京西抗日根据地的门头沟区,深入生活,和文学青年座谈。

进到北京文学圈子的一大福利,是能够不定期地看内部电影。除了后来公映艺术片,如《音乐之声》《悲惨世界》《女人比男人更凶狠》等,还有一些纯属当时国外电影导演的创新制作,放映前有专家解读这部电影的表现手法。对于我们这些在"文革"中像在沙漠里饥渴摸索的文学青年来说,真是如沐甘露。

刚刚恢复工作的人民文学出版社总编辑韦君宜(和我同在云南插队的杨团的母亲,她后来出版了振聋发聩的《思痛录》),还带着几位编辑,拿着业余作者的投稿来门头沟区"开门办社",让我们这些文学青年看初稿,写点评。

记得分给我看过一部长篇小说来稿,作者是在中国驻日使馆任参赞的老八路。厚厚的一叠书稿,全部是用复印机复印的,让当时的我大开眼界。文中的一个细节,我一直记得很清楚。那是写小分队雪后行军,八路军战士们又饿又累,找不到休息的地方。后来看到一片坟地,坟头向阳的一面,雪被太阳晒化,露出黑绿色的草皮。战士们就靠着草皮半躺半坐吃干粮。远远望去,一个个白馒头似的坟头,旁边都靠着怀里抱着步枪的人影,煞是有趣。

那个时候能够发表的文学作品,还都是"文革"式的三突出,要有路线斗争、阶级斗争。大框架都是凭空造出来的,能有一些来自生活的细节就算十分生动了。当时我的中篇儿童文学作品《灯苗》已经写出来了,送到中国儿童出版社,责编是老编辑叶至善,著名作家叶圣陶之子。在他指导下,已经改了两稿。但是说实话,我越改越绝望,相信编辑也是这样的感受。大家心里都明白,这样的写法,今后不可能继续下去了,应该怎么写,谁都还没有摸出个门道。

直到这年11月,刘心武的短篇小说《班主任》在《人民文学》上发表,在整个社会上都引起轰动。

刘心武、陈建功和我,都是北京出版社金和增老师联系的业余作者,他们此前已经发表了不少作品,我和他们的创作路数也差不多。并非迎合政治需要,也没有任何经济收益(出版一本书,也就是拿十本样书而已),仅仅是为了能够写作而写作。

对我来说,《班主任》真是拨开心扉,我突然明白,原来小说可以这么写,写出自己心头的感受,可以触动社会的弊端。正像陈建功日后的自省:"之前的我,被时代所挤压,却拿起笔,歌颂那个挤压我的时代。"

我做出一个决定,去中国少年儿童出版社把《灯苗》拿回来,编辑叶至善没在,我留了个纸条:"我想明白了,这稿子改不出来了。今后的文学是另外一种写法。"

我是77届高考阅卷考官

这年7月,邓小平第三次复出,做出的第一件带响动的大事,就是拍板确定当年恢复高考。用"自愿报名，严格考试，择优录取"的原则，取代"文革"后期工农兵大学生推荐办法。

说实在话，这甚至是新中国成立28年以来，大学招考第一次向所有青年学子平等地敞开了大门。在"文革"以前，不说出身"黑五类"的学生想上大学没门儿，甚至出身资本家、高级知识分子家庭的考生，考入重点大学的机会也微乎其微。

8月，教育部宣布全国恢复高考，为了给考生留下报名和备考的时间，77届高考推迟到12月中旬举行。

一时间，"文革"前老三届的初高中生，乃至"文革"开始时还是五六年级小学生的年轻人都为之一振，奋力投入备考的有之，徘徊观望的亦有之。

77和78这两届大学生是一个非常值得研究的特殊群体。这两届高考，大多数考生都已经离开课堂十年了。凭着一股知识改变命运的拼搏精神，在1160万考生中，27万学子成为恢复高考后的幸运儿。

也许是出于过度的理性思维，我没有报名参加高考。

海外关系——这个多年来盘旋在家人和我头顶上的黑色魔咒，让我极力避免再受一次痛苦的刺激。

三年前，顾元报考了上海戏剧学院舞美系，工宣队招生代表亲自到延安看了她即将送往全国美展的作品《新家》，十分满意，把在延安的招生名额"带帽"落实给她。入学前的体检都已经做完，突然接到学院的通知，因为海外关系，最后政审没有通过，取消了入学资格。这对元，对我，都是很大的打击。

前面说过，顾元也生在一个海外归来的知识分子家庭。还是1971年，我们两人在北京重逢的那短短的几天。我记得，就在北京动物园那个古香古色的大门口，元颇为踌躇地对我说：有件事一直没有机会告诉你，我有海外关系，几个姨和舅舅，有在美国的，还有在台湾的，特别敏感，害怕今后连累到你。

我听了反倒松了一口气：咱俩可就扯平了。我也有海外关系，而且更说不清楚。看来我娶你最合适，省得再坑了别人。

一朝被蛇咬，十年怕井绳。况且，我们已经被海外关系这条蛇，咬了两遭、三遭。

接下去，就要讲到我的经历中最不可思议的事情。

高考结束后的一天，我突然接到通知，马上到门头沟区教育局集合。然后我和教育局指定的一批其他中学的老师坐上大巴，直奔房山招待所。其他区县的大巴也陆续到了，下车后，人们直接被招呼进礼堂。

人们正在相互猜测着此行的目的，北京市教育局的领导走上台来，大声宣布：诸位今天来到这里，将接受一项非常光荣的任务。经过各区县考察选拔，你们将担任恢复高考后，北京77届高考的阅卷老师。

这下真有点蒙了。我看身边的老师们，起码比我要大六七岁，有的头发都白了。即使跨区，许多人也彼此认识，大都是师范学院的同窗。

接下来宣布阅卷老师分组，我竟然又被任命为语文片第三小组组长，副组长是北工大附中的一位40多岁的语文教研组长。

我颇感意外，也许发表过作品的经历让教育局高看了我。

77届高考分文理两类。文科考试科目有政治、语文、数学、史地；理科考试科目有政治、语文、数学、理化；报考外语专业的加试外语。北京地区的语文考卷有三道大题，一篇阅读理解：鲁迅的"民族的脊梁"；一篇古文翻译"教学相长"；还有分量最重的一篇作文，题目是《我在这战斗的一年里》。

紧张的阅卷工作开始了，卷子上姓名和考号都是密封的，一本本分发给考官。上一次全国高考还是在1965年，其间的12年，正好是中国高等教育的一个漫长断层。相信坐在会议室长桌前的考官们，也大都是平生第一次接受如此分量沉重的任务。人人屏住呼吸，轻轻地翻阅考卷，室内静得可以听见打分时钢笔划过纸面的声音。

第一天阅卷结束后，语文大组召集各组组长开会。大组长是一位年近六旬的老先生，"文革"前担任《民间文学》杂志的主编。他说，从一天的阅卷情况来看，知识题，都有标准答案，给分不难；作文，虽然有原则的标准，但由于阅卷老师的认识和偏好，在最后给分上出现不小的差别。现在请大家来，就是统一思想，进一步细化给分标准。他念了几篇今天已经判过的作文，请小组长们各自打分，说明理由。

前一两篇作文，我看都很空洞，东一句西一句，加一些报纸上评述当前形势的套话口号。有人给分不低，我一律给及格线上下。

大组长读到一篇文章，是讲一个刚刚生了孩子的还在哺乳期中的工厂女工，心情激动地把一直收藏的中学课本都找了出来，克服重重困难，一边做工，一边带孩子，一边熬夜准备考试。

大组长念完，我当即举手说，我给85分（为了理解方便，作文所占的分值折成百分制）。大组长说：这么高呢，阅卷老师只给了55分，不及格。评语是：流水账，缺乏思想性，没有扣题"战斗"。

我说，起码她清晰地叙述了一件完整的事——克服困难，全力准备高考。对于一个普通考生，这是一次挑战，是她对人生目标的冲击，当然是一次"战斗"。文章有叙述，有感人的细节描写，比如为全力投入高考，她毅然给孩子断了奶。

我还补充说，打开每一篇卷子，我都希望考生讲一个关于他自己的故事。讲明白了，文通句顺，立意积极，言之有物，我就给较高的分数。可惜这样的文字，在我看过的卷子里，真是凤毛麟角。这篇作文，值这个分数。

组长们议论起来，大多数同意我的方向，然后又细化了一些标准。上面那篇文章大家一致同意给 80 分。大组长要求，每个组长把这次讨论的内容，向全体阅卷老师传达，明天就按这个标准评分。

作为一个没有大学学历的白丁考官，我的意见被一个阅卷点（全市一共三个）的语文考官接受为标准，我感到欣慰。

我为之争来 25 分的那位女考生，不知道她是否如愿地考上大学。还有众多经我阅卷，"叙述了一件完整的事"的考生，愿你们在新中国恢复高考的第一年，改变了各自的人生命运。

1978
四个字的评语,让我走进新华社

1978年,以十一届三中全会为分水岭,中国启动了以改革开放为实质的社会大变革。

那一年,也是我人生的转折点,我以一个回城知青的身份,进入新华社最重要的采访部门担任记者。这在新华社可谓史无前例,也只有在那个不拘一格用人才的时代,才会有这样的特例。

北京文联代表大会

春节前,把蛮蛮托付给奶奶,我去了一趟延安。

这是我第一次去延安。除了看望妻子,我怀着很大的好奇心,探寻这片被称为"革命圣地"的贫瘠敦厚的黄土地如何滋养了一支只剩两三万人的长征队伍,经过十三年的生生不息,由弱变强,获取民心,一直打进了北京城,夺得天下。

苍茫的黄土高原和群山万壑,皆被一片白皑皑的冬日大雪所覆盖,以一种纯洁而深邃的精神力量涤荡着人们的灵魂。

回到北京,我的工作发生了变动,从大山里的矿区中学调至靠近城区的门头沟文化馆，编撰一份文学小报《百花山》。

一个美好的生活改变，是我买了郊区月票，可以乘336路公交车当天往返。可以每天吃过晚饭，带上蛮蛮到二环路边的草坪上疯跑，看汽车，让奶奶在家有一个喘息的机会。晚上蛮蛮洗过澡，就睡在我床边一个木栏杆小床里。晚上起来热奶、喂奶、拍嗝，都由我接手，过上又当爸爸又当妈妈的日子。

这一年，多少过去"不敢想象"的事情接连发生。4月，中共中央决定摘掉"右派分子"的帽子，9月，提出为当年被错划者甄别平反，除极少数人外，此举惠及全国55万知识分子，尽管二十二年的冤屈没有任何补偿，能够活下来已实属不易。新任中组部部长胡耀邦，冲破重重阻力，雷厉风行地为1700万在"文革"中遭受迫害的高级干部和平民无辜蒙冤者平反昭雪。邓小平等12位党和国家领导人，先后访问了美国、日本和西欧国家，眼界大开，感知了什么叫现代化，什么是发达国家，改革开放聚集着越来越丰厚的能量。

初夏，即将恢复的北京市文联召开代表大会。我和一位年轻的女民歌手作为门头沟区的代表参会。会议驻地是北京工人体育场的招待所，七八张木板床一间屋。我被任命为儿童文学组的副组长。组长是老作家刘厚明。

张君秋、新凤霞、刘绍棠等在"文革"中饱受迫害的艺术家复出，天天和我们这帮年轻代表一样，坐大巴车出入会场。大家都有一种天亮了、解放了的感觉。好平等，好快乐。

当时北京一批文学新秀李陀、张洁、刘心武、陈建功等思想最活跃，讨论会常常开到深夜而争辩不休。

而最引起社会轰动的，是会议期间张君秋领衔主演的全本昆曲《牡丹亭》在位于护国寺大街的人民剧场演出。中央和北京的文化名人悉数出席观看，京城的戏迷们奔走相告，一票难求。从前厅到剧场，历经十年劫难的文化人大多是首次重逢，嘘寒问暖，悲喜交加。

文艺的春天似乎也不远了。

你想不想来新华社当记者

1978年11月，中共中央工作会议和十一届三中全会接连召开。会议期间，由新华社社长曾涛、副总编辑穆青和北京分社策划的消息《中共北京市委宣布"天安门事件完全是革命行动"》，经《人民日报》头版通栏刊出，让整个中国再次沉浸在一片狂欢中。思想解放运动拉开了帷幕。

11月初，我考进刚刚恢复的中国人民银行研究所，方向是解放区金融史，正在忙着办手续。

一个周末的晚上，我去朋友左方家。我们曾一起在陇川插队。我在政治处写报道，她在宣传队搞创作，平时交流很多。左方不在家，她的母亲田林阿姨在，一位精干、爽快，甚至还有些纯真的革命老太太。延安时期她就加入新华社，1949年后，长期担任新华社国内部副主任兼工业组组长。在插队期间，我就读过谈及她的书，我们见过几次面，左方也给她看过我写的那些文字。

灯下，我和田林阿姨聊起要去中国人民银行研究所的事，她颇不以为然，坦率地说我不是钻资料堆做学问的料。毫无过渡地，她突然问我，你想不想到新华社来当记者？我们国内部工业组正缺年轻人。

当新华社记者，从来没敢想过。我的反应十分直接，几乎脱口而出："我有海外关系。"

"不是苏联吧？"她问。

我说："不是，是美国。"

她说："那有什么关系？"

世界真是变了。

田林阿姨介绍说，国内部正要把一批"文革"中从军队调入新华社"掺沙子"的战士记者调出去，特别希望有为的年轻人补充进来，而新华社分来一批工农兵大学生，经过考试，业务水平不够理想，国内部一个也没选中。左方给她看过我在兵团写的报道和报告文学，似乎她还入眼。她说，工业组已经选中了一个"文革"前复旦新闻系毕业，在《健康报》工作过几年的记者。欢迎你来加入，如果你同意，手续我们来办。

当然同意，我说。我简直不敢相信这一切是真的。

那真是一个雷厉风行的特殊年代。周一上班，新华社国内部的部务会就接受了田林的推荐。第二天一早，工业组的中年编辑徐占坤从新华社要了一辆黑色的大吉姆轿车，赶到门头沟区人事部门，抢在银行研究所之前，把我的档案提走。

大记者陆拂为一锤定音

档案送到新华社人事局，他们提出了合理的质疑：新华社刚刚对200多位已经入职的工农兵大学生做了一次考核和工作分配，但是国内部一个人也没要。这样调进一个知青，既没有先例，也无法判断他的水平能否胜任国内部重要的采编工作。

那正是邓小平、胡耀邦拨乱反正、敢于担当的时期。人事局和国内部很快就找出解决办法：前面工农兵大学生新闻业务考试的主考是著名记者陆拂为，现在仍然由他给我出题考核，如果我的成绩高过同期考试的工农兵学员，就可以通过。

陆拂为是当时业内公认的名记者，刚刚和副社长穆青一起完成记述农民种棉科学家吴吉昌的通讯《为了周总理的嘱托》。这篇通讯不但在当时反响巨大，而且因在媒体上第一次公开否定"文化大革命"

而名垂中国新闻史。

考场在新华社工字楼人事局的一间办公室，只有我和一位人事干部对面而坐。考试时间为两个小时，考题除政治、文学、新闻知识外，就是写一篇两千字的人物通讯，内容自选。

当时，正值1976年天安门"四五运动"平反后掀起的热潮，北京出版社组织了一批专业和业余作者采写一本"四五"英雄专辑。我虽然是参与者之一，但是介入得晚，很多热门英雄已经有了大牌作家去写。我所接触的是一个并没有太多惊心动魄事迹，只为正义感卷入广场洪流，最后被抓进监狱的老工程师。也许正因为如此，在采访中，我对他的心路历程进行了比较深的发掘。面对试卷，我写下通讯的标题《年长的战士》，脑海里对庞杂的采访素材进行了梳理，然后几乎是一气呵成地完成了两千字的内容。

也许是神来之笔，即使今天，一个多小时写一篇两千字的通讯，对我也绝非易事。后来在这篇通讯的基础上，用同一标题，我完成了一篇两万字的报告文学。在上千篇各地出版社送选的征文中，北京出版社推选的作家理由的《伟大的瞬间》和我的《年长的战士》两篇文章入选人民日报出版社全国征文结集——《丙辰清明纪事》。

考试不久，我接到新华社国内部通知，办理入职手续。

更让我意外的是，陆拂为老师后来告诉我，他看了我的考卷，并没有给我打分，只写了四个字的评语——"人才难得"。就是这四个字，一锤定音地决定了我一生的职业生涯。以一个"下乡知青"的身份一步跨进新华社最重要的采访部门，独当一面做记者，而且没有实习期，可谓空前绝后。

陆拂为，不但是发现我的伯乐和恩师，而且在日后和我成为相互敞开心扉的朋友。他不修边幅，消瘦冷峻，透出一股文人名士的气质。在食堂吃饭，在路上遇到，我们都会聊上一阵，而且聊得很深入。

1979年夏天,《光明日报》首发的长篇通讯《一份血写的报告》震撼了中国,通讯介绍了辽宁省委宣传部干事张志新在"文革"中因反对"四人帮"而遭残害的事情。一次我谈起这篇文章,陆拂为老师告诉我,辽宁省给张志新平反后,新华社第一时间派他赴辽宁采访。他看了30万字的原始材料后,最为震惊的是两块内容:一是张志新对于个人崇拜对中国和共产党的危害做了系统分析,并且在酷刑毒打中绝不改口认错;二是她在狱中遭受的完全是充满兽性的残酷折磨,这致使她神志混乱,把馒头蘸着经血吃,她被行刑前还被几条大汉按在地上,生生割断了喉管。

那时候,"文革"还没有被否定,宣传口径的顾忌很多,上面要求他写的是一个反对"四人帮"的高大上的英雄,其他方面不得涉及。

对此,陆拂为断然提出,如果让我来写张志新,一是必须写她对个人迷信的系统批评;二是要写她被兽性地折磨成疯子。这才是张志新,才是"文革",不让写这些,我宁愿放弃。张志新已经被枪毙了一次,不能让她在我笔下再被枪毙一次。

听了陆拂为的汇报,穆青思索良久,说:"这个稿子我们不写了。"

即使按当时上面的口径写张志新,最早发表文章的记者无疑也会在新闻史上留名,然而,在良心和名利之间,陆拂为选择了前者。宁可丢掉一次轰动全国的扬名机会,也不愿违背新闻从业者的良心,他毅然放弃了写作。

穆青、陆拂为,这样的记者,让我终生引以为楷模。

那时候,我还是一个文学青年,所以陆拂为常常和我评点当时的小说,记得我们讨论过张贤亮的《灵与肉》等小说。这方面,他总有独特见解。

很多年后,他调到香港工作,有一次回总社见到我,突发感慨地说:"以前以为错过好题材不能写是一种遗憾；现在才知道，有的题材你看不上，却没有不去写的自由，那才是悲哀。"

顺便说一句，尽管后来我只有中文专业的大专学历。但是靠作品和实力，我在新华社中青年同行中，第一批获得高级记者职称——我没有给陆老师和田林阿姨丢脸。

四十年前新华社的初印象

1978年底，我走进北京宣武门西大街的新华社大院，开始了我的记者生涯。尤其头十多年的经历，是我一生中最开心向上的日子。

新华社当时是国务院下属的一个部门，记者外出的采访介绍信上，都盖着带有国徽的大印。新华社下辖国内部、国际部、对外部、摄影部、参编部和众多管理、辅助部门，不算驻各省市和全球大部分国家的国内分社、国外分社，光是宣武门工作区，就有八九千人。

新华社的原址，是民国初年建成的一大片国会建筑群，部分为清末财政学堂的旧有建筑。走进西门，眼前是一百多年的民国国会议场、议长办公厅圆楼、议员公寓红楼、国会图书馆以及最高法院大楼等。这些今天是国家保护文物级的建筑，虽然被用作新华社的礼堂、图书馆、办公区，却一直保护甚好。几次翻修，也是修旧如旧。直到世纪之交，礼堂的座席依然是长排直背木椅与长桌，坐着开会、看电影很不舒服。

南门是挂着"新华通讯社"大牌子的正门，原来是一对漂亮的铸铁镂空花门，可惜在1958年全民大炼钢铁的疯狂中，被砸碎丢进了"小高炉"。进大门迎面是1954年建成的环抱庭院的三层灰砖坡顶楼房——工字楼，里面主要是行政部门和几个大会议室。最西边的角落里还有一座三层小楼——50年代的国际新闻总署，已经改作了财务处和交通处。大院北部是宿舍、食堂、生活区。食堂的素菜三分钱，肉菜一毛五。

今天新华社的主楼——新闻大厦是1989年交付使用的。我进社的时候业务部门全在1962年建成的火柴盒式的十层简陋板楼里上班——大楼建设赶上三年困难时期，因陋就简，灰扑扑的水泥墙面一直裸露着。社领导和中枢机构在大楼四层。国内部在五层，最西侧是国内部发稿中心，当时很低调的叫值班室。接下来就是工业组，占着走廊南北三间办公室，编辑在南，记者在北，我所在的办公室里，十二张规格不一的办公桌摆成两组。我的办公桌靠窗，隔着一大片灰瓦屋顶，与长安街上的民族宫、商业部、电报大楼遥遥相望。

1978年，新华社社长是曾涛，曾任驻阿尔及利亚、南斯拉夫、法国等国大使。主管国内新闻业务的副社长是穆青、李普。国内部全称叫新华社国内新闻编辑部。1979年，部主任是杜导正，副主任是冯健、田林、李峰等，都是有三十年以上深厚功底，道德和文章为新闻界所公认的大记者。那时候，从总社到分社，行政领导就是首席记者，没有一大批新闻名作垫底，想靠做官在新华社服众，想都别想。

当时以邓小平、胡耀邦为先驱的改革派，推动了全国范围的"思想解放运动"。新华社当时无疑是这场运动的急先锋和桥头堡。上下观点一致，同心协力。反对"两个凡是"、真理标准讨论、小岗村农民包产到户、给1976年天安门"四五事件"平反……竟是他们顶着当时新闻宣传主管部门的巨大压力和责难而冒险发出的。这是一批在"文革"中挨过斗、关过"牛棚"的人，再次丢掉乌纱帽、重新划入另类的风险全然吓不倒他们。他们不愧是天生做新闻的人，春江水暖鸭先知，机敏地把握着历史前进的方向。

毫不夸张地说，从1976年到整个80年代，新华社的领导群体，都堪称此后多年再也不曾被逾越的高峰。

我一生最讨厌开会。但是在那些日子，国内部每周在工字楼西侧会议室召开采编人员的形势吹风会,由部领导传达中央最新动态、理论务虚会、各大领域的突破性变革。我最喜欢听部主任们做传达。那并非是"精神传达",而是各种理论、观点、事实、交锋的文摘版,鞭辟入里,又归纳升华,听得我如醉如痴。领导们甚至鼓励我们去西单民主墙看大字报。薄一波、安子文等六十一人叛徒案的平反,各地知青回城的呼吁书,最早就是在民主墙看到的。

在所有领导中,对我最严厉的是国内部副主任兼工业组组长田林,也许因为我是她选中的,她对我特别严格。为了文章中一个提法,她会把稿子摔在我的面前,尽管眼泪在眼眶里打转,但是我仍然敬佩她。田林是四川人,延安时期的老记者,写新闻平实通畅,为人直率善良,甚至有些老天真。过去我叫她田阿姨,后来和组里同事一样叫她田老太,她也从来不恼。

工业组有两位副组长——张新民和林耀,都是1949年前就参加革命的老干部。

工业组的业务有两块——编辑和采访。朝南大房间坐的是编辑,负责编辑全国30个分社工业记者的来稿。编辑年资很深,业务水平高。分管上海分社的是中年女编辑陈日,每次部里开会,得到新精神新线索,她都第一时间占住组里唯一的直拨长途电话向上海分社通报,与分社采编主任叶世涛讨论选题和写作角度,所以上海的工业报道在全国分社中遥遥领先。

朝北大房间是记者办公室,最资深的是于有海和徐耀中,分别毕业于人大和复旦,几年后他们接手了工业组的正副组长,再往后各自担任《半月谈》和《金融时报》的总编辑。总社工业组记者的职责是负责中央部委的采访,一个人管一个片,比如宏观经济部门的国家计委、国家经委、统计局;比如能源片的石油部、煤炭部、水电部;比如交通片的铁道部、民航局、交通部、邮电部等。每天一早,记者们来办公室点个卯,就夹上包,自顾自地出门跑部委去了。

我到工业组接手了一个差事，就是在采访之余兼做每天新闻稿的剪报。

田林对我说，过去剪报是记者轮流做，现在是你一个人的事了。把每天新华社发的所有工业稿子剪贴成册，这也是一种最直观的业务学习。当时新华社每天出版一册《新华社新闻稿》，集纳前一天国内部、国际部、对外部、地方部发的稿件。我要用一把特制的铁尺把国内部有关工业的目录和文稿一篇篇裁下来，贴到一个硬皮活页剪贴本上。这活儿干起来的确有点烦琐。但是如同练书法描红模子一样，让我日后获益匪浅。

1979
外汇·明轩·泼水节

当上新华社记者时,我不满30岁,没有实习期,马上分工采访轻纺行业。

直到今天,才明白自己有多幸运,我的记者生涯起点恰逢十一届三中全会开过,这正是中国变革的分水岭,我赶上了改革开放的第一春。

亦师亦兄徐占坤

新中国的前三十年,钢铁、能源、交通等重工业是重中之重,生活和消费品工业叨陪末位。"拨乱反正"的举措之一,就是把经济宏观结构调整为"农、轻、重"的顺序,用了五到七年,百姓最基本的吃穿用消费品供应走出极度匮乏、常年凭票供应的窘境。

春节过后,上面给工业组布置了一项调研课题:为了扭转国家外汇极度紧张的局面,进行一项全国丝绸如何扩大出口的调查,以供中央决策。课题安排给编辑徐占坤,他选中了初出茅庐的我一起承担。

徐占坤,40岁上下,戴副眼镜,清瘦,机敏,一副学究的样子。

复旦大学新闻系研究生，在工业组里学历最高。他不甘平庸，编辑工作之余，独辟蹊径地尝试开创了"采访札记""工作研究"等一系列新闻体裁的新探索。这类文字不拘一格，夹叙夹议，以小见大，活泼清新。经新华社播发后，颇受全国报刊的欢迎，成为热门一时的新闻体裁。

老徐外号"老夫子"，揶揄大于褒扬。他明白，但并不在意。对我来说，他亦师亦兄亦友，我多年来一直叫他老徐。

中国是丝绸的故乡，可是经过"文革"的摧残，到了1979年，中国丝绸在国际市场上的地位每况愈下，出口的大多是价格低廉的坯绸。这些坯绸被意大利等西方国家买去，经过染色印花后，却能卖出令人咋舌的天价。

当时外汇是中国最短缺的资源。邓小平作为国务院副总理1972年第一次出席联合国大会，代表团连酒店的小费都给不出。邓小平积攒下行程中代表团发给每个人的零用钱，只够在途经巴黎时，请大使馆买了一些羊角面包，回来分给当年去过法国勤工俭学的老帅们开开洋荤。

提高中国丝绸出口的创汇能力，被提上外贸改革的日程。

调查首先从纺织部和外经贸部下面的出口公司做起。系列调查的第一篇内参，由老徐执笔很快就写了出来。中央领导纷纷做了批示。纺织部非常感激，研究室主任老吴握着老徐的手，口口声声说：安定同志，谢谢，谢谢。我们都有点莫名其妙，后来才弄明白，署名时老徐把我的名字放在前面，这才引起了误会。

这就是那一代老记者的胸怀，甚至是一种惯例。以后在我的记者生涯里，只要是和别人合作的稿子，无论是《人民日报》记者，还是中央人民广播电台记者，合作的稿子越是由我执笔，发稿时越要把自己的署名放在最后。

烟花三月下扬州。我和老徐一起到江浙丝绸产地继续调查采访。

那是我第一次坐大飞机——崭新的波音707。北京到上海的机票价格50元。乘客大都是身穿蓝色制服的干部。头戴无檐帽的空姐用带盖瓷杯送茶。老徐照顾我，把靠窗座位让给我，我一路趴在舷窗向外望，好奇且兴奋。

新华社上海分社在南京西路，是一栋有大草坪的红砖花园洋房（后来迁至衡山路，原址建了波特曼酒店）。

当时上海分社的记者是新华社的最佳阵容：社长杨英，采编主任叶世涛，工业记者吴复民、周永康、李正华、冯秀珍等，多是"文革"之后的一代专家型名记者。吴复民跑纺织，把上海的二百多家纺织企业全都跑了个遍，对行业情况了如指掌，成了我学习的榜样。

从此，看工厂成了我当记者的一个切入点。一个多月里我几乎把江浙主要丝织厂和印染厂跑了一大半，一点一滴地去看丝织流程、质量检验、图案设计、印染工艺，与各地纺织局主管、外贸公司销售团队座谈。

徐占坤的采访风格很扎实，搜集十分素材，写一分稿子。不搞主题先行，而是聆听对方，提炼对方观点。他说，从某种意义来说，记者就是从一朵花飞到另一朵花，繁忙地采蜜酿蜜的蜜蜂。

外出采访在70年代末可是个苦活，住四人一间的招待所，吃一天五毛钱标准的伙食，真是"嘴里能淡出个鸟来"。徐占坤看出我很馋，有一次在苏州招待所吃午饭，打完饭菜，他又自己掏了一块钱，买了一大盘烂糊肉丝，放在我面前，让我不知说什么好。虽然他的工资比我高，但是家境并不宽裕。一路上，他从来不买那些馋人的江南零嘴儿吃，推说自己胃不好。

这盘一块钱的烂糊肉丝，让我记了一辈子。

时间就是外汇，让《解放日报》破了版面惯例

老徐和我计划，除了内参，调查的公开报道要形成包括一条述评、两条通讯和几条采访札记的一组稿子。"通讯由你来写，发挥你写小说、用细节的优势。"老徐真心诚意地说。

这组调研稿子用了一个多月，写好寄到工业组，总社很快就播发了。第一篇是我的通讯《时间就是外汇》。

当时我们人还在上海。通讯在《解放日报》头版头条刊登，轰动了分社。采编主任叶世涛对我说，这条稿子不简单，打破了《解放日报》通讯不上头条的惯例。

《时间就是外汇》这个标题在今天看来也许一般，但刚刚走出"文革"，"金钱挂帅"早被批臭了，公开鼓吹多赚钱，当时还是一个禁区。推敲标题的时候，徐占坤给我打气：我们谈的是为国家多创外汇，理直气壮。

后来看，文中提到的问题，对于上海这个中国最重要的出口基地，还是一种崭新的观念，导向意义非凡，因此获得《解放日报》的格外青睐。

通讯以悬念开头，那一年潮水大，海水倒灌黄浦江造成咸水期加长，使本来用一个季度完成的出口绸交货期，只剩最后十天的时间窗口。在不到 2000 字的通讯里，我写了七八个争分夺秒、保证履约率的情节，映衬出上海人发力进军国际市场的新观念、新智慧和苦干精神。尽管四十年过去，这篇通讯在今天依然有看头。

我独立完成的第一篇通讯站住了脚，编辑几乎没有大改动。老徐由衷地为我高兴，我想组长田林也一定松了一口气。

抓小题材，下大功夫

我眼前的世界变大了，打开无数的大门和窗口。尽管那两年媒体上的许多新闻还拖着空话、套话和八股的尾巴，我却没有包袱，没有框框，变革的新事物特别入眼，什么都想尝试一下，常常突发奇想做出"自选动作"。

在江浙进行丝绸调查期间，我在苏州乘公共汽车外出，听到乘客闲谈间说起一个仿造的苏州古典园林将要出口到美国，心里不禁一动——一年前邓小平刚刚访问美国，对外开放在即，这个小趣闻折射出中美关系回暖的新动向。

我当下换车找到苏州园林管理处，上门说明来意。确认美国纽约大都会博物馆向苏州订购了一座园林院落，用来陈列中国馆藏明代字画家具，取名"明轩"。园林的设计构思来自苏州名园网师园中的"殿春簃"。材料和建造费用共 100 万美元，由苏州古典园林建筑公司承建。

换在今天，这些素材也就是一条简讯。可是当时我一心想把每条新闻都写得足够丰满。小题材，也下大功夫。

我专门跑到苏州北寺塔下的文物工场里一探究竟：看到能工巧匠把御窑青砖刨出曲线、装点月亮门，用镂空的砖雕装饰屋脊；木雕师傅按明代工艺，把明轩的长短窗、美人靠的每一个木棱转角都精心修成弧线。一切巧夺天工。

我还别出心裁地请园林处安排，在网师园傍晚静园之后，留下我一个人静静地坐在殿春簃的夕阳中，望着竹影在太湖石山上婆娑，坐在冷香亭享受心灵的静谧。我把这些亲身感受都写进《苏州园林将出口美国》的新闻里。

我在文章结尾透露，1980 年 2 月，明轩将在大都会博物馆与观

在纽约大都会博物馆的苏州出口园林明轩

众见面。届时美国人民不必远渡重洋,就可以欣赏到中国古典园林之美。

多年之后,我去纽约,第一时间赶到大都会博物馆,看到二楼平台玻璃天棚下,一座疏朗典雅的古典园林"明轩"真的矗立在那里,引来各国观众的赞叹,心中才一块石头落地——我要对我在新闻中写下的每个字负责。今天看,有点儿迂。

壁画《泼水节》与我的担当

当我写机场壁画那篇稿子的时候,谁能够想到后面会有那么复杂的纠葛。

1979年是新中国成立30周年大庆,一批重点工程建成,其中最醒目的就是首都新机场——今天的T1航站楼。那是中国第一次建成通过廊桥登机的现代化机场设施。机场尚未投入使用，新华社先组织了一个团队负责这一重点工程的报道。

在报道组里，我被安排专门采访壁画工程。新航站楼的一个亮点是由中央工艺美院院长张仃带领多位国内一流画家，以丙烯颜料、陶瓷板等新材料、新工艺创作了《哪吒闹海》《巴山蜀水》《白蛇传》等一批巨型壁画，无论题材内容、表现手法，都开中国当代壁画先河。

我对青年画家袁运生的大型壁画《泼水节——生命的赞歌》情有独钟。

这是一幅长27米、高3.4米的全景长卷。画家把傣家人在泼水节狂欢的一天当中担水、分水、泼水、舞蹈、沐浴、恋爱等活动，以赛龙舟为背景贯穿，错落有致地安排在画卷里。画中多达135人。有青年男女相互泼水的狂欢雀跃，有挑担妇女的婀娜体态，有高举木桨的龙舟优胜者的健美身姿，门框上电子钟的周围还巧妙地安排了象征生命起点的几个婴儿。尤其是画中的沐浴部分，两个姑娘按照傣家习俗，取清水从头冲洗柔美健康的身躯，更加表现出傣家人的纯洁质朴的真实生活。在内容、题材和表现手法上，这幅壁画冲破了"文革"的窠臼，艺术成就堪称一流。

我在云南傣族地区生活多年，这幅画自然引起了我强烈的共鸣。在新建的首都机场宾馆被画稿挤满的房间，我几次采访了留着长发、清瘦、目光刚毅中带着柔和的青年画家袁运生。

袁运生是中央美院的高才生，1957年因为几句对苏联美术教育的调侃被划作右派，和同样被划右派的中央美院院长江丰一起在校劳改。他的毕业创作《江南的回忆》，引起截然不同的评价，毕业后他被分配到吉林工作。为了创作泼水节这幅画，他自己挑着行李，在西双版纳进行了长达四个月的采风速写。我看到他所绘的大量白描画稿，不是用笔，而是用硬竹签画的。有人物，有密林，有山水，用笔挺拔有力，构图疏密有致，别有一番意境。在接触的几位画家中，我和他一见如故,谈得非常投机。

我为这幅画,单独写了一篇特写《清泉奏出的生命赞歌》。

文章中,我引用了一位法国画家的评价:近十多年来,在欧洲很少看见一幅包含多个人物的壁画了,这幅画集中表现了那么多栩栩如生又各具个性的人物,充满了对自由、幸福和美好理想的热烈追求。

新机场投入使用之后,来参观壁画的领导人、外国政要和中外美术界人士络绎不绝,可以说是史无前例。邓小平、李先念、谷牧等领导人,全国数百名文化界人士,美国、日本、法国、西德的评论家和媒体对机场壁画,尤其这幅《泼水节》给予了热情的赞扬。

画家袁运生为首都机场创作的壁画《泼水节》,画家所取的名字叫《生命之歌》

但树欲静而风不止,"四人帮"虽然已打倒,新旧观念斗争的暗流并没有停息。几个月之后,针对《泼水节》这幅壁画,突然风波骤起。

刊登多幅机场壁画的《人民画报》在西双版纳文化馆的橱窗里展出多日。忽然有人以《泼水节》的画面上出现傣家姑娘沐浴的裸体,侮辱了傣族人民为名挑头闹事,更有人把抗议信直接寄给中央领导人,越闹动静越大。

画家袁运生一时压力很大,全力支持他的全国美协主席、原中央美院院长江丰,有一天把我请到木樨地部长楼他的住所。江丰主席坦率地跟我说,这是有人在背后搞鬼。他提到了全国美协的另一位负责人、一个著名的漫画家。江丰希望我以媒体的第三方身份去西双版纳做一个调查,直接了解当地各族人民对这幅作品的看法,报告给中央。

我回到新华社,把情况向部领导做了汇报。领导说,这件事背后不那么简单,我们还是不要介入了。后来,听说邓小平亲自说了话,这起风波也就慢慢地平息了。

谁能想到,第二年春末的一个风沙满天的下午。我在办公室突然接到袁运生从新华社南门传达室打来的电话,说有急事要见我。我下去把他接到工字楼四楼的会议室坐下。他急切地告诉我,机场顶不住有关单位的压力,已经决定明天把《泼水节》这幅壁画有争议的一部分拆除。工人已经把工具运到现场,明天一早就要动手。

我们坐着谈话的长椅旁边就是通道,不时有过路人对这位在新华社大院难得一见的、梳着披肩发、焦虑而激动的来访者投来诧异的目光。

当时,我和袁运生一样焦急。我说,时间紧迫,让我来试试。你放心,我会当成自己的事情来办。

送走他,我立刻跑回办公室,找出党和国家领导人以及国内外文化界对机场壁画评价记录,写了一份内参,指出没有一位领导和艺术家认为这幅画中的人体是不健康的。这幅已有世界影响力的作品眼下危在旦夕,有不同看法可以讨论,但是一旦粗暴破坏,就无可挽回,对我国改革开放形象的负面影响太大,希望有关部门妥善处置。

那天我一直盯到晚上十点钟。看着领导签字用急件发出内参,才回家休息。第二天一早,我听说,时任中宣部部长王任重对我的文字做了批示,《泼水节》在最后一刻得以保留,只是用木板把沐浴部分做了遮盖。袁运生得知消息,和一群画家朋友喝酒志庆,热泪纵横。

几年后,我的朋友,作家理由写了一篇关于画家袁运生的报告文学作品,影响很大。事后他告诉我,采访中,袁运生讲述这段经历时,特别感慨地说,想不到有李安定这样有担当的记者。我告诉理由说,我只是不想有人借画面出现人体而毁掉一幅好画。出现这种混账事,改革开放丢不起这个人。

1980
太阳每天都是新的

20世纪80年代，朝气蓬勃的中国让世界震惊并接纳。正如当时一位领导人所说，"文革"的大灾大难，让我们大彻大悟。变革的春雷滚滚而来，许许多多的"第一次"进入中国人的生活。

那十年，我把中国改革开放的命运，与自己人生追求融合在一起，仿佛生出千手千眼，贪婪地记录下这许许多多的"第一次"，记者职业真是充满魅力。

这一年属于我们家的好消息，是新年刚过，顾伯伯的所在单位中国社科院出面，以照顾高级知识分子的名义把元调回了北京。夫妻乃至母子突然团聚，真如同做梦一般。

顾元回京到《邮电报》做了美术编辑。在电报大楼旁边的邮电部上班。她每天能够"急就章"地给各种来稿配上风格不同的插图——有意表现得像是出自不同作者的手笔。今天看来，每幅插图都是上乘之作。

蛮蛮落上了北京户口，不再是个"小黑孩"，并且上了新华社黄亭子保育院（听名字就知道是延安传统），每周一乘班车去黄亭子全托，总算把操劳多年的奶奶解放出来了。保育院每月收费26元，包括食宿费和医药费，真不贵，但是占了我当时工资的一大半儿。周六，夫妻俩下班接上喋喋不休的儿子，手牵手找一家饭馆平静地吃一顿晚餐，一对"知青"夫妻真有"一步登天"的感受。

中南海的馒头有点儿甜

记者的职业体验，感觉太阳每一次的升起都是全新的，每一天的工作，每一篇稿子，彼此之间似乎毫无关联，回过头看，却连缀一条历史变迁的五彩路，我喜欢这样的工作状态。

我的采访分工，除了轻工部和纺织部，又加了整个机械行业——老记者们当时很少顾及的部门。我承担起整个中国制造业管理部门的报道任务，那是我当记者的第二年。

那个时代的新华社，记者的工作状态居然是"散养"的。除了上面布置的重点稿，领导一般不给记者布置任务，一切都靠自己打开局面。

工业组原本也没有人知道机械口是一个什么样的范围。一机部是民用机械，有记者捎带手跑过，包括机床、电工、成套设备、汽车和通用机械等。其他还有二机部到八机部，分别主管核工业、航空、电子、兵器、船舶、航天、农机。除了一机部、八机部，其他都是以生产军品为主，出稿很少，工业组记者过去少有涉足。

那时候，中国正从以阶级斗争为纲，转向以经济建设为中心的重大转折中。新华社的工业报道亟须扩展报道面和影响力。

初生牛犊不怕虎。我去新华社办公室开出盖着带有国徽大印的介绍信，一个部委一个部委登门拜访。

当时的军工部门，面临全球冷战结束、部队武器订货锐减的局面，急需转产民品支撑发展，因此对我的上门特别热情。我从小学到初中，从做晶体管收音机到航模、舰模。参加过各种兴趣班和俱乐部（那时候叫作国防体育），在学美术之前几乎占满了我的业余时间。所以即使涉及飞机、大炮和军舰，我也一点儿不陌生，反而兴味盎然。

新华社国内部的记者，担负着公开报道和给决策层提供信息的工作，在中央各部委格外受到重视和认可。我在很多部委都有常年出入证和食堂的饭票，与各部委的政策研究室、业务司局甚至部长办公室，都建立了良好通畅的关系。当时官场风气简朴、交流坦诚，采访可以获得大量一手的新闻线索，完全没有今天一套严格的部门采访的报批审查程序。

那几年是我出稿量最多的时期，无论是重头评论《机械行业靠市场调节走出谷底》，还是力挺国产设备的简单呼吁《办个替代产品博览会》。有新闻分析《机械化又成农业新热点》，也把电子行业创办外向型公司概括为《买帆出海》。跑船舶工业，我参加过北欧定制的大型货轮下水仪式，也钻过试制中的小型核潜艇的狭窄水手舱。

1980年成立了国家机械委（后来称老机械委），管理八个机械工业部，在中南海北院办公，副总理薄一波兼任国家机械委主任。当时研究室负责接待记者的是六机部调来的高尚全。他常常给我耐心地分析机械行业面临的困境和改革路径，让我获益匪浅，能在日后建立起一种宏观把握的思维模式。后来高成为国内著名的经济学家和国家改革委副主任。

我有国家机械委的饭票，每次采访结束，在中南海北区的食堂里吃过午饭，我都要再买一斤馒头带回家（五个，一共两毛钱），中南海的馒头又大又白，还有点儿甜。

顺便说，两年后国家机械委就在一次机构调整中撤销了。那时候改革在一种前进和后退的拉锯中寻找平衡，折腾是不可避免的，光是国务院机构改革，七年里就进行了三次。

一年之后，我已经"打入"了将近十五个部委，包括当时的国家物价局、标准局、计量局等。工业组领导对此也很认可，老记者们开玩笑说，这小子跑的地盘儿，顶上一个副总理了。

张榜招贤挑所长

工业组办公室分成南半球和北半球，南半球富，北半球穷。因为南屋的编辑大都是资深的老干部和老大学生，工资比较高。我们这屋的记者年轻，时不时闹着要"吃大户"。一般是中午，全组一起走着去四川饭店，但只吃得起前院的小吃。吃碗担担面、芝麻汤圆，再要点夫妻肺片、拍黄瓜一类的小菜。吃完了，都是副组长"张老财"掏钱，老张掏钱很痛快，其他领导也自觉地纷纷解囊，然后大家热热闹闹离开，结伴回办公室去。其实平均每人只吃了不到五毛钱。

年初我参加四机部工作会议。在小组讨论上，我听到重点企业江西无线电厂（国营七一三厂）厂长刘敏学讲了这样一个故事。

去年秋天，工厂贴出一张大红招贤榜，号召热心"四化"的同志，为厂里即将建立的民品生产线提出方案。榜上写得明明白白，最佳方案的提供者将被任命为民品设计所所长。三天以后，青年技术员叶荪泉交来了第一个方案。接着，又陆续收到六个方案。经过答辩评审，叶荪泉的方案脱颖而出。有人议论，这不过是个发动群众的点子罢了，所长谁当，领导早就心里有数。这话说对了一半，厂长刘敏学心中真有一个资历水平相当的人选，但是他提出的方案被叶荪泉比下去了。党委开会讨论，有人说，小叶年轻，不是党员，还是先当副所长，所长由厂长兼任。刘敏学说，按过去干部选拔程序，所长的位置排不到小叶来坐，但是我们既然是张榜招贤，小叶提出的是最佳方案，所长就该让他当。听到这个消息，职工们奔走相告，都说厂党委思想解放，说话算数。小叶当了所长后，党委让他自己挑选副手和管理团队，改造了原有的电唱机生产线，从年产3000台，猛增到10万台。

按惯例，行业工作会，写一条综合性新闻就够了，我却据此另写了一条通讯：《张榜招贤挑所长》。干部不由党政部门指派，而由张榜招贤产生,在 1979 年底还是全国第一例,尤其发生在一个军工企业里,意义更是不同寻常。因此,我觉得这条通讯非写不行。

想不到这篇通讯被《人民日报》和各大报在显著位置刊登。

更没想到,几家外国通讯社十分敏感,在新华社播出这条通讯的当天纷纷进行了转载。《参考消息》还摘登了一家外国通讯社对这条通讯的评论:"在中国实行经济改革过程中,选择领导干部具有决定意义。中国的媒体对于第一次在竞选基础上选举领导干部这个范例,给予了突出的报道,目的是在于激发生产者对改进本企业工作的兴趣。"评论还特别注意到"当选者年轻,并且不是党员"。

后来刘敏学调任四机部规划司司长、国家工商行政管理局局长。叶荪泉则担任过景德镇无线电厂厂长等职。

破冰军品出口

五机部,后来叫兵器部,主管常规武器生产,就是我们常说的枪支弹药、坦克大炮。说起来,兵器工业历史悠久,是中国现代制造业的鼻祖。清末的洋务运动,就是从造枪炮的兵工厂做起的。我去重庆生产冲锋枪的老厂采访时,那里竟有一台 1836 年英国产的老古董冲床刚刚下岗。

对越自卫反击战之后,常规武器订货锐减,兵器工业开始了最艰苦的日子。转产民品成了唯一出路,敲敲打打,干了一两年,也算小有成就。五机部政策研究室的一位处长贺德龙,人很活泛,找到我说,部里准备在河南安阳开一个民品订货会,没有钱做广告,研究室佘健明主任想请你出马,去写篇报道帮我们宣传一下。

我和他坐了大半天的硬座火车去了安阳。到现场一看,也真难为了这些厅局级的军工大厂,展出的民品也就是九块钱一把的电热梳子、小型电吹风、缝纫机用的拷边压板。技术含量比较高的就是电风扇和木座钟了,后来成为兵器行业主打产品的小型摩托车那时候还没成气候。

我在火车上就写了一条消息,新华社发布后,被《人民日报》加了花边登在头版的中间位置。巴掌大小,但是很醒目,标题似乎是《五机部首开民品订货会》。恐怕这是"兵器工业"这个行业第一次在新闻上公开出现。

在订货会上,我和厂家探讨说,记得看"二战"纪录片,苏联的拖拉机厂在卫国战争打响后迅速转产坦克开上前线。为什么我们今天不能让坦克工厂转产拖拉机呢?厂家的工程师笑了:坦克转产拖拉机,即使千方百计地压低成本,起码也要20万元一台(相当于今天买一辆奔驰迈巴赫)。农民哪能买得起呀?我听了,心中不禁一动。

尽管"两个凡是"的论调,在80年代初的那场思想解放运动中已经败下阵来,但是在1980年,影响力所及仍然使人在某些敏感领域噤若寒蝉。比如说无人敢谈及的军品出口就是一例,这是因为我们长期坚持"我们不做军火商"的理念。

在"文化大革命"前后很长的时间里,中国作为"最可靠的大后方",生产的军工产品只是以无偿援助的形式,提供给我们"同志加兄弟"的越南和亚非拉各国的民族解放组织。

我在云南插队的时候,缅共武装的物资补给兵站就设在芒市,他们用的所有枪支弹药,甚至军装全部是由中国无偿提供的。

80年代初,全世界有军火生产能力的大国都在做军火贸易,只有中国例外,继续勒紧裤腰带搞无偿援助。在国内军品订货大幅度削减的时候,工厂只好靠上山割荆条编筐和卖冰棍发工资。然而,只要听任工厂的设备闲置锈蚀两三年,几乎就等同于报废。一旦发生战争,三十年来费尽艰辛建成的兵器工业能否迅速投产,一支有良好传统的兵工队伍能否重新拉起来,实在堪忧。

这时，兵器工业一些思想开明、思路开阔的政策研究人员开始试探出口军品的可能性，他们急需舆论上的支持。

当时能够接触兵器工业的记者极少，为军火出口作舆论破冰，挑战落在我的头上，那时候我当新华社记者还不满两年。今天想来真是不可思议。

从各国情况看，出口武器的政治和经济意义十分巨大。1973年中东油价暴增三倍，美国进口石油多花了160亿美元，而以出口军火做筹码，与石油出口国的贸易反而实现了顺差。由于军火出口，美国军队的武器实际费用降低了70%；苏联每年的出口商品10%是军火，有效缩减了和西方的贸易赤字；英国皇家兵工厂的产品，53%用于出口。

当时中国已经仅次于美苏，成为世界上第三大常规武器生产国。如果尝试出口部分防御性的兵工产品，不但在经济上划算，政治和外交方面也能起到一般商品难以起到的作用。比如中东某国，过去中国驻该国使馆举行国庆招待会时，只派低层官员出席，而当该国希望能从中国订购兵器产品时，派了七个政府大臣参加国庆招待会。

坦克生产线转产拖拉机，20万元一台，农民确实买不起；而出口坦克，动辄百万元计。当然是出口坦克更划算，换汇远比轻纺产品高多了，利润也更划算。

我把这些研究人员提供的逻辑和内容写成文字，指出：此前十年，世界军火贸易额每年增长25%，新时期要有新思维，如果解放思想，把逐步开放武器出口当作一项国策，对国防建设和经济崛起都会起到巨大的推动作用。

稿件直接发给了最高决策层，很快获得了首肯，军品出口提上了日程。"不做军火商"的禁忌被突破。中国军事工业在最重大的一次调整转型中，并没有只在转产民品一棵树上吊死。

时至今日，在著名的国际航展上，中国最先进的战斗机以商品出

1980年在大连造船厂采访出口货轮的下水仪式

贵航生产的歼7教练机日后大量出口

口为目的,进行高调展示和飞行表演;中国出口的军舰在国外港口交船时,所在国的政府首脑亲自出席交接盛典也成为惯例。我很欣慰,用自己的判断和手中的笔,为推开中国军工产业进入国际市场的第一扇门出了一把力。

1982年底,五机部改制为兵器工业部,国防科工委副主任邹家华转任兵器工业部部长。办公厅主任佘健明安排,邹家华上任后见面沟通的唯一媒体人就是我。邹部长称我是兵器工业转型的有功之臣。

邹家华1992年起任国务院副总理。佘健明后来担任国家计委副主任、国家发改委副主任,一直将我视为忘年交。

1981
相互掣肘的一筐螃蟹

改革开放还处在"乍暖还寒"的时节。

1月25日,经过两个多月的审理,特别法庭对林彪和"四人帮"两个反革命集团的10名主犯进行了宣判,意在从政治上清算"文革"。4月,4000多名功勋卓著的党的高级干部汇聚北京,经过两个月的畅所欲言,深度讨论,最后在邓小平的主导下,大家达成共识。随后召开十一届六中全会做出《关于建国以来党的若干历史问题的决议》,以党的最高决议的形式,肯定了毛泽东的历史地位和毛泽东思想,实事求是地评价了新中国成立以来的功过是非,彻底否定了"文化大革命"和"无产阶级专政下继续革命"的理论。

然而在经济领域,尽管改革日益深化,但与计划经济和旧体制的博弈依然处于犬牙交错、举步维艰的境地。

事事关心,如鱼得水

春节过后,我被安排去山东分社工作半年,历练在基层采访的能力。

山东分社当时驻在济南市中心的大观楼。分社中农村组记者力量最强，组长南振中通过蹲点调查，写了一本《农业生产责任制》，在国内影响很大。几年后他调到北京，做了新华社总编辑。

我很快在省轻工局、纺织局和兵器局打开了采访局面。我也和农村组的老师们一起下乡，进行全省夏粮收成的调查。

当时的青岛，是中国"上青天"三大轻纺基地之一，我被派到青岛驻点，住在四方路的纺织局招待所。

虽然一个人生活在一个陌生城市，却完全没有寻找采访线索的压力。我很快交了许多新朋友，每天去跑各种轻纺工厂，真是让我大开眼界的美事。我还总想不虚此行，各种产品生产、劳动制度，甚至崂山矿泉水厂的水源地保护，都成了我笔下采写的内容。虽然写的都是地方稿子，但是《人民日报》等全国报刊很愿意采用。正在青岛度假的新华社社长穆青和副社长李普都注意到了，把我找去聊天，后来我们甚至成了忘年交。我倒像个当地主人一样，安排他们去参观考察一些非常有趣的工厂。

但我想说的还并不只这些，今天我自己都很奇怪，那会儿怎么在日常生活中，总是无意识地绷着一根弦。真像明代顾宪成那副对联所云："风声雨声读书声，声声入耳；国事家事天下事，事事关心。"

我住在纺织局招待所，晚上端着脸盆去打洗脸水，拧开龙头，一滴水也没有，看水房的老大爷说了一句：停水了，印染厂两天前就停工了。

如果我不是个记者，可能抱怨两声就算了。但是此刻我心里一紧，我知道印染厂的生产环节离不了水。停水等于停产，一天损失就是上百万元，更不用说当时青岛居民的生活供水已经限量每人每天30公升，进一步停水意味着什么不言而喻。虽然远离编辑部，没有任何报道任务，第二天一早，我还是骑上自行车直奔自来水公司，又跑市经委了解情况，直到去找主管副市长宋毓敏采访。正在开市长会,秘书出来挡驾,我毫不犹豫地让秘书把宋副市长请出来谈。我说今天青岛求水如救火,我必须在上午采访完,下午就把稿件发出去,这样大的事儿要让中央立即知道。

一周后,在国务院召开的北方城市节水会上,我写的《青岛供水异常紧张》成为参阅文件。协调从其他地区水库引水救青岛之急,并在五龙河出海口建设新水库,从根本上解决了青岛用水紧张的工程方案,正是这次会上开始制订的。

更有趣的是,另外一篇稿子甚至是从一壶开水引发的。初夏,就是跟分社的同志去调查全省夏粮收成那次,我们到了泰安县已是下午。我就抽空一个人去爬泰山。等攀上山顶,天已黑尽,住进附近一个小客栈,等候天亮看日出。正逢店主在接公安局的电话,问是否有个新华社的记者入住?原来县领导听说我一个人上山怕不安全,打电话各处查问。店主顿时对我另眼看待,竟送了一壶开水给我,让我如饮甘露。

为感谢县领导的盛情,下山后我专门前去拜访。我谈了在山上见到的种种不尽如人意之处,谁知道引发了主人们倾诉了许多在泰山管理体制方面的苦衷。

从山脚到山顶现存古庙17处,被非文物单位占据了12处之多。泰山门户红门宫被地区梆子剧团占了一大半;供奉碧霞元君的灵荫宫被泰安汽车制配厂占作材料库,殿内三米多高的镏金铜像被拖出来露天堆放;相传秦始皇封的"五大夫松"因游人迷信能治病,把树皮几乎剥尽,奄奄一息;满山观赏花木映山红被刨,一车一车地运到集市出售;因为乱采山石,"黑山石"变成白山,笔架山擂鼓石已被打平;更有一些有权势的单位在风景区里大面积圈地建招待所。泰山县风景区管理局只是县里的一个科级单位,连生产队都管不了。一位泰山文物处的老专家更是谈得声泪俱下:如果泰山千年的国宝毁在我们这一代人手里,那我们岂不成了历史的罪人!听了这番话,我真如同被人猛击一掌，顿时觉得责无旁贷。于是顶着重重阻力，留下来着手进行了调查，立即写了一篇内参和公开报道《救救泰山风景区》。

文章立即引起了有关部门的重视，当时国家建委和山东省联合组织工作组，赴泰山处理风景区的乱象。成立统一规划和管理泰山的部门就是处理结果之一。

几年后有同事从泰山采访归来告诉我，当地官员听说他是新华社记者，问他是否认识李安定，说我数年前写的一篇报道，曾对泰安撤县设市起到过关键性的作用。

可口可乐免遭厄运

改革开放才两三年，"洋货充斥市场"的感叹已经此起彼伏，新闻界在这方面格外敏感。当时在媒体做广告，合资产品广告费是国内企业的五倍，而且只收外汇券；然而一遇到"爱国主义"风浪涌起，总爱拉出国内消费品市场上的洋货，敲打一通。

80年代初国内市场洋货并不多。其中最扎眼的，是1981年瓶装的可口可乐在西单食品商场面市。北京人花四角五分钱，便可以买一瓶尝尝。气儿足，喝了胸口发堵；味道怪，有点像咳嗽糖浆；价格是北冰洋汽水的三倍。

早在40年代后期，可口可乐就是美国文化的象征，如今卷土重来，格外引起爱国人士的警觉。一时间报纸上狠批一通：崇洋媚外、排挤中国民族饮料工业。

这种警觉上升到全国人代会。会上有代表质问，中国经济百废待兴，为什么花大笔外汇把可口可乐引进中国？声讨引起了高层的震怒，某位领导人追问国家进出口委是如何把可口可乐放进来的，甚至

引进的可口可乐瓶装生产线

准备下令关厂。

国家进出口委周建南副主任的秘书正为处理这件事而焦头烂额。他对我说，从宏观上说，国际贸易就该是有进有出，光是一门心思占领国外市场，封住国内市场不让人家进，这还叫作国际贸易吗？

从具体的项目说，咱们一点儿都没吃亏。他说。在中国，可口可乐一开始只供应外宾，由涉外饭店"寄售"。不花一分钱外汇，代卖一箱可口可乐，中方净赚9美元。

1981年4月，可口可乐赠给中粮北京饮料厂一条自动化灌装线。投产后，除了供应外宾，多余部分内销。秘书说，这与当年的殖民地经济完全是两码事。国家对此有严格的管理，绝对利大于弊，不信你去做个调查。

我真的去了,骑了大半天车,到了卢沟桥附近五里店中粮北京分公司生产可口可乐的新建饮料厂。采访结果令我大吃一惊:在国内生产可口可乐,换汇率高达800%,远远超出其他任何出口商品。

我据此写了一篇内参,细细算了一笔账,说到底,可口可乐不是洪水猛兽,除了原浆进口之外,是国产化98%的中国货。

真是不看不知道。按照全球的工艺和质量标准,可口可乐带来了整体注塑的轻型包装箱、提炼高纯度糖、高透明度异形玻璃瓶以及油漆直接印刷等先进工艺技术,惠及中国本土饮料和包装行业,一步跨越了三十年。

内参上去后,这位秘书特地打电话告诉我:安定,你帮上了大忙。一是洗刷了泼在我们头上的污水,二是使可口可乐免遭被赶出中国市场的厄运。

十多年后,我去美国亚特兰大探望弟弟安宁,自掏15美元买门票,参观可口可乐公司全球总部的博物馆。在这里,不但可以看到可口可乐配方发明和企业的创建历史,而且有可口可乐旗下在世界各地生产的上百种饮料供观众免费品尝,其中许多不同汽水饮料的瓶子上印的都是中国字。

1982
探路者的悲壮使命

1982年春节刚过，一个阴云漫天的下午。我如约来到一机部所在地——北京三里河的一座绿色琉璃瓦顶的楼群。在电梯里，我正好遇到饶斌部长。

"刚收到国务院发文，批准成立汽车工业总公司，作为经济体制改革的试点。我找了几位同志一块儿议一下，请你也来听一听。"走下电梯时，饶斌部长对我说："今天的新闻，明天的历史，你们记者是不是这样说？"

后面这句话给我的印象特别深，也激发了我的一种使命感。中国汽车，成为我持续关注的热点，我此后对于中国汽车发展历程的深度报道，连缀成一部近四十年不间断的汽车编年史。

拿掉一个"总"字的中汽公司

饶斌，中国汽车工业的奠基人，有着传奇的经历。曾经带领千军万马建设了一汽和二汽。平时经过饶部长的办公室，只要外间门开着，部长秘书顾尧天总要招呼我进去坐一坐。部长有事交办，他走到

1982年一汽终于结束了解放卡车30年一贯制，开发出一代新车，作者（右一）在试车场的合影

里间，会捎上一句：安定来了。饶部长就会叫我进去聊几句，有时候则是正式的采访。

当时，全国一百二十多家汽车厂，一年总共只生产17.5万辆汽车，技术含量和产品质量极差。司机如果没有一手过硬的修车功夫，被困在路上是常有的事。

1982年5月7日中国汽车工业公司宣布成立，在京西宾馆开了三天会。

会议的最后一天下午，国家机械委主任薄一波来到会场，宣布中央书记处和国务院刚做出的决定。我记得会场的气氛有些紧张，薄一波宣布中汽公司（而不是原来文件中的总公司）将是一个局级机构，隶属机械工业部。饶斌担任中汽公司董事长，李刚担任总经理，陈祖涛担任总工程师。

薄一波脱开讲稿，特别解释说，董事长饶斌的级别仍然是正部级，但今后的董事长不再享受这一级别的待遇。饶斌此前已被免去了机械工业部部长的职务，由周健南接任。我注意到，饶斌的脸一直沉着，台下也是一片肃穆。属于哪一级部门，直接影响着产业的发展，日后发生的情形也证明他们的担心并非多余。旧体制盘根错节，中汽公司单兵突进，注定推进很艰难，结局很悲壮。

中国正值一次国民经济的大调整，在国家计委，有人把汽车列入"限产，封车，以推进节约能源"的项目，明确提出限制汽车工业发展，实行"封车节油"的对策。

中汽公司成立之初，汽车市场一片萧条，一辆东风牌5吨卡车只卖1.8万元，而且要由厂家提供卖方贷款进行赊销。当时在中汽公司任职的是中国汽车工业的第一代创业者，他们眼界宽、资历深，一心想的是如何把中国汽车业带出困境。

当时随着农村经济改革的推进，小煤窑在山西雨后春笋般冒了出来，火车运力有限，大量煤炭运不出来，堆在山里任凭风吹雨打甚至自燃。为了开拓汽车运输市场，刚刚成立的中汽公司决定向中央献策，提供重吨位汽车，解决晋煤外运的问题。

中汽公司总经理李刚决定亲自去大同了解第一手资料，并邀我一同前往。

一辆红旗牌面包车载着李刚、秘书张宁和我，一大早离开北京，出张家口一路西去。

李刚，人高马大，1948年毕业于清华大学汽车制造专业；1952年去苏联参加重工业部一汽工作组；1953年回国任一汽发动机分厂技术科长；"文革"结束后，任一汽副厂长、厂长。

天擦黑，我们到了大同。李刚让司机把车直接开进当地汽车运输公司，住进公司办公楼三楼的一间客房。我们刚刚安顿下来，市委办公室主任就赶来了，说市领导等在宾馆设宴接风，并请我们搬过去。因为李总是中央候补委员，还是住到宾馆更便于保卫。李刚力辞，主任絮絮叨叨反复陈说。李刚有些动火地说：你回去吧，我就住在这儿，和司机们聊天方便。

那晚，这位央企老总调查结束，就和秘书、记者同睡在一间没有卫生间的简陋客房里。在那个时代，这倒也很平常。

在大同住了一夜，我们和两辆红岩重型卡车会齐，动身向山区的小煤窑进发。塞外的风很硬，很冷。李刚不时让车停下，跳下车，用步子丈量路的宽度，计算着汽车的通过量。他还时不时拦住运煤的卡车，把披着光板羊皮袄的司机往里挤一挤，亲自开上一段，边开边聊。就这样，李刚亲自去钻一个又一个的小煤窑，摸清煤的最初成本，摸清运费和道路情况。后来，汽车晋煤外运的蓬勃发展，成为展示汽车推进经济发展的一个窗口。

李刚多年后和我回忆起他当的那一届中央候补委员，一件很自豪的事就是在中汽公司的呼吁下，中共十二届三中全会决议里，首次把汽车工业列为支柱产业。

为解决中国汽车工业历史遗留的"散、乱、差"局面，1982年，汽车行业尝试以骨干企业为龙头，跨地区成立了解放、东风、京津冀、重型、南京、上海一共六个汽车工业联营公司。联营公司之间既有竞争又有合作。

一个"重、中、轻、微"全面而又具有80年代水平的卡车和发动机系列，终于在中国土地上建立起来。但在当时，轿车尚属禁区。

中汽"地震"与"红旗"下马

然而，让饶斌、李刚没有想到的是，一次强力"地震"突然袭来。李刚离开一汽后，他的继任者给国务院写信，要求脱离中汽公司，获得更大自主权。1984年8月11日，中央财经领导小组在北戴河召开会议，突然宣布，一汽、二汽脱离中汽公司，计划单列。饶斌和李刚有点蒙，然而更让他们惊愕的是，生产了25年的红旗轿车，在会上被勒令停产。

对于饶斌、李刚这些第一代汽车人来说，红旗轿车曾是他们一生中最大的辉煌。

今天人们说到1958年"大跃进"时期第一代红旗轿车的开发，往往先说它的造型怎么合乎民族风格，然后就说红旗是用榔头敲打出来的，然而，亲身参与红旗轿车发动机开发的李刚告诉我：V8发动机才是第一代红旗的技术亮点。V8发动机堪称50年代超一流技术，除了美国顶级豪华轿车采用，苏联也刚刚用在领导人乘坐的海鸥轿车上。发动机攻关相当艰巨。李刚曾经连续96个小时没有合眼！他说，那时候身体棒，根本不在乎。

1958年8月，红旗高级轿车用了短短三个月时间就开发成功，饶斌厂长亲自开着去省委献礼。随后，专为国家领导人开发了装有防弹玻璃、厚装甲的红旗772防弹型，以及后座空间大、可以为翻译加一排附座的红旗771国宾型，两种车型先后投产。从1958年到1984年，红旗一共只生产了1500辆，一汽把生产红旗当作一件光荣的政治任务，一直靠解放卡车养着。

进入80年代，随着国门的开放，"红旗"乘坐者们的眼界宽了，红旗轿车的缺点——暴露。

会上，国务院领导人当面对饶斌说，红旗油耗大、速度慢、不可靠，就停了吧。

饶斌当场争辩说，四抬轿和十二抬轿怎么可能一样。红旗是十二抬轿，车子大，耗油当然就要高些。我接着说，生产10台解放牌的成本，才能造1台红旗轿车。红旗轿车送给中南海的领导坐，也是我们的一片爱国心吧。

领导说，你别打肿脸充胖子了——这是他的原话——你给我停产就完了。

饶斌问，以后这个事怎么办？

他说，以后就进口吧。

就这么一个过程，当面给枪毙了。

关于红旗的结局，一直有不同的说法，这里我逐字逐句记下李刚作为当事人的回忆，应该说是有了定论。

邓小平一锤定音：轿车可以合资

1982年，全国轿车加上越野车年产量不过5000辆，不足国外公司一天的产量。尽管障碍重重，发展轿车依然被排在新成立的中汽公司的日程上。

此前，国务院同意上海"引进一条轿车装配线，改造上海轿车厂"。为此，饶斌带队走遍了世界，汽车跨国公司反应冷淡，只有大众汽车勉强接过了"绣球"。

饶斌多次对我说，走出国门，才看到经过几十年的闭关锁国，中国汽车的整体水平与跨国公司的巨大差距。

靠单纯地引进技术，用老办法造轿车的设想看来完全不现实。于是，饶斌拿了一个主意，1982年6月，由中汽公司写了一个报告，绕过正规渠道送到邓小平手上。

当年在法国勤工俭学，曾在雷诺汽车公司工作过的邓小平不拘一格地批示："轿车可以合资。"在资金、技术极度匮乏的窘境下，这一思路冲破禁区，为建立中国现代轿车企业打通了一条生路。

也在1982年，在欧洲，独具战略眼光的哈恩博士接任大众汽车董事长。此后多年，我几次采访哈恩，他回忆说："当年一接任，我就面临中国上海项目。当时在大众内部这个项目并不被看好，于是我决定亲自负责。"哈恩的战略愿景是，通过在中国的合作，建立一个远东地区的"桥头堡"，对抗那里的竞争对手——日本和韩国。后来，

1991年2月邓小平视察上海大众时说,如果不是改革开放,我们生产汽车还会用锤子敲敲打打

中国甚至成为大众的主场。

在饶斌和哈恩两位战略家的共同"导演"下,上海和大众的往来再次热络起来。

大众和上海的合资谈判前后进行了六年,可谓"旷日持久"。改革开放初期,相应的法律、法规、机构尚在初创,"第一个吃螃蟹"自然举步维艰。然而,谈判的过程,也推动了中国对外开放体系的建立。

比如,当时大众给了上汽16个专利,几个月过去,中方还不知道去哪儿做专利保护申请——当时中国根本就没有这样的机构。最后,大众驻中国的首席代表李文波博士找到德国经济合作和发展部,说服部长,把专利保护纳入德国与中国的合作项目,并作为重点之一。

建立一个合资企业,购买设备、引进技术、进口轿车散件,都需要硬通货来支付,而当时在中国,最稀缺的就是外汇。充满智慧的哈恩拍板在上海建立一个大众发动机厂,生产的发动机除了供上海装车外,大部分出口大众其他企业。由此外汇将源源不断地回流,上海和大众的合资企业终于迈过"外汇收支平衡"这道至关重要的门槛。

1984年10月10日,上海大众终于在北京人民大会堂隆重地举行了合资签约仪式,中德两国总理出席。

一开始上海大众每天只能组装两辆桑塔纳。而在德国狼堡大众产量最高的第54车间,每天可以生产3000辆,哈恩博士给上海大众首任经理马丁·波斯特送行时,描绘他的目标:"一切从零开始,建造第55车间!"

1986年我第一次采访上海大众,厂房里没有生产线,装配中的桑塔纳,靠葫芦吊吊起白车身,用钢管焊的架子车从一个工位推到下一个工位。总经理办公室的家具,都是用包装箱的木板钉成的。

每天早晨,等待波斯特的是一堆无法预见的难题:海关发难,急需的设备到港已经10周却运不出来;工人把残留有毒物质的清洗液直接排进河水中;厂房之间晾着工人上班时抽空洗的衣裤;周边的农户为了浇灌菜地,竟将工厂供水管改道,造成停水……

波斯特和中方一起白手起家,引进大众在日本散件组装的管理办法;争取德国政府援建技工培训中心;在市长现场办公之后的第一个早晨,一辆巨型吊车封堵了穿越厂区的混乱通路。

高标准,还是"卡脖子"

只有创业的第一代,才会涌现众多目光如炬的高人。我曾经被他们看作有共同目标的一个新兵,耳提面命,是何等幸运。

面对与世界先进水平半个世纪的差距,饶斌不止一次地和我谈起:搞轿车,我们还是"小学生"。中国轿车从合资企业起步的初衷,

为筹建国产轿车项目，1982年饶斌率团考察德国大众

就是要边干边学，千难万难地逼出一个世界公认的高水平。

中方第二任副总经理王荣钧，先后参与过一汽、二汽创业，他遇到的最大压力，就是桑塔纳零部件国产化进程太慢。按照合同，国产化的每一个零部件都必须送到狼堡，由大众进行技术认证。上海大众建厂两年，国产化率2.7%，只有车轮、收录机和天线是国产的。

当时，人们最直觉的反应就是，德国人在卡我们的脖子，逼迫我们永远买大众的散件装车。于是，"中国人在合资企业没有话语权""大权旁落"的斥责不绝于耳。

1987年6月，国家经委副主任朱镕基专程为解决国产化进度太慢来到上海。他没好气地对王荣钧说，看来你的日子过得不错呀？旁边的人都捏了一把汗，王荣钧却没有唯唯诺诺，他坦然地把一张照片拿给朱镕基看：一只轮胎在转鼓实验台上，经过高速运转出现橡胶破裂，帘子布翻开。王荣钧说："轮胎算是经过德国大众认证的，还出现了这样严重的质量问题，国产化的难度不能低估。"

这下朱镕基陷入了沉思，他指出，我们的国产化，如果每搞一个，就是一个不知道哪天会爆发的火山，后果不堪设想。桑塔纳零部件的国产化，要坚持德国大众的标准，绝对不许搞"瓜菜代"。桑塔纳国产化要 100% 合格，降低 0.1% 我们都不要。在朱镕基倡议下，建立了跨地区、跨行业的"上海桑塔纳轿车国产化共同体"。

达到德国大众标准，对于零部件厂是一场脱胎换骨的过程。面对无数次的失败、退货，零部件厂成立了"特区车间"，日日夜夜地实验、攻关。大众派出上百名退休专家来中国，不要工资，帮助解决了大量技术和管理问题，那些"脱了一层皮"、终于获得大众质量认可的工厂，都有一种"三军过后尽开颜"的欣慰。

上海大众历史功绩，就是顶住无知和偏激情绪的压力，不折不扣地执行德国大众的质量标准。上海大众开了一个好头，我敢断言：如果当初在标准上放了水，今天中国轿车业恐怕只是世界三四流水平。

1983
模特曾是敏感词

1983年，我们家搬进北礼士路的一栋新建六层砖混住宅楼。6岁的李蛮上了离家一站路的阜外一小，每天自己背着书包过马路上学，那时候的小学生并不用大人接送。

经一位跟我实习的硕士生撺掇，我报考了社科院新闻所的研究生班，请了一个月假，突击补习。头一天考试科目是新闻史和新闻业务，第二天是政治和外语，成绩出来，前三门分数都不错，新闻业务竟得了96分。其中一道40分的大题，谈对新闻改革的建议。我论述了新华社为什么不应该办报，得了满分。那一年，外语第一次从参考分变成正式科目。一个月突击看了那么多大学新闻系课程，外语顾不上，没有及格，我与研究生的深造失之交臂。

皮尔·卡丹中国探路

80年代前后，"时装模特"在中国是一个神秘而犯忌的词儿。中国没有模特，外贸公司推广出口服装的画刊，只是请文艺团体的演员穿上服装拍照。没有报酬，只有一顿五毛钱的食堂客饭，还要领导审批。

第一批国际职业模特现身中国，给国人带来的冲击，用"洪水猛兽"形容也并不过分。

1979年4月，我还是一个初出茅庐的记者，正在做中国丝绸出口体制调查。采访中国纺织品进出口公司时得知，法国服装设计大师皮尔·卡丹应邀首次访华，将在北京民族宫举办一场服装观摩会，公司邀我前去观看。到了现场我大吃一惊，观摩会一票难求，能拿到门票的都是业内精英或是最有门路的人，甚至有人印假票当场被抓。

表演厅人满为患，气氛神秘而有些紧张。从舞台中央，伸出一条长长的走道，这是中国人第一次看到的T台。人们围坐在T台的三边，激动地等待着一个未知的时刻。

聚光灯打亮了。伴着陌生而富有节奏的流行音乐，八个高身条的法国模特和四个日本模特摆着胯，迈着猫步在T台上穿梭行进。设计大师皮尔·卡丹，随意地扛着照相机，从这些模特的肩头或腿畔，对着台下或兴奋或惊呆的中国人唰唰地拍照。

那些身着皮尔·卡丹最新代表作——从中国宫殿的挑檐获得灵感的耸肩衣裙的高挑美女，与台下穿着蓝灰色宽肥中山装、屏住呼吸的观众形成鲜明的对照。时装、模特、大师都让对外开放以来，仿佛尝到第一批禁果的中国人如醉如痴。

当一个金发美女随性地停住脚步，转身面对近在咫尺的观众，突然敞开长裙的双襟，露出只穿了一条窄小三角底裤的胴体，台下的人们竟像一股巨浪打来，身子齐刷刷向后倒去。

本来这可能是我当上新华社记者之后单独发稿的第一条新闻。而正当我在编辑部力争对表演发一个简短消息时，《参考消息》上登出了香港报纸一则标题十分不雅的评论——《洋人的屁香》。批评中国人连衣服都穿不上，引进法国时装纯属多余。虽是一篇"外转内"的文章，却传递出旧观念对时装和模特的抵触。

服装设计大师皮尔·卡丹和他的驻华代表宋怀桂

我多次采访皮尔·卡丹

1983 模特曾是敏感词

邀请方的态度也骤然变冷。当时皮尔·卡丹正带着他的模特飞往上海，一下飞机，他发现接待的人员个个都阴沉着脸，原定的表演场次和观众人数也大打折扣。

我的消息当然是发不出了，模特这个词，因此也没能在中国的媒体上露面。

两年后，卡丹先生派往中国的代表——在法国定居的画家宋怀桂女士在茫茫人海的北京，苦苦找寻出十个愿意穿着"奇装异服"登台的女孩，在她下榻的北京饭店走廊里，伴着一台手提录音机播放的音乐蹒跚学步。这是第一批按照西方的规范进行培训的中国模特。宋怀桂后来也被称为"中国模特之母"。

1981年10月，第一次由中国女模特穿着卡丹时装在北京饭店金色大厅进行了表演。观看者限于国内相关专业人士，只有外电的报道提到了中国模特的婀娜和妩媚。

宽肩，窄臀，瘦瘦高高的个子，秀美的脖子，修长的腿。模特，人们第一次碰撞双唇，试着发音。

后来和我成为朋友的宋怀桂女士说："每当我给一位中国模特穿上卡丹的时装，我就觉得正把美和理想雕塑在她身上。一个好模特，在天桥上走一个来回，那种美的感召力，胜过一车华丽的语言。"

尽管皮尔·卡丹在世界许多国家受到红地毯的国宾级迎接，而直到1983年卡丹在中国天津投资建厂，官员们并不知道时装设计大师是何方神圣。"不就是一个裁缝吗？"他们不屑地说。

但是卡丹先生敏感地觉察到中国人被压抑的对于美的追求。

卡丹先后二十次访问中国，在宋女士的安排下，我几乎每次都对他进行了采访。早在50年代，卡丹就以工业化量产成衣分摊了贵族化时装昂贵的设计费用。这样，中等收入人群也能买得起时装。80年代初，卡丹先生曾不无得意地对我说："我当年的这种追求曾被视为叛逆，而如今全世界几乎所有的大师，都走上了成衣化的道路。"

皮尔·卡丹是第一个把名牌意识灌输给中国服装业的启蒙者，也是第一个在中国建厂并转让商标使用权的国际著名厂商。他说，我希望中国人民能够分享我的设计，从而获得一种自信、一片潇洒。在卡丹探路十年之后，法国、意大利著名服装和奢侈品，先后涌进中国市场。也许卡丹不曾想到，几十年后，中国人对于服饰顶级品牌多么如醉如痴，中国成为全球豪华品牌的最大市场。

模特进了中南海

到了1983年，对于模特这一职业在观念上的抵触，情形已经有了很大改观。

五一节前后，在北京举行的全国五省市服装鞋帽展销会上，上海展团为了配合销售，带来一支时装表演队在农展馆影剧院进行内部表演。

我前去采访，被上海团挡驾，说是表演队能否接待记者，还要上报请示。

后来被批准接受采访的是表演队的一位戴眼镜、不会笑的艺术指导。采访中，她坚持使用"表演员"一词，极力避免说出带有西方色彩的"模特"。她说，表演员都是业余的，是从各服装厂抽调出来集中训练的一线工人，"为了保持工人阶级本色"，她们每天有半天时间在服装研究所的试制车间做工，只拿原工资外加三五块钱的演出费。

于是，为了让新闻能够顺利通过发表，我用了这位指导一样的谨慎和低调，写了一条消息，其中特别提到，服装表演"以中国民间舞蹈的步法为主，汲取国外服装表演的某些长处，创造出具有中国特色的庄重、大方、健康、优美的表演方法"。

拜托"中国特色"一词，这条首次宣布中国有了公开时装表演的

1986年12月,模特在金水桥上为裘皮时装拍摄广告(王文澜摄)

新闻在新华社顺利发出,并被国内外上百家媒体采用。

同一天,王文澜在《中国日报》首发了这场时装表演的新闻照片。

顺便说一句,王文澜凭借1976年"四五事件"和唐山抗震救灾的大量图片,已经名噪中国摄影界。其后他离开部队,进入《中国日报》担任摄影记者,以抓拍和表现社会百态,开创了中国新闻摄影的一片崭新天地。

今天看当年的照片,表演员们的身材和仪表与如今专业模特有着天壤之别。

我的这则简短而枯燥的新闻,经媒体广泛传播,竟引起轰动效应。五天后,表演队接到通知,请他们到中南海为中央领导演出。

时装表演也从此在中国雨后春笋般地涌现,并且走出国门,获得一系列成功。

然而,可以把更多的笔墨投向模特个人,还是源自1989年12月在广州举办的首届中国时装模特表演艺术大赛。

那两天,我人到了广州,还拿不准大赛能否获准举办。即使今天回看,能够绕开尚是禁区的"选美"来举办时装模特职业资质评比,还很需要一些眼光和魄力。当时的全国妇联主席陈慕华和纺织部部长吴文英的出席,对比赛的合法化起了决定性的作用。

在和组里编辑商量新华社是否对一次模特评比发消息时,我争辩说,模特已经成为纺织服装行业的一个工种,既然挡车工可以进行技术比赛,对于模特间的技术评比,就没有必要讳莫如深。

《中国有了时装模特"十佳"明星》的消息终于由新华社发出去了。在消息中,我提到"十佳"模特身高都在 1.78 米上下,"对服装的理解和表现、对音乐的感受程度都达到较高水平"。

至此,我有幸目睹并推动了时装模特在中国三次"零的突破"。

一丝一缕似春蚕

在我的采访领域中,纺织业是一个最本分的产业,如同春蚕倾注生命默默吐丝一样,无声无息,被人视为自然。

但不容置疑的是,纺织业是中国经济得以复苏和发展的一个重要支柱。在衣食住行各方面,中国人穿衣问题解决得最早也最好。"文革"欠账太多,各地民众为食品供应、住房短缺、交通拥堵而怨声载道,甚至酿出风波,唯独"穿"的方面,因为纺织业独当一面,始终风平浪静。

到 1983 年 12 月,全国废止了实行三十年的布票制度。北京人每年一丈六尺的限量供应,成为人们逐渐淡忘的历史。

那会儿我采访跑得很勤的是北京饭店对面的纺织部,那里的官员大多是精明的江浙人,我曾开玩笑说,部里的官方语言是上海话。

出于争做一流财经记者的追求,我已经不满足对于动态新闻的及时反应,有意识地开始从更宏观角度发出一些评述性新闻。从某种意义上说,记者写这类新闻应该比部门、行业的专家更超脱、更达观。

纺织业是中国最悠久的现代工业之一,纺织部尽管没有一个直属企业,却把行业管理得井井有条。即使在"文革"中,棉纺厂进厂多少担棉花,出了多少纱布,剩了多少斤花脚纱头,都有严格的管理,必须做到进出相抵。说到操作技能管理,从50年代的"郝建秀细纱工作法"起,各工种都有一套标准操作的程序,可谓举手投足都有规定。

当改革之风从企业推向管理部门时,我试图对中国纺织业做一番总结评述。考虑到国人喜欢把经验概括成一种便于记忆的顺口溜,我采用了16个字"大事抓紧,小事放开,管而不死,活而不乱"作为一篇述评的标题。前面八个字是我最早在新闻中提出来的,经中央领导的认可和引用,后来渐渐成为一种虚实结合的管理模式的表述,而并非纺织行业所专属了。

中国人开始穿得漂亮了,而在光鲜亮丽的背后,靠的是纺织女工们一丝一缕的辛劳与奉献。

短短的三五年里,我跑过200多家纺织厂,既有上万人的大厂,也有上百年的老厂。但是我强烈地感受到:1949年后三十年,为了给重工业提供建设资金,纺织业被竭泽而渔,利润几乎全部上缴,自身技术改造资金短缺,厂房设备老旧得令人发指。

我在杭州看过一个让人不可思议的、由数百根杉木支撑的染织车间。在森林一样的木柱间,搭着两个高台,上面专门有两个工人,像鸟儿一样蹲着用望远镜监视摇摇欲坠的屋顶有何变化,以备一有险情就发出警报,让车间里埋头苦干的印花工人能及时撤出。这样的危房为什么不能改造翻建?原因令人心酸:一是没有改造经费;二是停一天工将损失产值20万元,主管部门承受不起。80年代初的中国,工业投资僧多粥少，会哭的孩子有奶吃，习惯于默默奉献的纺织业，似乎嗓门最小，往往能争到的部门利益不多。出于记者的责任感，我写过大量"工作研究""记者来信""采访札记"，对经济工作行进中的弊病大声疾呼，既揭病因，又开药方。有时也能打动主管部门，解决一些问题。我在纺织部的各司局也颇有人缘。

纺织业中，三分之二是女工。说起来让人肃然起敬，她们是世界各国唯一要常年轮流上大夜班的女性。劳动条件之差和强度之高也远超其他工种。每天一班下来，纺纱工和织布工寻机走的路程超过30公里，而且要脑、眼、手、脚并用，协调配合准确到没有任何多余的动作。车间中机器声震耳欲聋，噪音、高温、闷热和无孔不入的飞絮，令人备感疲劳。许多女工告诉我，下班回到家，往往一头瘫在床上，要歇上半个小时才能爬得起来。

在50年代，纺织女工的待遇曾经很高，那时候实行岗位工资，一个年轻力壮的挡车女工，工资相当于其他工种六七级的工资，家里往往可以雇得起保姆，上班虽然累，下班回家却不必劳作。但是到了"文革"中，对纺织女工也一刀切地实行了八级工资制，正是骨干的青年女工，却拿30多元钱的最低工资。苦、累和待遇的不合理，严重挫伤了她们的积极性。80年代初，纺织部又想恢复岗位工资制，但劳动部门迟迟不予答复，理由是要照顾左邻右舍，拖了多年没有实行。

我在济南基层企业采访时，发现了一种变通的个人岗位计件工资制（这是我的命名），我和山东纺织局的同志细细算了一笔账，把稿子的重点放在国家并没有吃亏这一点上，为的就是打动有关部门有决策权的官员，尽快恢复纺织女工的岗位工资制度。

稿子发出了，影响不小，但是有人情味的最后段落被编辑删掉了：

过去挡车女工工资低，倒班多，难于照顾家务，连对象也难找。现在她们的工资相当于五六级工的水平，劳动贡献得到社会的承认，在家庭生活中也成了"重点保护对象"。

然而光阴荏苒，四十年前，我曾经看过的那些朝气蓬勃的万人国营纺织大厂，如今全都荡然无存，让人不胜唏嘘。

1984
学会读懂市场

市场经济的嫩芽在计划经济的一片灰色中,初见新绿。

80年代初期,"计划就是法律"的体制阴影还未退去,即使是狭义概念上的市场,也很难登上经济新闻的大雅之堂。学会读懂市场,竟也显得有些另类。

中国部长的IBM电脑启蒙课

我当时跑电子部,除了广播电视工业总局,最熟悉的就是计算机局了。那时候的计算机没有市场的概念,纯属生产资料,产品都由国家统一调拨。1984年面临体制转型,计算机局在北京办了一个小型计算机展销会。办公室主任张百顺请我去做报道。过去一看,那时的计算机其实与消费者无关,展厅里最苗条的130小型机,也有大衣柜大小。没有芯片和集成电路,用的都是电子管。

我在报道《计算机首次进市场》里,第一次提出了硬件和软件的概念,但是新华社发不出。按规定,新闻中不能使用没有做过解释的新词。于是我在稿子中补充写道:"硬件如同算盘,软件就是口诀。"

终于得以过关。当时在社会上已经比较熟悉的硬件、软件概念，在新华社新闻里才被第一次应用。

那年夏天，美国的国际商业机器公司（IBM）在北京钓鱼台国宾馆别出心裁地办了一场研讨会，邀请中国各经济部门主管业务的副部长参加，算得上是个人电脑（PC）和信息化进入中国市场前的启蒙。我和新华社技术局一位副局长作为与会代表参加。

IBM创立于1911年，是当时计算机行业的龙头老大，如同汽车业的通用汽车公司（GM）。

叫作研讨会，实际是面向潜在客户的一次科普。技术人员在一排带有9英寸大小的彩色显示器的PC上进行操作；另一个临时搭建的机房里，有两排矮柜一样的中央处理器。我和大部分部长们算得上中国第一批见识PC及其应用的中国人，颇感冲击。

IBM的专家做了一系列应用讲座。我记得在一个智慧型城市管理的讲座上，看见屏幕上的一个老城市的景观，突然换了一片鲜艳明亮的颜色，当时觉得十分神奇，至今印象深刻。

整个80年代，中国的计算机应用和信息化管理开始起步，但是面向个人用户的PC并没有市场。即使有学者从国外零零星星带回几台PC，也因为无法汉化，只能用于计算，无法发挥更大的效能。

直到1992年，克林顿在竞选美国总统的讲演中提出了"信息高速公路"的设想，信息时代的春风才吹到中国。随着长城、联想、浪潮等国产微机的出现，市场开始升温。一方面中关村一带小公司用进口配件攒出的PC如雨后春笋；一方面像IBM、惠普等美国计算机企业也看中中国便宜而高素质的劳动力，进入中国和本土企业合资生产，基本就是组装，关键零部件的研发生产还掌握在美国人手中。至于互联网的普及就是再过十年后的事儿了。

IBM 的专家在钓鱼台给中国部长们科普微机

工业报喜，商业报忧何时休？

今天的人们不会想到，在新中国的前三十年里，计划经济的标志就是统收统支，完全没有市场的概念。一件工业产品生产出来，实际成本加上 15% 利润，就是调拨价格。成本越高，利润越大，企业岂有压缩成本的动力。然而利润并非都留给企业，绝大部分都要上交国家。企业如果要投资改造扩建，开发新产品，再向国家申请。当时，企业盖一个厕所，也要向国家申请立项和投资，这并不是什么黑色幽默。

到了 80 年代，经济发展到一定规模，没有市场对资源配置和调节，没有市场作为产品与需求平衡的干预。商品忽而短缺，忽而过剩，这种情况周而复始地出现。

中国人当年的消费特别单调而集中，如同黄河之水。雨季到了，洪水滔天以致漫堤；汛期一过，河床干涸几乎断流。

那些年，新华社国内部在工业生产和流通销售的采访，分属工业组和财贸组，泾渭分明。但是我并不固守这一套，有心地尝试跨界。

即使在 80 年代，中国主流媒体的经济报道也多是以报喜为主，或称所谓的正面报道。然而任何事物都有正反两面，过多的报喜，常与老百姓的实际感受相去甚远。

新闻是最大众化的文字产品，好新闻绝不是高深莫测或者巧妙遮掩的文字。用简单文字和内在逻辑来提纯斑驳复杂的社会生活，让人读完一条新闻，能够感叹一声：不错，就是这个理儿。这就是我以为的新闻写作最高境界了。

我的追求有些平庸，但是真正做到却并非易事，要多看多想。但像做学问似的，在一条道儿上钻得太深也不行。有时就像两个电极无意间的相碰，火花往往是偶尔碰出来的。下面这篇稿子就起源于偶然。

一天，我把一份电子工业报表扔在一边，去隔壁财贸组找人聊天，在那儿信手拿起桌上的一份商业报表。刚才在工业报表中所谓的突出成绩，在这份报表中却作为问题来反映，虽然仅是些枯燥而矛盾的数字，在我心里却碰出火花。我跑回办公室，思绪中的纠结一下子清晰起来，有光有热，文章一挥而就。我的这篇新闻评论《工业报喜，商业报忧何时休？》，后来被评为中国新闻的最高奖项——全国好新闻。

新闻评论中说，看工业报表，当年头七个月，录音机、照相机、电风扇、电冰箱的产量分别增长 22%—55%。而在那份商业报表中，这些产品的库存却大幅增长，积压甚至增加了 90% 以上，出现严重滞销。

到 1984 年，中国每百户家庭中只有录音机 14.6 台，电风扇 25.4 台，洗衣机 12.1 台，电冰箱 1.1 台，这表明绝大部分家庭还需要添置各类家用电器，需求潜力大得很，而且人民的购买力五年增长了三倍多，人们发愁的恰恰是拿钱买不到可心的商品。

在文章里，我顺藤摸瓜找出生产结构不适合市场消费的原因。

比如小打小闹的生产方式。日本录音机生产企业只有三四家，中国却有三四百家之多，却没有一个全国叫得响的名牌；中国生产电风扇的厂家遍布九个行业、上千家工厂，品牌多不胜数，产品却大同小异。

比如"重生产，轻开发"的状况必须扭转。电视机从黑白到彩色；录音机从单卡单声道到双卡立体声；洗衣机从单缸双缸到全自动；冰箱从单门到双门……需求变化之快，出乎人的意料。由于新产品开发周期长，柜台上摆的大多数是陈旧、冷背、滞销的产品，让人看了就摇头。

我写道："工业部门应该以市场为导向，开发适销对路的新产品，与商业部门共同建立起可靠的日常反馈和售后维修体系。"在当时能够提出这些主张，也算得上"春江水暖鸭先知"了。

花布市场的"有心人"

虽然是个大男人，我却有个逛市场的嗜好，王府井百货大楼和东安市场，我隔三岔五要去一次，而且与商场总经理和一线售货员交上朋友。到了其他城市，也少不了逛市场的这一节目。

我有心从市场上找题目，站在读者角度，替他们梳理思考。对于那些自我感觉过好或过差的企业，我也能送上一股市场吹出的清新之风。

比如，年复一年，报道纺织设计工作，我总是报告说，当年新花色新品种又开发了数万种。可是真到市场上看一看，却是另一番景象。百货大楼，西单商场这两大店，货架上的花布也不过寥寥数十种，花色单调陈旧，乏人问津。

作者与纺织部部长吴文英看市场

城里姑娘们爱穿花裙子,可是市面上的花布老气横秋,令人却步。于是 1984 年夏天,一种出口转内销的针织毛巾布黄睡裙在北京爆发式地流行起来,一时街上都是黄裙子,也算一次小小的抗议吧。

后来我把思考写成一篇通讯《花布市场为何令人失望?》,一探究竟。

其中的一个小标题是"爷爷岂能为孙女选花样"。订货会上商业批发部门一些鬓发渐白的老同志大权在握,他们选花样的标准不在新颖别致,而是历年来销路好、老中青皆宜的图案。如此一来,有新意的图案纷纷落选。这让有创意的设计师们心灰意冷,只好去揣摩"爷爷们"中意的路数。

北京印染厂一种竹子图案的窗帘布,最初上市时令人耳目一新,还获了奖,可是几年里一口气印了几百万米,其他工厂又纷纷效仿,弄得一两年间走进布店如进竹林,顾客毕竟不是熊猫,看多了难免会倒胃口。

全世界制造消费品，从汽车到家具，从花布到服装，设计师都是灵魂。在文章里，我毫不客气地指出，当时在中国，这些全是颠倒过来的。设计所占的位置，只不过是印染厂技术科里的一个小组。而且，当时大量技术人员进入了各级领导班子，却没有一个设计师入选。

让新生儿到王府井亮相

1984年三十五周年国庆前夕，北京王府井大街一改昔日灰暗的容颜，近百家大小店铺的外立面在短短的一个多月时间里，经过统一的规划，用了各具特色的新型涂料重新粉刷，鹅黄的、嫩绿的、枣红的、蛋青的、月白的，彼此相映成趣，整条大街焕然一新。

触动我和年轻同行吴锦才新闻神经的，是这个工程并非市政当局的杰作，而是一个普通的涂料企业——北京油漆厂无偿提供了24吨新型涂料而促成的好事。

且不说在50年代初，从反对浪费的考虑出发，国务院曾明令禁止把油漆涂到建筑物上（今天看，这个规定实在匪夷所思）。

为什么要无偿提供油漆涂饰王府井？我们跑到油漆厂，采访了厂长王树荣。"我们毕竟是北京的一个工厂，要为美化首都出一把力。"他在说官话。

"说透了，这是一种广告。"我说。

"对，"王厂长点头，"就算一种活广告吧，靠产品本身的效果去打动人。"

在不多几个建筑物的角落，有以北京油漆厂名义制作的"为建设首都做贡献"的小标牌，据说这是东城区政府安排的，用以褒奖工厂的义举。

这个广告做得绝，用今天的眼光看也值得赞叹，而在当时守旧的人们心目里，做广告竟是一件不光彩的事儿。我到这条街上一个银行大楼里采访，一位老先生对银行不花一文钱，古旧大楼旧貌换新颜的变化，竟然愤愤地说，真要是为了美化首都，悄悄做就是了，还挂个油漆厂的牌子干什么？这岂不成了做广告吗？

看来要中国人接受市场广告，当时竟有不小的阻力。而且广告做得这么巧，确实有点儿超前意识。我和小吴，你一段我一段，轻松地写完了一篇通讯，标题叫作《让新生儿到王府井亮相》，占据了刚刚创办不久的《经济参考报》整整一个头版。

第三次浪潮

如果说，一本外国人写的书 80 年代初在中国带来最强烈的轰动效应，我估计当属未来学家阿尔文·托夫勒（Alvin Toffler）的著作《第三次浪潮》。1984 年由生活·读书·新知三联书店翻译出版的这本书，给其后的历史进程贴上一个新标签——信息时代。

与中国人受的传统教育不同，托夫勒把人类社会划分为三次浪潮：第一次是肇始于一万年前的农业时代，第二次是创发于 17 世纪的工业时代，第三次是潮起 20 世纪中后期的信息时代。

我疑惑地读到托夫勒在 1980 年预见的未来：跨国公司将在全球盛行，微型电脑的发明使 SOHO（在家工作）成为可能，人们将从朝九晚五的工作桎梏中解脱，核心家庭出现瓦解，DIY（自己动手做）模式的兴起……今天回望，我们竟然已经见怪不怪地生活在托夫勒的预言里。

托夫勒洞察到现代科技将深刻改变人类社会结构及生活形态，给历史研究与未来思想带来了全新的视角。我牢牢地记住了书中的一句话："唯一可以确定的是，明天会使我们所有人大吃一惊。"

1985
当年部长大不同

生活里的每一天似乎都是相同的，但是隔上二三十年回望，变化令人吃惊。80年代做一个跑中央各部委的记者，接触部长几乎是平常事。部长对日常采访行业的记者也很熟悉，尤其你有能力对一个行业了如指掌，和部长们能够平等地交流。

80年代部长的做派也和今天很不一样，他们有人生积淀，朴实坦诚。那是一个清纯的年代，起码在我看来，他们当年普遍存在的那种平民化的风格，今天已经不大常见。

"光荣的第一批"

80年代，万象更新，也是我的记者生涯中最敏锐、最充实、最丰富的一段日子。在我记录下的中国变革诸多"第一次"中，曾经包含"光荣的第一批"——一群主动退出领导岗位的部长。他们以高风亮节开创了新中国的第一个领导干部退休制度，打破了已经延续了三十三年的领导干部职务终身制。从这"第一批"到1985年，全国领导干部年轻化的改革圆满完成。100多万领导干部退出了第一线。

当新中国度过了三十多个春秋之后，新中国成立初期就担任领导职务的干部们已经不再年富力强，他们的工作节奏逐渐慢下来，在某种程度上降低了管理效率。

随着"以经济建设为中心"的转移，领导班子老年化的问题愈发尖锐起来。邓小平说，让老人病人挡住比较年轻、有干劲、有能力的人的路，"四个现代化"就没有希望。

1981年1月，我用一条短消息报道了三机部（后来的航空工业部）七位副部长递交报告、主动要求辞去领导职务的消息，抓住历史的一瞬间，一石击起千重浪。

此前这样的举动，在中国政治生活中还是闻所未闻。新华社《瞭望》周刊的编辑希望我能再做深度采访，挖掘这些部长的真实想法。

这批副部长中，有已经内定的部长人选，有驰名中外的技术专家，有在"四人帮"迫害下刚刚翻身、位置还没有坐热的老干部。没有人劝他们退，但他们带了个好头。

直到今天，再看当年记录下的鲜活话语，对比时下人们对于官场的印象，反而倒有耳目一新的感觉。

72岁的朱涤新副部长，腰背挺直，老红军的雄风不减。听了我的来意，不禁动了感情："五十多年前，我跑去参加赤卫队，入了党，战火纷飞的年代，战友们今天在一个锅里吃饭，明天也许就永远见不到了。革命成了终身职业，要干就是一辈子。干一段儿再退下来，的确没有想过。打倒了'四人帮'，我们这些恢复工作的老干部，当然想兢兢业业再干一些年，但是新陈代谢的规律真是不饶人啊！一开会，在座的都是白头发，庙就这么大，菩萨挤得满满的，龙多不治水。新形势要求我们这些老同志分批退下来，支持年富力强的冲上去。这好比当年南征北战，该撤就撤，该上就上。我们的职业是终身革命，不是终身当部长。"

与三机部主持全面工作的副部长赵健民面对面，让我满心怀着崇敬。我曾在云南插队，常常听到他的名字，他曾任云南省委书记，在基层有极好的口碑，当时被康生污蔑成"叛徒、特务"，长期关押。在狱中他用木棍裹上布条作笔，刺破手掌和鼻腔，蓄血为墨，著文写诗和"四人帮"斗争。到了新时期，从主持工作到正式担任部长只剩一步之遥，可偏偏在这个时候，他递交了辞呈。他是党的十二大代表，人们劝他开过十二大再退，但是他摆摆手说，不能等，现在退，正是时候。赵健民的音容笑貌，我至今历历在目，他穿着一件中式小棉袄，解开扣子，露出里面的灰布衬衣。看上去不像一个部长，更像一个农村的小学老校长。他说："年轻的时候，读的是师范，一心就想把农村的孩子教好。入党的时候，就把生死置之度外了，连看到革命胜利也没想过，更甭说当部长了。"

王振乾副部长戴一副无边眼镜，看起来像个学者，如果不是床上铺着一条墨绿色的军毯，你不会想到，他曾经是一位统率过千军万马的将军。他正好为他主编的东北大学校史收集材料回来。他的经历颇有传奇色彩，在张学良办的东北大学搞过"学运"，在旧东北军中搞过"兵运"，解放战争中组织过"东北挺进纵队"。把这些经历写成回忆录，早已成为他的一大业余爱好和任务。他常常带上饭盒，在北京图书馆一坐就是一天。辞职的消息一广播，许多老战友打来"贺电"。王老说："钞票发多了要贬值，干部多了作用也要打折扣。当年听党的安排，脱下军装造飞机。60年代一个副部长管几个口，现在是一个副部长管一个口，有时几位副部长同时给一个口下达命令。当年做学生，读到'先天下之忧而忧，后天下之乐而乐'，作为一个共产党人，不能那么官瘾十足。有了这点精神，才不会庸俗。"

段子俊副部长，是中国航空工业的第一任总工程师，生产第一架喷气式飞机的组织者之一。他谈起航空工业从无到有、从仿制到自行设计制造的道路，自豪之情溢于言表。他说，忙了几十年，现在总算有时间思考总结，写一部中国航空工业史了。

上面这些文字在本书的体例里显得有些冗长，想用概括一笔带过，实在下不去手，这么真切，发自肺腑。这就是提着脑袋干革命的那一代老共产党人的情怀，应该用文字留下来，告诉后人。

这篇访问记发表一个月之后，1982年4月，国务院制定了1949年以来第一个领导干部退休制度。很快，中国共产党在其颁布的新《党章》中也规定，党的干部须按政府规定，在退休年龄退出领导岗位。至1985年，按照男性60岁（正部级65岁）、女性55岁的"硬杠杠"，全国有100多万老干部退出了领导岗位，为年轻人腾出了位置。

这一年10月，在我写的一篇机械部对骨干企业领导班子做年轻化、专业化调整的内参上，当时的总书记胡耀邦批示："改革是一场革命。"同时要求："将此稿公开发表，以推动全面工作的展开。"

劳模出身的女部长

我从1979年开始当记者就跑纺织工业部，一直到1997年国务院机构改革，纺织部被撤销为止，中间采访了近二十年。我最熟悉的两任纺织部部长郝建秀、吴文英都是全国劳模出身，再读华东纺织工学院，从工程师做到行业的领头人。她们朴实、干练、待人厚道，和我们几个央媒跑纺织的记者没有一丝隔膜。

1979年郝建秀还是副部长，行业在大连开会，市里安排住在棒槌岛宾馆。她和记者们不住在一座楼。安顿下来后，郝建秀过来和我们聊天。她衣着朴素，没有架子，接待方看见有人加入我们谈话，非常紧张，以为是当地纺织厂的上访女工混进来告状，气势汹汹地过来驱赶。我最早反应过来，拦住说，这位是郝部长呀。那人窘得够呛，一个劲儿赔不是,郝建秀也不在意。也许别人把她当成一个普通纺织女工,也不是第一次了。

我清楚地记得,作为部长,她的伙食标准是每天一块二,我们随行人员每天是七毛。当时国家规定出差的伙食补贴每天是五毛钱。她就要每天自掏七毛,对于当时拿着60年代初大学毕业生70元月薪、已经有两个女儿的郝部长,这是一笔不小的开支。后来由秘书出面安排,她和我们一桌吃饭,同样吃七毛钱的伙食标准。

市里安排我们参观著名的大连工艺玻璃制品公司。她几乎是脚不着地地在陈列室转了一圈就出来了,谢绝了市里送的纪念品,提出不如去几个纺织厂做调研。因为"文革"中的一些遗留问题,纺织工人的情绪很大。走到工人中间,大家认出她是劳模郝建秀,是从挡车工出身的部长,立刻把她围起来。她很耐心地听着女工们抱怨,一起探讨着解决问题的办法,很快气氛变得和谐了,像一群姐妹在平等地交流。

80年代中期,我和纺织部部长吴文英最熟络,她简直就像我们几个中青年记者的老大姐。

吴部长当年不到60岁,丈夫已经去世了,从常州市计委主任任上调到纺织部,全部身心投入到工作中去,大刀阔斧,像个铁娘子。

1986年,全国纺织厅局长在深圳开会,会后我们几个记者又随着吴部长在珠江三角洲进行了一次高强度、高效率的考察,有时一天要看三个城市、七八个工厂。那时候珠三角没有高速公路,甚至河上没有桥,过河要排队等候轮渡,一天大部分时间都在路上颠簸。每天出发前,吴部长专门来到我们坐的面包车,告诉我们,下一段行程要走多长时间。因为车队沿途不能停,提醒大家提前上厕所。

一次晚上10点多钟到达顺德的一个合资企业,吴部长仍然坚持先看车间听汇报,然后吃饭。当专程从香港赶来的企业董事长谈起一些很烦琐的政策限制时,我们又饿又累,大多感到打熬不住了。而此

纺织部部长郝建秀,后来担任了中共中央书记处书记

时,我注意到这位女部长毫无倦意,应对敏捷,一些问题当场就拍了板。

说到吃饭,在 80 年代初一般挣工薪的人都没有见过书上说的宴席是什么样子,许多人心目中以为国宴是最高档的,其实当时国宴标准也有严格规定,最初只是每人 30 元。可是到了后来,大会堂的伙食标准也大幅攀升,除了标准提高,规模也越搞越大。1988 年 7 月,中国国际贸促会的七个行业分会成立,在人民大会堂宴会厅摆宴,参加者约 3000 人,部长以上资格的就有 126 人,花费创下了人大会堂建成以来一次宴会的最高纪录。那一年,全国有 130 亿元花在公款吃喝上。

在这种背景下,1987 年春天,来自全国各地的纺织厅厅长在北京开会时,能在机关食堂就餐就成了新闻。中午休会时,各省市来的厅长在食堂的一个角落里吃桌餐,部里的司长们就回办公室拿上自己的饭碗排队买饭。我为此专门写了一篇通讯《纺织局长们的会议餐》。

两件亲身目睹的逸事，让我记忆犹新。

一是1987年秋，中共十三大开幕时，纺织部邀请行业内与会代表座谈，中午也是在机关食堂会餐。部长吴文英那天上午去开第一次中央委员会，回来后，代表们大都已经离席。她不让食堂重新炒菜，随便盛上一碗饭，就用桌上的剩菜残汤下饭，边吃边和代表们交换意见。

二是胡耀邦做中共中央总书记时，他的夫人李昭在北京市纺织局做领导，一天参加纺织部组织的国际市场发展战略研讨会，午餐每人一个2.5元的盒饭，吃饭时大家都围着部级领导和理论家们，如众星捧月。在这个场合认识李昭的人并不多，我见这位总书记的夫人坐在后排的一个角落里，丝毫没有被冷落之感，从容而津津有味地把盒饭吃完，并且用筷子沿着盒壁，把每一颗米都刮干净，然后吃掉。

1986
惊心动魄的一瞬间

80年代,作为采访中国民航总局和航空工业部的记者,我往往是进口或国产新飞机的第一批试乘者。

波音737和国产运10

中国民航是最早实践对外开放的部门之一。到80年代初,中国民航耗资数十亿美元,购置了62架各类波音飞机,包括737、747、757、767和麦道飞机。甚至有租赁的苏制图154客机,配备着原装的苏联空姐,投入了中国民航的航线。这些型号在进入中国之前,大部分做过推销展示性的飞行表演,邀请中国的官员和少数记者乘坐试飞。

我记得美国波音公司第一次邀请记者乘坐737客机,是在1981年9月,飞机从首都机场起飞,在华北上空飞行了一个多小时。当时国内的民航飞机,还有严格禁止乘客空中拍摄的规定。但是在试飞时,你可以自由地走动拍照,甚至可以走进驾驶舱,向公关人员提问。下飞机后,波音公司送给每位宾客一个镶嵌有电子表的印有公司和机型标识的塑料牌。第二天一早到办公室,我马上把表上交了。下午外事局把表退回来,说是不超过 5 美元的小礼品,我可以收下。

在其后的大约一年半里,大型的波音 747、767 先后来华表演,我的新鲜感已经大不如第一次,而且我渴望有一天能够坐上中国自己制造的客机。

中国民航除了引进的美国波音和麦道客机,在地方航线上执飞的,大部分还是老式的苏联螺旋桨客机,有的都服役二十多年了。尽管中国航空工业已经生产了近万架战斗机、运输机和直升机,但是直到 1986 年,还没有任何一架国产客机被民航接受,纳入航线。

70 年代末,上海已经造出一架很像波音 707 的客机——运 10,这架前后耗资 5.38 亿元(远不止今天的 500 亿元)的"争气机",是在"文革"中期的 1970 年由周恩来总理亲自安排研制的。80 年代初,搭配着英国劳斯莱斯发动机的这架运 10 正在国内各地试飞,争取有关部门验收。造出第一架样机,从试飞、定型到批量生产,还有很长的路要走,似乎看不到尽头。1985 年 2 月,按照国家正式文件,这架飞机被宣布停飞。运 10 的命运就此戛然而止。人们今天如果在航空博物馆看到它,还会感到十分震惊,因为运 10 是 20 世纪完全靠中国人的能力研发,并且真正飞上蓝天的最大的一架客机,它代表了一个时代的价值取向和追求。

运 7:单发起降是验收的门槛

1982 年 7 月末,新华社发出我写的一条简短消息:经国务院和中央军委批准,国产"运 7 客机"定型投产。越是新华社官样文章式的新闻,后面越有生动的潜台词。

运 7 客机借鉴苏制安 24 客机研发,可载客 48 人,时速 478 公里，最大航程 1900 公里。早在 1974 年，西安飞机制造公司就造出四架运 7 样机，并经过了多次试飞。

运 7 是按照国内民航支线客机的要求设计制造的，航空工业希望能大批生产，进入民航采购订单，以便实现改革中军转民的突破。但此时，民航部门正在大量进口先进飞机顶替苏制老旧飞机的兴头上。虽然也认识到国家拿不出太多的外汇大量进口支线客机，却使用了一种可以被接受的提法：对于未能通过国际适航标准验收的国产客机，从安全性上考虑，不予接受。

顺带说一句，当时安全乃是中国民航最大的自豪。今天想来，以前中国民航飞机数量甚少，又加倍谨慎，事故的概率未能显现。1982 年初，我根据民航总局提供的资料，发过一条谈中国民航从未发生过坠机事故、安全保障堪称世界之最的新闻，话音未落，当年 4 月 26 日 16 点 40 分，一架三叉戟客机在离桂林 45 公里的恭城坠毁，机上 112 人全部丧生，揭开了中国民航空难史的第一页。

因此，如果让中国民航接受国产运 7 机型，一种过硬的国际验收项目——"单发起降"——势在必行。这个项目模拟飞机两台发动机中的一台在起降过程中突然失灵，然后考察飞机是否能够保持安全飞行的性能。试飞的危险可想而知，难怪运 7 诞生多年，并未敢投入单发起降的试飞科目，但是，为了使国产飞机打入民航市场，1982 年 4 月，单发起降终于投入考核，并一举获得成功。

当年 7 月，我采访了这群敢于第一个吃螃蟹的试飞英雄，后来亲自和他们再次在蓝天上感受了那种惊心动魄的情景。尽管在一个多小时的飞行中，我因晕机而呕吐不止，但是我仍然认为那是我最难忘的经历之一。

回来后，我一口气写成特写《惊心动魄的一瞬间》。

凌晨 5 点 40 分，指挥塔传来起飞的命令，运 7 客机的两个

国产运 7 支线客机通过国家验收

发动机轰鸣着,风驰电掣地向前冲去,整装待发的消防车队和一架随时准备升空的救援直升机,在舷窗外一闪而过。

飞机的速度越来越快,渐渐离开地面。机械师蔡焕男手扶右翼发动机开关,领航员胡庭安急速地报着速度:150、155、160……按试飞大纲要求,飞机要在时速达到178—194公里时关掉右翼发动机,这是一个"临界速度"。关早了,飞机就会掉下来;关晚了,超过规范,试飞无效。当速度报到185,机长张云大喝一声:停机!老蔡啪地按下开关,飞机里轰地一振,右翼发动机失速,飞机像一匹咆哮的野马,产生了巨大的偏转力。这时飞机离地只有两米多,操作稍一失误,或动作慢一两秒钟,机翼擦地起火,后果将不堪设想。就在老蔡关掉右翼发动机的同一瞬间,驾驶员猛蹬左舵,狠压驾驶杆,骤然停止了飞机的偏转,保持住了机身的平稳,并且用剩下的一台发动机,使飞机继续上升。

　　机窗外，藕色的天空中，跃起一轮红日，把机身镀上了一片金光……

　　至于首次单发试飞的危险性有多大，我没有写进特写中的一段真实内容，这里可以作为注脚。首次试飞前的一个晚上，机组人员每人给亲人写了一封家信，都不愿在信中提到第二天的飞行。登机的早晨，大家都绷着脸，既没相互的鼓励，也没有轻松的笑容。

　　由于如此难得的切实感受，我的特写《惊心动魄的一瞬间》，获得了全国媒体的广泛采用，并被评为新华社社级好稿。一位名记者在几年后的一篇新闻论文中，还专辟一章，以此文为例，谈及"临界点"的描写在新闻中的妙用。

　　到了1986年夏天，国务院和各部门领导们分两天乘坐了经过在香港改装、采用美国通信和导航电子设备、提高了飞机安全性和舒适性的运7客机。最后在首都机场举行了航空部和民航总局参加的现场会，确定国内支线将主要采用运7，一般不再进口。运7从诞生到加入民航序列，用了整整十二年来改进完善。

　　运7打头，1984年，相当于美国C-130的国产四引擎运8运输机投产。当时能造这种飞机的国家，全世界只有三四个。飞机3米宽的自动舱门打开后，卡车、拖拉机可以自由地开出开进。当时运8肚子里装了一架美国黑鹰直升机，进行从北京到拉萨的试飞。

一则新闻打开了农民买飞机的市场

　　1983年夏天的一个周末，我接到通知，一架国产超轻型飞机将在北京沙河机场做首次公开表演飞行，我因为有事耽误了，赶到机场时已近黄昏。两件彩色塑料蒙皮的小飞机,正在跑道上频频起降。飞机设计师,北京航空学院讲师胡继忠已经结束了和新闻界的会面。一位同行对我说,真可惜,你没有听见胡老师的故事,他是戴着"反革命"的帽子搞飞机的。

写人,看来我是慢了半拍,这倒逼着我下力气去写飞机。说实话,这架小飞机,虽然也有机翼机身,但它和人们观念中的飞机相去甚远,尤其那喷着"蜜蜂3号"四个红字的座舱,就像一个加长的三轮摩托车的跨斗,顶上无遮无盖。飞上天去,人会不会一不当心掉下来,我真有点担心。

"记者同志,你来飞一趟,亲自体验一下。"胡老师把一个头盔递给我,将了我一军。作为记者,我一向渴望体验惊险时刻。我一步跨进座舱,系上安全带,回头对飞行员说,好啦,起飞吧。

小飞机好像离弦的箭,猛地在跑道上向前冲去,只滑行了六七十米就轻盈地腾空而起。因为没有风挡玻璃,飞上蓝天,气流好像一只有力的大手,把我按在座位上。匀速飞行后,一切都平静了,如同坐在神话中的魔毯上,在一块立体的青绿山水画中飘浮。没有密封的座舱,一探头就能俯视大地。树梢、山岩乃至天上的云朵,似乎都可以伸手摸到,这也许是我乘这架小飞机最有趣的感觉。

赶回新华社,我一口气把稿子写出大半,因为身历其境,感觉如同泉涌般诉诸笔端。但是文章结尾,我停笔寻思,这种超轻型飞机,在国外大都用于运动和娱乐,而在国内,会更加侧重于经济——前两天,"蜜蜂3号"在北郊农场喷洒农药,由于低空低速,施药范围准确,成本大幅度降低。在机场我听新影厂的一位摄影师高兴地说,我们厂一定要自备一架"小蜜蜂",以后拍大场面,就不用花钱去租直升机了。

写下这些,似乎也就够了。但是我突发奇想,直接拿起电话,打给北京航空学院,请总机接院长。接电话的是北航曹传钧院长。我向

报道"蜜蜂3号"没想到竟引发了农民买飞机的新鲜事

他直接询问,飞机的价格和起飞的条件?院长告诉我,价格和一辆130小卡车差不多,1.8万元,公社生产队都买得起。这种飞机也很容易驾驶,一个高中文化程度的人,只要一个星期培训就能学会。安全性能如何?我问。曹院长说:"蜜蜂3号"由于特别轻,我们做过试验,即使在空中关上发动机,小飞机也可以靠滑翔安全着陆。它也不需要专门的机场跑道,在草原上、公路上,甚至稍微大一点儿的打谷场上,都可以顺利起降。

于是,我就在稿子结尾加上了和曹院长的对话,并且大胆预测,"蜜蜂"飞上蓝天,将翻开中国农用飞机新的一页。

没有想到,这样一个小小的结尾,竟引出了一系列有趣的社会新闻,几个月后,河南一个叫叶盛平的农民带着2万元现金,来到北京订购"蜜蜂3号"。在60年代初饿死过几百万人的河南,今天,竟有一位农民自掏腰包来买飞机。我又据此写了消息发出,一时成为轰动性的社会新闻，其后买"蜜蜂 3 号"的农民越来越多，北京航空学院还特地为农民们开办了个轻型飞机驾驶培训班。

第一个买飞机的河南农民叶盛平被评为 1983 年的十大新闻人物之一。

1987
轿车梦起步延误了三十年

新中国成立不久，抗美援朝战争爆发。轿车，作为美国文化象征，受到中国官民一致的"唾弃"。第一个五年计划中国开始建立汽车工业，就没有建立轿车工业的安排。领导人和部长们的用车由苏联提供的"吉斯""吉姆"解决。一般官员们严格按级别配车，一个县里有一两辆战争中缴获的美制旧吉普车就很不错了。

直到80年代初我采访汽车工业时，才得知一个惊人的真相：中国轿车的千人保有量不到0.5辆，在全球143个国家和地区中叨陪末座，连穷国埃塞俄比亚的一半都不到。

武当山下"神仙会"

1987年5月，我放下手头的一切采访，乘火车赶赴湖北十堰。在卧铺车厢里，我与一批热心汽车业的经济学家、主管部门官员、汽车厂厂长不期而遇。有人调侃说，这是一节"汽车人专列"。中国汽车工业的各路"神仙"，正不事声张地汇聚在武当山下。

似乎在忌讳什么，在十堰的二汽车城宾馆召开的这次会议，被冠以一个颇为中庸的名称:"中国汽车战略研讨会"。然而,各方专家带着一种凝重的使命感赶来时,心里只装着一个议题——轿车。

1958年,"大跃进"席卷中国。为了实现毛主席的"超英赶美"的心愿,轿车禁区意外打破。于是有了一汽"红旗"的试制,有了敲打出来的"东风""凤凰""井冈山"牌轿车。

当然,这样的轿车往往只能生产几部样车,"大跃进"之后随之而来的衰退和饥荒,使这次"轿车热"化作一团蒸汽在寒流中飞逸。不搞轿车的既定方针又重新回到汽车工业的轨道上。

直到80年代初期,一汽生产的红旗轿车,一年只有百十辆;拷贝50年代奔驰的上海牌轿车,最高年产量3000辆。加上北京牌212越野车,中国年产乘用车只有区区5000辆,不足跨国公司一天的产量。

1978年,改革开放让中国经济快速增长。1984年,县团级以下的官员只能配用吉普车的严格规定终于解禁。像打开一道关闭已久、水位骤涨的闸门,干部用车的基数陡然上升。轿车需求掀起了一次轿车进口大潮:几十万辆外国轿车通过合法和不合法的渠道源源不断地涌进国门,填补着中国没有轿车工业而形成的巨大真空。

1985年,以日本轿车为主的进口大潮愈加火爆。这一年,中国进口汽车34.5万辆。在广东珠三角,把肢解后的走私车,重新拼装起来的"改装厂"随处可见;海南岛上挤满了走私进来的大量轿车,年底,当中央查处海南走私轿车的禁令下达当天,海口的码头上还有六万辆走私车等着装船抢运进大陆。

进口轿车,尤其是铺天盖地的日本轿车,神气十足地驶在中国街头。国产的"红旗"和"上海"备受冷落。"上海牌靠边停",成了许多大酒店门童的口头禅。

中国人的自尊心深深受到伤害,发展汽车工业没有钱,可是进口汽车所花的外汇却相当于三十年汽车工业总投资的两倍多。

当时，高层中的改革派与保守派正打拉锯战，人民对于"官倒"、腐败、商品匮乏、涨价憋着一肚子火，往往把气出在那些闪闪发亮的进口轿车上。那几年，口诛笔伐自不待言，连一些城市大学生闹事，追砸日本进口轿车也成为"保留节目"。

1986年，在北京召开的两会上，一位名叫王洲的政协委员勇敢地站起来，大声说："建议在会议文件中，加进提倡领导干部乘坐经济型国产轿车。"

造车，还是买车，已经上升到一个全社会关注的、涉及民族自尊心的政治问题，中央决策层开始高度关注。

于是，受国务院委托，由刚卸任的中国社科院院长马洪主持的这次会议被称为"轿车论证会"，它冲破了中国不能发展轿车的禁忌，成为中国汽车工业战略转折的一座"分水岭"。

十堰论证会着重解决了两个问题：一是中国干不干轿车？二是怎么干？对于干不干轿车，会上大家一致同意要干；但是怎么干轿车，却有不同的方案。甚至丰田、日产两家汽车公司也应邀分别派出专家组，专程从日本赶来，在大会上用"讲了就走"的方式，相互回避地向会议给出咨询报告。

经济综合部门提出：建立轿车工业要实行全国统一规划，以国家投资为主体，像当年建二汽一样，聚全国力量集中建设一个新厂——第三汽车制造厂，专门生产轿车；以后，过上三五年，再建第二个新厂。

论证会上中外专家云集，但是一汽、二汽的两位"少壮派"厂长却成为引人瞩目的明星。一汽耿昭杰和二汽陈清泰当时都在五十岁上下，对于改变中国汽车产业中轿车几乎为零的窘境抱有一种急切的使命感。他们不赞成单独新建一个轿车厂，提出应该依托一汽、二汽的基础来干，不要国家出钱投资，只要给政策就行。

一汽耿昭杰的设想是，经济规模与起步规模不是一个概念，在中国资金不很充足的条件下，起步规模小一些为宜。先干一个规模3万辆的先导工厂，从中高级轿车起步，产品替代进口；之后向下发展，再干一个15万辆的普及型轿车厂，最终实现30万辆的产能。当时，一汽已经引进美国克莱斯勒488发动机的生产线，用于发展轻型卡车；正准备再引进一条旧的道奇600轿车线，生产新一代"红旗"。

学者型的二汽厂长陈清泰在发言中提醒大家：当年国家一声令下，全国无条件支援一汽、二汽建设的历史条件已不复存在。走传统路子建一个新厂，短时间内不可能形成全面的开发能力，却会出现新厂建好即已老化的问题。苏联集中力量搞了个陶里亚蒂汽车厂，建成十六年后不得不请外国人帮助进行第一次换型，这个教训应该引以为戒。因此，他主张以骨干汽车企业为主体，充分利用现有企业的开发能力，建设两三个轿车集团。在产品级别、档次上实行"先避开，后交叉"的原则，形成既有协调又有竞争的局面。

我十分赞同两位"少壮派"的观点，在紧张的会议间隙，我私下和耿昭杰、陈清泰进行了详谈。耿昭杰关上房门，拿出新一代"红旗"的设计图给我看；陈清泰则把我请到家中，向我透露，二汽进口了一批国外小型轿车样车，正组织厂领导和技术人员试驾体验。

我听得心潮澎湃，迅速把他们的看法赶写成内参。内参中力推耿、陈两位厂长独特而务实的轿车发展思路，并最终获得中央领导的认可。

难能可贵的是，我在文字中所记下的他们大写意般的思路框架，大都在后来的实践中变成了现实。

饶斌：我愿化作一座桥

十堰轿车研讨会上，我本来约饶斌部长做一次长谈，但因为突然有事，我要赶回北京，连忙去向他致歉。饶斌爽朗地说，来日方长，轿车才是一篇大文章。

同年夏天，已经退居二线的饶斌部长到一汽参加解放卡车换型庆功大会。会上，他回顾了一汽和"解放"的历史，谈着谈着，他声调突然提高，激动地谈起轿车："我老了，不能和大家一起投身中国轿车的创业历程。但是，我愿意躺在地上，化作一座桥，让大家踩着我的身躯走过，齐心合力把中国轿车造出来，实现我们几代汽车人的轿车梦！"台下，鸦雀无声，老人的眼里闪耀着晶莹的泪花。

我这个人，有时候很坚强，有时候泪点很低，事后很多年，我在鲁豫主持的一个纪念大会上，谈起这段往事，仍然哽咽得泣不成声。

7月30日晚上，饶斌在一汽时的老部下、上海市长江泽民，在衡山宾馆宴请他。下午，他把自己关在房间里，草拟了一个上海发展轿车工业的全面设想。

晚饭后，江泽民陪饶斌回到宾馆房间，两人谈到很晚。饶斌谈了汽车，也谈了自己事业上的苦衷，最后他把江市长送到电梯门口。

第二天，人们就再也没有看到饶斌起来，江泽民是最后一位和饶斌谈话的人。

就在中国轿车业诞生曙光乍现的时刻，饶斌，这位新中国汽车第一代领军人物，在上海突发心血管病去世。

在撰写新华社播发的饶斌生平时，我按官方的提法，称他是"中国汽车工业杰出的奠基人和开拓者"，外国人则把他称作"中国汽车之父"。

北戴河：决策建立中国轿车工业

1987年8月初的一天，临下班时，二汽厂长陈清泰带着两三个随员急匆匆来到新华社找我。

"时间紧迫,马上就要走,来这里拜托你帮个忙。"陈清泰说。他刚刚从美国回来,听说中央有关领导近日将在北戴河开会,讨论规划中国轿车的发展。因为二汽能否进入轿车生产布点尚未可知,所以他当晚要赶赴北戴河。同时希望能双管齐下,由我写一篇新华社内参,陈述以出口为导向发展小型轿车的见解。

"轿车几乎成了20世纪人类文明的标志,而在中国,我们却在为能否被允许生产轿车煞费苦心。我考察时特别注意到,尽管美国有世界最高端的汽车市场,却仍然有第三世界汽车产品进入的可能,韩国现代公司的小马、南斯拉夫的尤哥,以其轻便节能、物美价廉占领了小型轿车市场的很大份额。"

我们匆匆告别。我晚饭也没有吃,把他的见解写成一篇内参,赶在半夜发出。他连夜赶路,大雨泥泞,用了十五个小时到达北戴河。

8月12日下午,在北戴河海滨一座别墅里,由国务院汽车工业发展领导小组组长、副总理姚依林主持,李鹏、张劲夫参加,听取了中汽联理事长陈祖涛关于发展轿车的汇报。当时一汽轿车立项已成定局,陈清泰赶到会场并参加了会议,提出二汽打算选择市场容量最大的车型——发动机排量为1.3—1.6升的普及型轿车作为开发对象。这类车可以作为今后国内公务用车的主力车型,也可以成为出口的主导产品。

会议达成共识:二汽搞轿车在车型和发动机档次上与一汽、上海拉开了距离,原则上同意他们的意见;轿车就上这三家,别再冒出第四家、第五家了。

中央书记处书记胡启立也十分关注轿车工业的建立,但他最关心的是政治上的稳定。他说:"造车还是买车,涉及我们的民族自尊心和自信心,成了政治问题。印度官员全都在用国产小型轿车了,中国不能没有自己的轿车工业。"

当听说有人主张，轿车要搞出口车和内销车两个车型的时候，胡启立明智地警告说："以为国内销售的车就可以降低质量，这样的事情做不得，最后可能会声名狼藉，国内国外都是顾客，都要高质量。其实事情就怕认真，认真起来，中国是可以做出好东西来的。"

几天后，中央做出了建立中国轿车产业的重大决策，轿车工业终于获得"准生证"。

国务院办公厅拟定了关于发展轿车生产的北戴河会议纪要。纪要的第四条是："今后轿车生产主要依靠一汽、二汽，此外，上海大众公司首先要把国产化搞上去。在全国范围内不再安排新的轿车生产点。"

国家对轿车生产实行严格控制。除了一汽、二汽、上海大众成为"三大"；此前已经被审批的北京吉普、天津大发、广州标致后来被称为"三小"，直到世纪之交，"三大三小"的布局一直不曾被逾越。

中国轿车终于起步，虽然被延误了三十年。

多年后，从国务院发展研究中心党组书记任上退下来的陈清泰，在人民大会堂举办的红旗轿车的一个活动中对我说：安定，你我算是第二代中国汽车人，我们一生最大的幸运，就是实现了中国轿车梦。参与和见证了从10万辆到3000万辆的历程。现在许多人在回忆历史，但是时代久远了，许多记忆模糊了。你当时动态地记下我们的思路，写成有分量的文章，许多是中央领导做过批示的内参，留下白纸黑字，成为最真实的历史。

《周末热门话题》，央视第一个"脱口秀"

1987年春天，中央电视台二套节目经济频道开播。开播前，央视的朋友丁友友请我去发一条新华社消息。那时候的中央电视台还和中央人民广播电台一起挤在复兴门外路南的广播大厦里。二套是今天央视经济部的前身，草创时期只有二三十人，在楼群间的木板简易房里栖身。台里的分管领导介绍了创办经济频道的初衷，带我参观了演播间、工作室、机房，还给我放了几个专栏节目的样带。

我回去写好稿子，在二套开播前一天由新华社播发。《人民日报》头版采用了这条消息。但是新华社很快就收到不少地方读者投诉，说是并没有看到这个频道。其实，我在消息中专门提到，在新频道开播之初，还不能覆盖全国，只在二十多个省市落地。并在消息里把这些省市一一列出，可惜被《人民日报》的编辑给删节了，摆了一道乌龙。

后来常看经济频道，我注意到一位播音员乔冠英以她富有魅力的微笑、亲切快速的语调，甚至显露额头的发式，在当时屏幕上严肃划一的播报风格中独树一帜。

我把这个看法告诉了丁友友，乔冠英听到我的评价非常高兴。不甘平庸的她想搞一个以自己为主持人的专栏节目，正苦于没有合作者。经丁友友介绍，1987年夏天，我和乔冠英进行了广泛的探讨，开始了新栏目的策划。我很欣赏她不拘泥于中国传统女性的矜持，强烈地要求展现主持人的个人影响力。我们探索一种在当时中国电视界尚未见过的谈话类栏目，用今天的话说，就是"脱口秀"。

我们策划的新栏目取名《周末热门话题》，敏感地抓住大众普遍关注的经济热点，以坦诚而多侧面的诠释为主。全靠乔冠英灵气、思辨的气质，打破诉说的单调，拉近与观众的距离。我作为这个栏目的撰稿人，难在要以大信息量、思辨性，以及权威的论据服人。

从尝试到正式播出，《周末热门话题》一开始只是我们两个人的栏目。创办这个栏目的过程中，乔冠英表现出一种不屈不挠的执着。演播室插不上空，她就利用午休时间去做节目；没有摄制团队，她就自演自拍，先把镜头对准她座椅，然后开机，疾步跑上演播台，面对开动起来的摄像机微笑，开说；然后停下来，跑下台把摄像机换个特写镜头，跳上台去再接着说；连剪辑都是自己做。今天谁能想到，堂堂央视还有过这样的制作方式。磨了一个多月，第一个《周末热门话题》节目"国产彩电为何如此紧俏"终于做出来了，我是撰稿人，她是主持人。她还真的做了一个写着"主持人"三个字的小牌子摆在面前，这是"主持人"的名头在中国电视上的第一次亮相，也颇显她的性格。

节目做出来，我们想先听听专家和电视评论界的意见。乔冠英出面，找了一间播放室，约请了一批人看片座谈。那天，我有事到晚了，本以为座谈已到了尾声，谁知轻轻推开门一看，屋子里只有乔冠英一个人，呆呆地望着空荡荡的座椅，眼里含着泪水。被邀请的客人一个也没有来。乔冠英身边放着一筐苹果，是她自己掏钱买来、一步一挪地搬上楼的——为了给座谈会的参加者表示一点心意。那天，只有我们两个人默默地又看了一次这盘样带。

至今，我仍记得《周末热门话题》于当年9月首次播出后，急切地等待着观众反映的忐忑心情。不知一个以"侃"为主、没有动态画面的电视节目在中国能否被观众所接受。头一两天没有动静，第三天起，观众来信大量涌向电视台，绝大多数是对节目的肯定。有一位刚从国外归来的学者还给中央电视台领导写信，批评了一般新闻播音员照本宣科的被动和呆板，惊喜于中国有了主持人的评论性栏目。领导把信批转在台里传阅。于是《周末热门话题》在中央电视台二套站住了脚。

连续播出几期后，我遇到刚从电子工业部部长转任国家体改委主任的李铁映。他对我说："你们搞的节目真不错，分析问题有深度。谈彩电的那次节目我看了两遍（星期日早上有重播）。一开始我挺纳闷儿，怎么这位女同志知道得那么多，说得有条有理，看到打出字幕，才知道你是撰稿人。"

《周末热门话题》制作周期特别紧张。一般是星期二我拿出脚本，星期三乔冠英做好口语处理，星期四、星期五制作（后来成立了一个录制班子），星期六播出。整个过程真是地道的"短、平、快"。

我在新华社日常采访写作之余，每周要提供一个三千字的评论话题，的确不轻松。幸好我的同事吴锦才也加入进来，他是个快手，两个人轮流供稿，压力才有所缓解。但主持人的角色，乔冠英坚持只由她一人担任。那段时间，是《话题》的黄金时期，电视台也把它作为改革中涌现的"拳头"栏目，除了观众喜爱，叫好的评论也蜂拥而至。

过了一段时间，乔冠英提出不必再要撰稿人了，由她一人负责节目创作的全过程。我听了有些吃惊，因为我知道，美国人作脱口秀，主持人背后往往有一个十多人的撰稿团队。但是她一开始确实真的做到了，尽管出现了有待商榷的问题，比如一个话题的容量拖上三四期才说完，比如用座谈会代替主持人洗练的评述。但是她投入了全部身心，甚至超出了生活的承受能力。

1988年初，乔冠英的努力得到回报，她被评为全国观众最喜爱十佳电视主持人，她参赛的节目就是我于1987年为她撰写的一篇话题《中国应该生产轿车吗？》。

1989年7月，因为想到脱口秀最火爆的美国去开眼、充电，乔冠英毅然辞去了中央电视台的工作——因为当时有一条很荒诞的规定，自费出国留学，必须首先从单位辞职。但是，离开了央视这个大平台，无论是谁，都会从此淡出观众的视线。

《周末热门话题》栏目没有人接手，这档央视最早的脱口秀，生命期只有短短的两年。

此后多年里，我一直保持着和电视媒介若即若离的关系，在中央电视台的《实话实说》《对话》《经济生活》等栏目做过嘉宾和点评人，而且做过时间不短的央视《生活》栏目的特邀策划人。但是从总体上说我不大喜欢中国资讯类电视节目的制作模式，除了唯领导意志不说，工作人员水准参差不齐，相互掣肘，运作效率不高，最后的成品往往被打磨掉所有的棱角，干着很不快活。

1988
矛盾交织的攻坚战

1988年，改革开放之舟驶入"攻坚阶段"的乱流中。计划和市场的价格双轨制并行，引发"官倒"盛行，民怨沸腾。当时国内部与分社记者组成内参小分队，到各地调查研究。我参加了华东、华南原材料流通的调查，亲眼看到钢材、铝锭等原材料几经转手倒卖，放在仓库并没挪窝儿，价格就打着滚儿翻了几倍。

其后，国务院决定放开部分产品的价格管制，实行"价格闯关"，结果引发了一次空前的通货膨胀。老百姓恐慌了起来，四处抢购。毛线、肥皂、火柴，甚至油盐酱醋都成了抢购囤积的对象。银行一年定期年息提高到12%，仍然抵消不了货币的贬值速度。通货膨胀和抢购风潮的叠加，让普通百姓苦不堪言，也让社会撕裂。体制、利益、发展道路的多重矛盾交织，是形成次年那场动乱的温床。

正值苏联解体前夜，受戈尔巴乔夫改革"新思维"影响，知识界冲破旧体制羁绊的思潮异常活跃。新的经济类学术性报刊纷纷创办，西方自由市场经济理论被广泛关注；文学、戏剧、影视、美术在形式上和人文追求上的新探索层出不穷，让人眼花缭乱；新闻界的舆论监督环境逐渐宽松，深度调查新闻和批评性报道大行其道。

黑市洋烟何处来

当记者的魅力,就是工作对象的随意性,恨不得生出千手千眼,捕捉一切意料之中或意料之外的新闻。一个好记者,会时时处于警醒状态,打瞌睡也要睁着一只眼。

80年代我写过很多批评性新闻,大部分都是撞到我的枪口上的。这类新闻大多与普通百姓利益相关,往往反响很大。有趣的是,事后往往拖着一个很烦人的尾巴。

当时黑市高价倒卖进口香烟猖獗,究竟来自何方,一直是个谜。

1988年2月,我去一家涉外宾馆——兆龙饭店——参加一个冗长拖沓的发布会,坐不住,就和《经济日报》的年轻记者马立群离席,到商品部闲逛。我们看见三三两两的年轻人,在出售进口香烟的柜台前,神秘兮兮地进行交易,都是一次十多条希尔顿、555等进口烟的大买卖;而且本该只限外籍人士付外汇券的"洋烟",付的都是人民币。售货员与交易者看来很熟,不但为大包的免税进口烟做好伪装,而且把纸袋贴上了饭店商品部的封口胶贴,便于他们携带出门。

我们凑过去,故意问:"人民币也能买烟吗?"

"看见没有?这是外汇专柜。"售货员不屑一顾地说。

"刚才那位不是用的人民币吗?"

"他有经理批的条子,有本事你也找经理批去。"

第二天新华社发出我们的调查文章《黑市洋烟何处来》,几乎所有媒体铺天盖地地在醒目位置予以刊登。

出乎意料的是,这篇报道发表后,找我的电话和来人源源不断。原来兆龙饭店是一家有着中国之最纪录的饭店,我们竟敢在太岁爷头上动土,对方摸不清是什么背景。于是各色人等都来找,甚至一位全国闻名的公司老总,竟从广州打长途为饭店说情。有人则大包大揽地说,都是朋友,需要点儿什么,尽管说句话。那热烈的气氛不亚于王蒙的小说《说客盈门》。

最后,我们还是应饭店经理的邀请去拜访了一下,并且坦诚相告,文章只是就事论事,没有什么背景,更没有任何个人需求,我们甚至连烟都不抽。大家彼此都松了一口气,由这篇稿子引来的电话和来访,也就从此销声匿迹了。

后来一次聚会,有个外国记者拿一包万宝路香烟,敬给中国同行,有人摆手说不会,这位老外一脸天真的模样:"真不会?我这烟可不是从兆龙饭店弄来的。"

没有"无冕之王"这回事

为写一篇批评稿,记者有时候也得吃点儿苦头,把记者称为"无冕之王",纯属是个误会。

也是无意中遇到的。1986年夏天,我正和其他新闻单位配合,写一组北京东站野蛮装卸电冰箱的系列稿件。无意中发现,正值暑期客运高峰,先是北京东站为了自家方便,不顾旅客的无奈,一纸公告宣布停运包裹随车托运业务;后有不法之徒与铁路职工内外勾结,趁火打劫,只要给大钱,就能办托运,大发不义之财。

中国十亿消费者,人多并不势众,顾客并非上帝,往往是孤立的个人,习惯于花钱消灾,吃了亏并不吭声。但是记者不应该如此麻木。

我于是着手调查,特意打扮成一个混社会的模样,拖鞋、短裤、T恤衫,在北京东站前广场的人群中摸情况,听,看,跟着侃。到了第三天下午,碰上公安局拉网来抄,被一起装上临时截住的130卡车送进局子，一一甄别。我不急于挑明身份，在等待讯问前，蹲在墙根，听一些不法之徒串供，又摸了不少内情。虽然夕阳灼烤，饥渴难耐，还是听得有滋有味儿，串起了非法之徒和车站内部的交易链，写出一篇调查新闻《一纸公告，逼窘旅客；不法之徒，趁火打劫》，文章反响巨大。新华社播发后，《人民日报》配发评论，中央领导发话说，要办他们的渎职罪。

几天后，北京站站长约我去，软中带硬地对我说，知道吗？车站贵宾室就是我的办公室，我天天和中央领导见面。我等着他的下文，不见一句认错，却让我重新写一篇车站改革十大成就的文章，为他挽回影响。我说，你把停运包裹的公告牌摘了，我就发个消息，余下的在案子查清前免谈。

官司的处理，风声大，雨点小。几个月后一次出差，我去北京站的记者窗口排队买票，售票员已经在收款，无意看了看记者证上的名字，"啪"的一声把证件和钱扔出来，冷冷甩过一句话：没票。我当时只是有点怀疑是否真的没票了。过了几天全国铁路工作会议召开，几家媒体的记者凑在一起，其中一位北京电台的朋友告诉我，北京站站长曾经很得意地对她说，售票员跟他一条心，把李安定的记者证扔出去了。在座的记者们都很气愤，主张第二天开会时和部长说说。我想，我写稿是为了广大旅客，因为我的报道，车站扣了奖金，售票员收入受了影响，对我有气可以理解，犯不上去麻烦部长。

站长当时过了关，没有接受教训。第二年，同样的事又一次重演，我的同事姜在忠又写了报道，当时铁道部长丁关根亲自派人试着托运一台彩电，几乎是重演了我在稿子里介绍的过程。为了禁止行业不正之风，严肃铁路纪律，那位站长这次被撤了职。当然，我再也不去北京站的记者窗口买票了。

黄宗英的《中国一绝》

1988年夏天,著名演员和报告文学作家黄宗英来北京,住在我的一个朋友家,为找人购买她的电视系列片《中国一绝》而四处奔走。她来电话说,明天要动身去新疆,我便邀她来家里聊聊。

晚上8点多,黄宗英来了,高大洒脱,火红的宽松丝绸短衫,白色的裤子,白色的鞋,头发也是雪白的,蓬松地向后梳着。眼光里流露的是对坎坷生活的不理解,充满孩子般的真诚,高贵而潇洒。

上一次她来我家,带来纪录片《中国一绝》中的几集录像带,选材独具特色。我约了两位企业朋友,盼望他们也能欣赏这组片子,并且能出些资助——黄宗英正因为资金短缺而无法完成预定的拍片计划。说来也巧,当时先放的是一集《自行车王国》,拍摄的是福建某县,农民把自行车当成运输的主力,连娶媳妇、运房柁、卖水缸等事情全由自行车承担。一位朋友是汽车厂厂长,摇摇头说,自行车这么能耐,我们的汽车卖谁去?

我心头一紧,望着蹲在电视机前、本来兴冲冲为片子做背景解说的黄宗英。她颓然地愣在那里,不知是否应该关上录像机。

我简直怀疑眼前的事实,这就是中国电影皇帝赵丹的遗孀、功成名就的电影艺术家和作家黄宗英吗?我弄不明白,她凭着一股怎样的勇气,只身跑到蛇口去开辟一个新天地,并且几乎撞得头破血流。

这天晚上,我终于能和多年来自己一直心怀崇敬的黄宗英坐下来推心置腹地谈谈。当年读她的报告文学《特别姑娘》时,我还是一个15岁的少年。一个艺术家下海经商,在当时还是需要很大勇气的。我有些不解,也为她捏一把汗。

"你问我为什么要放下连连获奖的报告文学,去蛇口办个影视文化公司?也许这就是所谓的兴之所至吧。"黄宗英说。

"我当时刚刚写完《小木屋》,流了不少泪,我这个人写东西总是爱流泪。"《小木屋》写南京林学院的一个女教师,50多岁了,独身一人进入西藏野兽出没的原始森林里建了一个定位研究站,常年在那里搞观察。

黄宗英说:"将近十年,我写的都是呼吁文学,写知识分子的忘我,写他们心甘情愿地吃苦受罪,比如《大雁情》《菊》《故滩兰草》。后来我发现,呐喊也好,呼吁也好,是那样无力而苍白。如果那些作品还有什么作用,我想只是相濡以沫罢了。我的思想发生了很大的转变,想干一些可以掌握自己命运的事。我的目光转向了改革,就去蛇口办了一家影视公司。"

她不无遗憾地说:"'四人帮'被粉碎之后,文学起色很大,但是电影比较平庸。赵丹一生拍了60多部电影,有40多部是1949年前拍的。我出国最怕人家问我,赵丹为什么十五年没有拍电影。一部《鲁迅传》,光剧本就上上下下讨论了二十年,为了演鲁迅,赵丹的胡子留了又剃,剃了又留,一直等到死,连剧本还没有定下来。"

黄宗英指着那一叠录像带:"我至今不敢说下海办公司这条路走对了。《中国一绝》的片子你看了,计划365集,一年出52集。那些普普通通的劳动人民,世代相传的一手绝活儿,星星点点,俯仰皆是:川剧的变脸、成都的掺茶、桂林的米粉、贵州的悬棺、西藏的天葬、陕北的剪纸、甘肃的礼馍、青海的酥油花,人杰地灵,不胜枚举。但是随着现代生活的冲击,许多绝活儿几乎绝迹,我拍《中国一绝》,就是要把这些文化瑰宝抢救下来,记录下来,呈现在世界民族文化之林。

"我要求我的摄影师,扛着机器能像记者拿着采访本一样就好了,见什么拍什么,积累素材,就可以搞出很多鲜活的报告文学影片。"

当然拍摄起来困难重重,影视公司是白手起家,没有国家包下来的大锅饭。设备、器材、工资、补贴都要自筹。"哪里差了2000块钱，撒下去的摄影组出不来了，我就赶紧回家看看存折里还有没有钱。说起来我的确算不得一个好经理，连自己这么多年的稿费、积蓄全扔进去了，还欠了一屁股债，要应对一堆诉讼。"

这时她面露微笑："前两天我到中国电影家协会去，算是闺女回娘家吧，背了一大兜子片子，请老朋友们看。我们这个编制不到十个人的小单位，一年拍的片子相当于一个中型电影厂的数量，这的确是我付出心血获得的补偿和安慰。

"当然，说这些都是报喜不报忧。报忧，要牵扯很多人和事，怕有打不完的官司呢。可笑的是，我现在也陷到和我那些呼吁文学中主人公一样的境地，我们的命运怎么像是一个模子里铸出来的呢？"

黄宗英一脸茫然地望着我。

1989
家庭轿车第一声

1989年，在穆青社长的带领下，新华社这支上万人的新闻队伍对得起历史的考验，以集体的一致，平安地走过了这一年。给新华社在整个80年代以热情推动改革开放为根本方向的十年，画上了一个完美的句号。

6月10日，弟弟安宁带着六岁的儿子李思萌去美国与正在读博士的妻子周启盈团聚。飞机票是早就买好的，但是那几天，街上出租车绝迹，连加油站也不开门。我的一个朋友靠着油箱里仅剩的小半箱油和我一起送爷儿俩去机场。我们做好准备，万一路上没油了，两人一起把车推回来。一清早，姆妈、安平、元和蛮蛮下楼送到车边，百感杂陈，空气凝重得说不出话来。

这一年，也是我记者生涯重要的一年，我用我的1989，为中国普通百姓现代化出行的权利发出了影响社会变革的第一声。

私家车，禁区中的禁区

1949年以来，轿车生产长期被限制，私家轿车作为私有制的象征，更是被彻底禁绝。20世纪50年代，上海资本家的那些外国老爷车靠着修车师傅的精湛手艺而苟延残喘，但是到了"文革"时期就彻底灰飞烟灭了。1966年夏，京剧泰斗马连良被红卫兵殴打羞辱至死，其"罪状"之一，就是还保有着一部私家轿车。

与私家车对应的是公车，其实是按级别分配的官车，省部级以上坐"红旗"，厅局级干部坐"上海"，1984年之前，按照严格规定，县团级不能坐轿车，只能坐212吉普车。

长期以来，即使公开谈论私人轿车，也是一个禁区。直到80年代，私家车有了松动，北京、上海的个别名人经过特批，购买了外国驻华机构的二手车。后来通过灰色渠道，易货贸易进口了一批微型车，投石问路。

早在1986年1月，在全国汽车行业会议上，副总理李鹏在总结时脱稿提到了家庭轿车的预期。他说：再过几年，国内一部分先富起来的家庭，就会有买车的需求。作为应对，现在就该着手开发轻型的家用轿车了。

当时李鹏谈到的家庭轿车价格，是大约五六千元，相当于从东欧易货贸易进口的菲亚特126p微型轿车。

那时候连发展轿车还是禁区，遑论家庭轿车。官方虽然第一次提到，新华社也不能发表。但是我凭着一种新闻直觉，摘出了这一段内容发给一家小报，没想到中央人民广播电台在第二天清晨《新闻和报纸摘要》节目中播了出去。早晨我一到办公室，立即受到领导的批评：如此敏感的问题，怎么能随便乱捅？

寻找90年代的"领航产品"

上一年夏秋，改革进入攻坚阶段。一次空前的通货膨胀阴霾笼罩中国。

为了把居民储蓄总额这只"老虎"重新关进"笼子",寻找一种与整体经济技术水平相适应,并能产生裂变效益的"领航产品",已是当务之急。

60年代初,国家为应对通货膨胀,曾以五六元一斤的"高级点心""高级糖"回笼货币;70年代,售价百元的手表、自行车、缝纫机成为供不应求的"三大件";80年代,千元级的冰箱、彩电、录音机又风靡一时;临近90年代,亟待寻找一种万元级、技术含量高、产业覆盖面广的工业品,作为国民经济的"领航产品"。我和不少有识之士的目光锁定了以百姓消费为主的"家庭轿车"。

1988年初,我在新华社《经济参考》上撰文《鼓励小轿车进入富裕家庭》。谈及中汽联理事长陈祖涛的一个思路:80年代,改革开放造就了五六百万"先富裕起来"的人,他们和百姓一起挤在狭窄的消费领域里,必定激化通货膨胀;如果10%—15%的富人选择私人轿车作为代步工具,中国轿车业就会增加40万—60万辆的需求量,为过于集中的消费打开一个泄洪口。

当时,解开经济生活中的另一个"怪圈",也需要"轿车进入家庭"这把"金钥匙"。

公车,公款购买、官员乘坐的轿车,曾占国内轿车保有量99%以上的绝对优势。几十年来,中国人把这一点视为天经地义。然而,"公车"日渐把经济拽进一个可怕的"怪圈":"国家"从一个口袋里掏钱造轿车,从另一个口袋里掏钱把轿车几乎全部买下。轿车造得越多,买车花的钱越多。到了80年代中期,随着"公车"数量的激增、档次的攀升,"国家"日益不堪重负。

1987年底,《人民日报》头版头条刊登了一篇来自财政部的报告:当年1至10月,全国社会集团消费比上年同期增长20.2%,为全国性的"超前消费"带了一个坏头儿。其中,公款购买轿车尤为突出。与 1981 年相比，公款购买小轿车数量增加 6.2 倍，资金增加 14.5 倍。公款买轿车的支出已经占到社会集团总支出的七成。针对公车消费的攀比之风愈演愈烈，中央频频发出通知，严禁党政机关超标准用车。在中央"控办"所列的 19 种严格控制公款购置的商品中，轿车被列为第一号目标。然而，严控的结果，却是国家刚刚投资建设的轿车合资企业销量跌入低谷。

只有改变官车一统天下的消费结构，引进私人消费，才会有从生产到消费的良性循环，走出轿车生产越多、国家负担越重的怪圈。

当时，以中汽联、一汽、二汽的一批有见地、有抱负中年实力派对力推"家庭轿车"提上国民经济日程形成共识，我是这个团队中热切的鼓吹者。

铸剑为犁刻不容缓

1988 年末，在贵州高原山岭间曲折盘旋的公路上行驶着一支车队。应航空航天部部长林宗棠之邀，中汽联理事长陈祖涛和副理事长吴时仲、李银环、薄熙永，中汽进出口公司总经理朱柏山来到贵州考察。他们把分布于 13 个市县、几百平方公里的飞机和导弹工厂——走遍，各类磋商几乎通宵达旦。我是考察队伍中唯一的记者。

时任省委书记胡锦涛分别与林宗棠和陈祖涛会谈。我被邀旁听——没有报道任务，只是了解情况。

60 年代，"冷战"阴云笼罩全球，中苏交恶，台海紧张，"要准备打仗"成为统率全局的国策。沿海战略工业内迁，"三线"建设如火如荼。倾注当时全部国力，选拔一流人才，在中国腹地的大山深处，一座座军工企业拔地而起。

然而到了 80 年代末，世界吹起缓和之风，武器订单锐减，大批

"三线"军工企业被冷落。在崇山峻岭中，当我们这伙汽车人穿着白罩衫，经过三道门卫，看见静静地排列在山洞仓库里的导弹，看到开车能够跑出最高时速的空旷的战斗机试飞跑道，看到风洞实验室、三坐标测量仪、数控机床等汽车产业尚未拥有的一流设备被闲置，尤其接触到知识密集度最高的技术队伍正在流失时，我们深深感到，"铸剑为犁"已经刻不容缓。

考察后，林宗棠部长十分坚定地说，面临军事订单大幅度削减的状况，航空航天业必须以民品养军品。作为全行业的拳头民品，汽车是最好的选择，因为只有汽车可以发挥航空航天多工种、群体化的优势。

陈祖涛和他的汽车团队提出了一项重要建议，航空航天业造车不要拷贝合资企业的现有车型，应该进入在国内尚属空白的微型轿车新领域，以此撬动家庭轿车市场。

而在此前，我去重庆采访兵器系统的军转民。在长安机器厂，厂长谭细绵告诉我，正在准备引进日本铃木微型轿车技术，生产长安奥拓。

私家车理念和当时百姓买得起的微型车，成为我其后十年执着关注的热点。

斯巴鲁360：从战斗机到微型家轿

1989年1月7日，我随中汽联和航空航天企业组成的中国汽车考察团去日本考察，这也是中国派出的第一个家庭轿车考察团。目标是微型轿车，考察的日本企业分别是富士重工、日产和丰田。

团长是中汽进出口公司总经理朱柏山，代表团的主要成员是来自航空航天业在贵州011、061、010等几个重要基地的一把手。考察团

日本第一代家庭轿车斯巴鲁 360

在日本富士重工试驾最新的斯巴鲁微型轿车

里，我的头衔挺唬人，叫中汽联调研员，排在航空航天基地诸位局级领导前面。

考察过程中让我感触最深的，是在群马县的富士重工总部拜会被称为"日本国民车之父"的百赖晋六先生。

富士重工的所在地曾是一座飞机制造厂——"二战"中制造日军零式战斗机的中岛飞行群马工厂。

当时78岁的百赖先生，有着清瘦而挺拔的身板，皓发银眉下是一双炯炯有神的眼睛，深蓝色条纹西装、端正的银灰色领带，显示出一个拘泥礼节的日本老人的一丝不苟。他坚持要站着讲话："诸位先生来日本，是调查微型轿车的，我听说在诸位中间，有飞机设计方面的专家，这正是我四十多年前从事过的老行当，应该说，我们会有更多的共同经历和共同语言。"

百赖老人告诉我们："二战"刚刚结束，日本人过着"靠竹笋和红薯充饥的苦日子"。一万个人中间也没一个人会有买轿车的梦想。但是，百赖和他的团队抱有一个坚定的信念：要为普通百姓造出一种取代自行车的小汽车。开上这种车，虽然毫无奢华可言，但是能让一家人出门时，再也不怕日晒雨淋，不受风雪之苦。

凭着这样的执着，百赖确定了设计原则：一是能轻易地坐下四个大人；二是价格压在40万日元以下；三是省油，发动机排量360毫升，相当两辆摩托车；四是耐久性、加速性和爬坡能力不输于卡车和大巴，改变人们以为微型轿车像个玩具的印象。

百赖和设计师们运用了飞机设计中的许多理念和开发流程，比如有效利用空间，采用铝、塑料和有机玻璃等轻质材料等。1956年，日本第一代经典的微型轿车"斯巴鲁360"终于走进千家万户。

50年代初，围绕日本是否应该生产轿车，通过广播电台展开了一场几乎是全体国民参与的大辩论。在通产省的支持下，由一批年轻人组成的"官厅经济学派"提出"轿车救国"的口号。他们主张，政府应该选择和扶植可以带动经济全面发展的支柱产业，把日本的劳动力优势和先进国家的科技成果结合起来，形成进出口的良性循环。1960年，日本通产省提出了"人人有车"的国民车构想。从而引导日本逐步走向一个世界汽车强国。

从1958年到1970年，"斯巴鲁360"一共生产了45万辆。百赖的国民车理想和他的"斯巴鲁360"，与我当时正在魂牵梦绕的中国私家车追求不谋而合。

在东京和群马，经过三轮谈判，中方与富士重工达成了初步意向：引进技术和部分设备，在贵州生产汽车零部件和微型轿车。

事后经国家批准，航空航天业、汽车业和贵州省三方组成联合汽车公司，利用贵州航空工业总公司的战斗机装配厂房，生产"云雀"微型轿车。朱柏山辞去中汽进出口公司总经理的职务，投身贵州大山之中去创业。

1989 家轿思考：但愿不是一个梦

长期以来，即使公开谈论私人轿车，也是一个禁区。但是我不断更换角度试图突破。

就在我们考察日本汽车业的同时，新华社《瞭望》周刊1989年第2期发表了我的长篇特稿《但愿这不是一个梦——轿车私有化的思考》。那是在中央级报刊上最早刊登的论述推动轿车进入家庭消费的文章。

在这篇文章中，我提出的设想主要出于经济领域的考量。从消费到投资的良性循环、公车造成国家财政的不堪重负、产业结构升级、城市化发展等角度出发，提出了打破禁区，尽快引导轿车进入家庭的

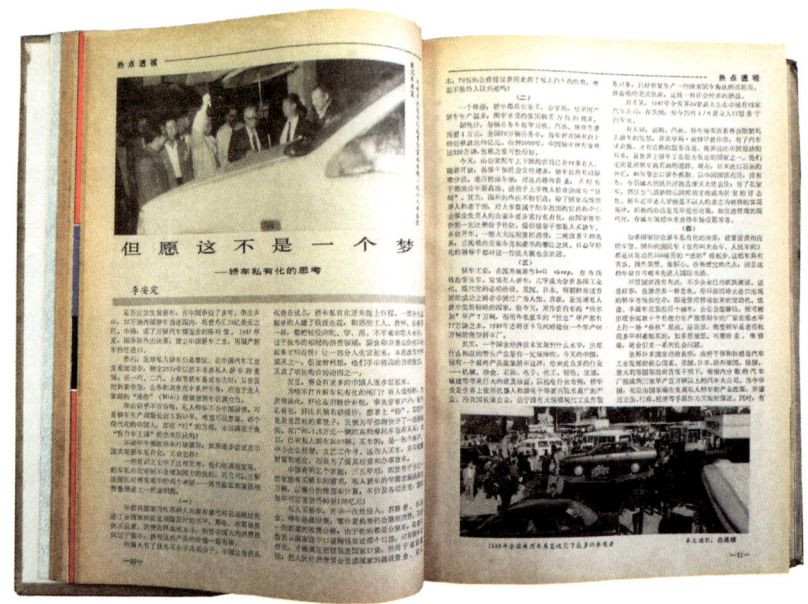

1989年1月9日,新华社《瞭望》周刊发表了我的文章《但愿这不是一个梦》,这是中央媒体第一次鼓吹打破轿车私人消费的禁忌

必要性和可行性。

在那篇文章中,我写道:

> 不妨做个倒推理来打破僵局:如果逐步尝试在中国实现轿车私有化,又会怎样?一部分先富起来的人赚了钱没处花,如果和那些工人、教师、公务员一样,都把钱投向吃、穿、用。不平衡的收入水平,过于狭窄的消费领域,副食和消费品价格不抬起来才叫奇怪!为何不打开轿车私有化的闸门?住房商品化,好比取消粮价补贴,事关家家户户;轿车私有化,好比名烟名酒提价,愿者上"钩",非但不危及老百姓的菜篮子,反倒为平抑物价开了一道泄洪闸。

私人买轿车,并非一次性投入。养路费、保险金、停车场建设费,零件更换等仍会继续消费。目前一些新建的收费公路,跑的都是公家车,修路、买车,国家要掏两笔钱。只有轿车私有化,才能真正把人民的消费资金变成国家的建设资金。在日本,70%的公路建设费用来源于私人汽车的收费,难道不能给人以启迪吗?

今天,由公家配车上下班的官员已有十多万人。其实,国外的做法不妨引进:除了国家高级领导人和老干部,对大多数属于配车范围的官员和中小企事业负责人的公车逐步实现私有化,由国家按车价的一定比例给予补贴。提倡领导干部私人买轿车、亲自开车。一能大大压缩集团消费,二能改善干群关系,三能根治公车竞相豪华的攀比之风。日益年轻化的领导干部对这一做法大概也会欢迎。

国务委员邹家华看到《瞭望》周刊上我的这篇文章,做了一段批示:"现在人们爱说汽车是支柱产业,但是只有轿车进入家庭之后,成为支柱才有可能。"

这一年,我的多篇文章发表在《人民日报》《经济日报》等大报上,后来我被称为"鼓吹家庭轿车媒体第一人"。

然而,不久后发生了那场政治风波,以及事后"姓社姓资"的争论。让发展私人轿车、缩小公车比例的设想受到了不少敲打。甚至一家报纸发表评论,说我的观点是"自由化的胡说八道"。

90年代,作为一个"天方夜谭"的痴迷讲述者,我遍尝了酸甜苦辣。但我总有一种抑制不住的冲动,我不断大声疾呼:汽车诞生百年以来,美国人、欧洲人、日本人、韩国人、巴西人,一个又一个国家的老百姓先后享受了汽车文明,我就不信,中国老百姓偏偏没有这个命?

1990
彷徨中，改革没有停步

经济和政治的震荡，让1990年成为一个改革开放的彷徨期。西方对中国制裁，使一些重要建设项目停摆，二汽（东风）与法国雪铁龙的合资在上年6月马上就要签约，双方高层已经聚集在巴黎商定最终的细节。突然风波骤起，法国立即叫停了对合资企业的政府贷款。东风雪铁龙项目一放就是三年，可谓起了个大早，赶了个晚集。

理论界里一些人，批市场化，批私有化，大谈"姓社姓资"，一时好不热闹。

当时主持意识形态的政治局常委李瑞环，以他从基层干起的劳动人民的聪慧，没有激化矛盾和对立，发起"扫黄打非"运动，给了知识界激烈而混乱的情绪一个平复和疗伤的过渡。我在新华社对此感受颇深。

改革开放的车轮一旦启动，哪怕只靠惯性也要继续向前，那是亿万人民群众的众望所归。

你是房改的受益者吗？

老祖宗有很强概括能力，只用衣、食、住、行四个字就涵盖了中国人得以维系几千年的生活基本要素。在80年代改革开放头十年，中国人的吃和穿得到了历史性的改善。但是直到1990年，按照国际衡量生活水平的恩格尔系数计算，中国人用于吃的消费在总收入中所占比例依然大得惊人。究其所以，解放三十年来，城里人用于住的开支极小。城市住房全属公有，由国家提供，但资源奇缺，全国城镇居民人均住房面积只有1.8平方米，租金倒是极便宜，今天的年轻人可以回家问问爷爷奶奶，当年家里住房的月租金是不是只有四五块钱。

这种住房制度叫作单位或城镇街道的"福利分房"。从1956年公私合营，到1966年"文革"，住房彻底退出了商品属性，你有钱也没处买房。房产主用于出租的私房也全部充公。

当时城里人的住房状况，一是缺，二是差，远远颠覆今天人们的想象力。且不说城市无房户和拥挤户高达538万户，涉及2000万人；且不说亟待改造的危房、棚户房高达9亿平方米；光是维护现有公房，每年用尽收到的租金，国家还需补贴50亿元，难以为继。

当时我分工采访建设部，参加调查组去天津河西区，看到大片"院子比胡同低，屋子比院子低"，俗称进门就得"三级跳"的简陋棚户房亟待改造。一遇下雨，屋里顺墙缝灌水，淘水都淘不迭。建设部部长林汉雄告诉我，他在沈阳棚户区，看到简陋低矮的联排房，还是1949年前房产主用来租给妓女们揽客用的，俗称妓女房。但是现在这样的一间屋里挤住了一家三代人。搭了双层铺，还睡不下，老爷子晚上只好到厂里去打更，白天轮换着在家睡觉。

其实不用下去考察，我所在的新华社工业组，老编辑陈日的丈夫老叶做了《半月谈》的总编辑，终于从三户人家合住的单元中搬出来，住进了社里新分的一套独门独户。但也不过是个一居室，上中学的儿子晚上只能搭床睡在不到7米的门厅兼餐厅里。至于60年代进社的那些已经年过不惑的"年轻人"，一家老小，全住在7号楼集体宿舍里，一户一间，一条走廊摆满了各家的煤气罐。

1990年,深刻影响中国其后数十年的"房改"开始动了真格:提租、卖房,住房商品化的第一步就是这两招双管齐下。所谓卖房就是把国家原来分配给你住的房子折价卖给你,不买就提租。今天看,卖得真不算贵,一套一居室扣掉了工龄补贴也就3万块钱吧。但是在当时也是一笔不小的开支了。

房改一开始阻力重重。正像林汉雄部长说的,几十年来在人们根深蒂固的观念里,城市居民由国家和企业提供住房,天经地义,甚至是社会主义优越性的一个明证。但是我们必须面对的事实是,理想的道路没有走通,住房短缺以及相关的弊端成为一个"无底洞",迫使我们不得不做出彻底而艰难的改革。

我根据各方面的调查和专家的建议写了一篇解释性长篇评论《你是房改的受益者吗》。发布后颇受关注,光是新华社各部门的同事找上门来和我讨论的就不在少数。我在文中说:

> 住房制度改革一旦实施,将是迄今为止城市经济体制改革中波及面最大的一场攻坚战。轿车私有化是"高档烟酒"涨价,不关乎老百姓生计;推行房改则是"粮油"涨价,涉及千家万户,关系到全国每一个城镇居民的切身利益。
>
> 房改的难度,在于改革之初人人要先付出。折价买公房尽管便宜,也要一下拿出一笔钱来;房租提高了,每月的支出恐怕就远不是一盒香烟钱了。今后买商品房的会觉得没住上低租公房吃了亏;原来多占房的,现在面临吐出来的选择。也许人人都有理由埋怨,但是只有迈出这一步,大家才能来到一个公平和良性循环的起点上。
>
> 接下来,房改的车轮将开始滚动,通过出售国家现有的25亿平方米住宅,可望回收3000亿至5000亿元的资金用于新房建设,使我国现有建房速度提高一倍。住宅成为商品,将大大推动

房地产业，并带动几十个产业的大发展。随着住房商品化逐步推进，总会有一天，大多数城镇家庭能够住上属于自己的住房，居者有其屋。从而实现名副其实的小康。从这一点上来说，我们人人都是房改的受益者。

今天再看这一段往事，真有点儿恍若隔世。

我写这篇评论的时候，中国城镇人均住房面积只有1.8平方米（还别不信，当时还有那么多无房户呢）。建设部规划，通过房改在2010年争取实现人均面积8平方米。而到2016年，国家统计局网站显示，我国城镇人口人均住房已经突破了36平方米（我仍然有点不信）。

谁能想到，此后的三十年，住房商品化成为中国经济发展动力强劲的火车头。房地产狂飙突进，成为中国GDP中独占鳌头的产业。京、沪、广、深摩天大楼密如森林，连贫困县的县城里也是几十层的高楼林立。当年再有想象力，也想不到房地产成为地方财政的提款机；想不到造就了多少身家数十亿的房地产大亨，买房不为住而当作回报丰厚的投资炒作；想不到大城市中的外来打工者一房难求，不在城里买套房，连乡村的小伙都娶不上媳妇；更不用说，无数千年古城镇的建筑格局和历史遗迹大多由此荡然无存。利弊得失并存，真说不清这样的结果，是不是当年启动房改的初衷。

人代会上采访战

记者生涯中，每年春天采访两会是一个重头戏，近二十天，天天在拼命。

1990年，风波之后第一次开全国人代会，对于中国是否还举改革开放的旗,人民期盼,世界关注。几百名中外记者云集北京,千方百计寻求答案。新华社两会新闻中心给我的选题是,采访深圳、珠海、汕头、厦门、海南五大特区的一把手。特区是改革开放的风向标,他们下一步的走势将影响今后中国经济。中心让我围绕这个主题,写一篇通讯。

想必这也是所有媒体同样的选择。除了随团记者,广东、海南代表团的驻地贵宾楼饭店,已经挤满了记者,采访战一触即发。我深知一个规律,即便最想出风头的人,被一些低水准的记者采访,次数多了也会烦,更不用说这些唯恐言多有失的敏感地区的谨慎官员了。

我决定赶早去机场接团。广东团的专机到了,只看见汕头市长陈燕发,总算不虚此行,同乘接团大巴进城,路上就完成了采访;珠海市长梁广大到得晚,早上在酒店还没有吃饭,我已经推门进他的房间;深圳市长李灏未等进入情况,已经被我请到一间没有电话的小客厅,做了一下午长谈。刚到北京,初见记者,尤其是一个对特区历史沿革有所了解,对中央部门决策过程并非陌生的新华社记者,他们的感觉还是很新鲜的,也乐于对一些问题进行探讨,甚至摸底,而且谈得深,谈得细,信息量大。

我的采访动手早,有干货,写作快。开会的第三天,长篇通讯《他们在建设一个新世界》就见报了。这时,几位特区市长的房间号码也为记者普遍得知,登门者络绎不绝,一位秘书不堪挡驾之劳苦,他对我说,一些记者提出的问题,连特区的 ABC 都不甚了了。

在我的通讯的记述中,珠海市长梁广大讲了这么一段往事:你也许不能想象当年港澳的几个垃圾堆放场就在珠海拱北,海外客人从拱北入关,要不停挥手驱赶苍蝇,不然苍蝇就要在白色衣领上落满一层。今天同样从拱北入关,客人们看到的是一个秀美宜居、设施齐备的新珠海。这次会议期间,我们将要求有关部门批准,把拱北关变成

当年央媒记者可以在大会堂一楼会场采访，我和代表一起观看大屏幕上的投票结果

我和王文澜采访人代会全体大会

1990 彷徨中，改革没有停步

一个24小时昼夜开放的海关，以适应入境者的需要。我平时分工城建的采访，和梁广大市长是老熟人，即便在全国，他也是一个对城市规划独有心得的市长。经过十年的建设，珠海已经从一个几千人的渔村小镇，发展成为一个现代化城市。没有一般城市的混乱喧嚣，看不见工业区里林立的烟囱。

十年时间整整100万人在深圳安家落户，市长李灏告诉我，这是一次成功的人口大迁徙，没花国家的安置费，而且人人有住处，有工作。深圳特区的面积已经和上海市区的面积相仿，去年的工业产值比十年前猛增了200倍。李灏市长说，深圳最醒目的经济新闻是去年出口创汇20亿美元，仅次于上海，成为中国第二大出口创汇城市。我问，十年来建设深圳投资的182亿元从何而来？李灏市长明白我的潜台词，介绍说，国家投资只有3亿元，不到2%。其他25%来自银行贷款，25%来自外商投资，20%来自国内各省市、各部门企业，市内的企业自动滚动发展则占将近30%。深圳的城市开发大概要到2020年才能到定型阶段，投资之巨可想而知。要通过一系列改革提升自我积累能力，也要使深圳成为按国际规则"打篮球"的特区。

可以报告一个好消息，从1990年起，海南已经从一个严重缺电的省份，变成一个电力充裕省。4月，正是海南建省两周年。海南省省长刘剑锋语出惊人。他曾任电子工业部副部长，我跟他很熟。对于当时一些对外大项目的停建缓建，他告诉我，可以十分负责任地宣布，建设海南的基本方针没有变，各项优惠政策没有变，软硬投资环境还在不断完善。

记下这些，是为了告诉读者，即使在1990年，热流依然涌动，没有完全止步。作为一个财经记者，有着自己的价值判断，我的心里铆着一股劲儿，继续改革开放的气可鼓而不可泄。

亚运会上的电脑长城志气歌

1990年,中国成功地举办了第11届亚洲运动会,成为全民关注的一件大事。在北京北边的大片农田里,耸立起包括体育场、游泳馆、亚运村和五洲大酒店等一大片国际体育场馆和相关设施。北京开始有了一点儿现代大城市的模样。

在当时国内外的严峻环境下,破天荒地举办这么一次大型体育赛事实属不易。整个赛事经费不到两年前首尔奥运会的九分之一。我记得汽车赞助商只有韩国现代和大宇,主要是提供了1000辆轿车。当时韩国车的质量还不怎么过关,又没有后续的检修零部件供应,靠拆拆补补维持汽车的使用,亚运会之后的一年,北京街头就基本看不到这批韩国赞助的轿车了。

曾经承诺赞助计算机系统的一家美国公司在亚运会前打了退堂鼓。组委会四处求援,在国内外众多计算机企业里只有中国长城计算机集团公司挺身而出,无偿向亚运会赞助所需的全部微机。

长城公司是在机构改革中由电子工业部计算机局精简出来的一半人马成立的实体公司。总经理王之原来是计算机局的副局长,很有些改革意识。他丢掉铁饭碗,想出来闯一条靠市场化来创建中国微机工业的新路子。

说起来让人难以置信,当时中国计算机开发人员信息闭塞,所了解的元器件往往是国外维修店里就能买到的过时货。王之做出了在当时有点出格的决定,派出平均年龄只有24岁的小分队出国,去两个微机研发热点地区——日本和中国香港,在强手们的包围中开发新一代微机。

在东京的小组守着一箱方便面和一簸箕烟头,用三个月开发出一个中文处理系统;在香港新微机开发也初具雏形。两个小分队会师香港，中文处理系统上机试用成功。几经改进，1985年7月，长城0520微机正式推出，运算速度提高为IBM PL的八倍，分辨率提高为六倍，尤其在微机业中，首次设置了一个工作状态显示窗，此后引起各国同行纷纷效仿。

接下来，长城公司摸索出一条"市场导向，自主开发，委托加工，代理销售"的一条龙新模式，引发了中国微机产业的诞生。东海0520、浪潮0521、百灵0520，国产微机相继诞生。我在当时的新闻中称其为"长城模式"。

1990年第十一届亚运会，设置在61个场馆的5种型号的706台微机，全部用的是在深圳基地生产的"长城电脑"。

当亚运会结束，许多终端打印机上留下的最后一段文字是对计算机系统的赞誉。一位台湾记者写道，我参加过蒙特利尔、洛杉矶、首尔的奥运会和无数重大体育比赛，北京的电子查询系统信息最全，用起来得心应手，是我最满意的一次。一位美国记者留言说，首尔奥运会使用的IBM查询微机，每天有四个小时停机检修，而你们的系统自开幕至结束的520多个小时里，没有一分钟的停顿，设备性能可靠得惊人。

虽然不是体育记者，我的通讯《电脑长城志气歌》被评为新华社亚运会报道的好稿。

不要小看这些国产微机，中国企业今天能够成为IT和通讯电子设备全球颇具实力的生产商，长城电脑是一个起点。

顺便说一句，这一年的冬天，我用一台长城286微机代替了用笔在稿纸上写作和修改。"文字匠"有了新家什。

1991
飞丝如瀑雨如烟

1991年夏天，仪征化纤工业公司邀请了一批媒体人去做深度采访。

不能不先说说这家"仪化"。经过了十年的建设，这家公司当时已经成为排在欧赫斯特、美国杜邦公司之后的世界第三大化纤公司，而且拥有世界上最大的单体化纤工厂。在90年代初，能在世界上排名靠前的中国企业少之又少，有如凤毛麟角。

在喷丝车间，石化原料经过聚酯、切片、融合，变成了白花花的涤纶纤维，只见喷丝嘴下，似飞瀑，似流云，纤维疾涌而出。

"公司年产涤纶50万吨，"总经理李文新伸出一个巴掌，"相当于1000万亩高产棉田的纤维产量。"

这些涤纶与棉花混纺成的织物，可以给当时11亿中国人每人提供两套新衣。化纤工业的发展，让每人每年平均只有16尺限额的布票退出了中国人的生活。

整个80年代，中国还真穷。仪化刚一上马，就赶上国民经济大调整，计划中的25亿元投资难以为继。仪化面临下马，但他们在中国企业界第一次提出"借贷建设，负债经营"的新理念，靠集资和债券凑了10亿元，开始了一期工程。然后边建设，边生产；边创效益，边还债。比国家原来规划提前了一年零两个月，完成了全部现代化的三个涤纶工厂的建设。

老范和东东

公司把我们安排住在黄山脚下的仪化工人疗养院，开座谈会，听取我们对企业发展的建议。同行的除了平时一起采访纺织业的媒体朋友，《经济日报》的总编辑范敬宜和总编室主任李东东两位是我第一次打交道。

范敬宜，当时在新闻界有很好的口碑，是一位典型的文人总编辑，他是大诗人范仲淹的第二十八代孙，文章、书法、诗词修养都很好。他当年在《辽宁日报》工作，被划成"右派"，憋屈了二十年。改革开放后，他曾任过国家外文局局长，后来接替安岗担任《经济日报》总编辑。

范敬宜个子不高，气质儒雅，待人和善，没有一点儿颐指气使的当官派头。报社上下不叫范总，只叫他老范。

李东东是一位才女，插队回来直接考上社科院的新闻研究生。她做总编室主任，既是老范的助手，也是他的红颜知己。李东东对这一点也毫不隐讳，即使是对我这个当时还不十分熟络的人。

吃饭时分三桌，公司领导陪着老范和几位有领导头衔的媒体人一桌。我和东东等同龄朋友一桌，她有些抱怨地对我说："老范不善和生人交流，他们不安排我和老范坐在一起，他吃饭会很不自在。"听了这话，我吃惊地看了她一眼，很欣赏这种性情中人的爽直率真。

仪化方面，安排我们游览徽州古城。集中参观古村落之后，这些文化人在售卖宣纸、徽墨的文化街上散开，各得其乐地闲逛。临近中午集合的时候，淅淅沥沥下起雨来，幸好我带着伞，很享受那种细雨蒙蒙的意境。

我所拍摄的黄山奇石奇松,浓雾从散开到合拢,只有几秒钟时间

雨越下越大,我突然发现前面不远处,老范和东东相互扶持着,在湿滑的石板路上蹒跚的背影。他们没带雨具,在头上撑着一件外衣,被风不断掀起来,显得十分无助。我几乎没有多想,快步追上去。跑到他们身边后,没说话,把撑开的伞丢在他们脚前,然后在雨中径直跑开,免去了相互客套的推让。

接下来的两天,大雨滂沱,延误了原定登黄山的行程。主人就在会客室里摆下红木案子,备好笔墨纸砚。大家知道老范的书法了得,就推他先提笔挥毫。结果,老范每写一张,就有人索去。后来成了排队定制,都是三尺大幅宣纸,而且都要题款。东东在一旁,根据每个人的背景情形,想一段古诗词,老范认可后,随即挥毫。除了午饭和短暂的小憩。老范几乎写了一天。主人、同行朋友,甚至招待所里的住客,老范都是来者不拒地认真题写,并没有厚此薄彼。

我远远地站着看，没有一点儿想向老范求字的冲动。一方面出于骨子里的清高，不愿附庸风雅；一方面看着年近耳顺的老范，一整天躬身凝神写字，气力消耗了得，于心不忍。

顺便说一句，这是我大半生的一贯态度。我在改革开放初期和许多后来成为大师级的画家、书法家、摄影家有较深的交往，但是我从来没有向他们索要过一幅作品；而听说我的一位同行，通过采访书画家获赠的作品，已经价值过亿。80年代初，我分工采访邮电部门。集邮报道是个热门，如果那时候我搞集邮，无须一分钱的投资，却有一般集邮迷无法比拟的资源。比如，1982年，在全国政协礼堂举办一次邮票设计颁奖会时，我和第一张猴年邮票的设计者画家黄永玉同乘一部电梯上楼，我手上就拿着一整版猴年邮票。如果我抬手递过去，请他在票面上签个字，这版猴票今天恐怕起码值一辆劳斯莱斯的价钱。但是我只是很随意地和他打了个招呼。至今，我连一张四方联的猴票也没留下。

含泪听歌

从黄山回来后不久，我接到老范给我的信。信写得很风趣：

安定同志你好。从党校回来就读到您写给东东的信，因为里面多处提到"老范"，就想着应该给您写点儿什么，尽管那信并不是写给我的。

黄山之行，虽然只看到了个"大澡堂"，可是并不感到失望。第一，经历了1991年中国大洪灾发生前一天的大暴雨，而当时丝毫未察觉到它的历史性；第二，结识了好几位朋友，包括阁下在内，用句套话，留下了美好的印象。而最美好的事，是你不要我的书法，对此我深感钦佩。您就算真的认识我啦。

您的大作，我已在《中华工商时报》上拜读过了，当时与我共读的，是党校同窗詹国枢氏，议论了些什么？想暂时保密，怕助长阁下的骄傲自满情绪。寄来文章是想让我了解李安定，还是想让我了解您可以当《经济日报》扩大版的特约撰稿人，我希望是后者，因为这是一块专供李安定之流翻筋斗、打把式的舞台，而舞台的设计和构筑者是东东，我自当像上黄山那样，在一边扶她一把，或者在她需要钉子时，给她递个钉子。如果您是明白人，下次来信不要再寄不属于我们的复印件，而是真正能够给《经济日报》扩大版增光彩的东西。我这就算给您的约稿信，您应该知道怎么办。下面让东东"续完"罢。

范敬宜，9月13日

李东东续写：安定兄，你看，老范这两页纸，不是"一盘没有下完的棋"，而是不必续完的信了，赤裸裸地约稿子，我还写什么？既然开了口，就是认真的。

从此，我成了《经济日报》扩大版（类似后来其他报纸的周末版，或者副刊）的一个热心撰稿人。试刊号的头条，就刊登了我的随笔《有感于夏利长了尾巴》。在文章里，我抨击本来符合世界微型家用车潮流的两厢夏利，在中国被厂家生生花两万元成本加了一个后备箱。厂家说是为了"有头有尾"，适应市场需求。我的思索是，现代工业美学，不是工艺美术。是复制迎合人们旧有口味，还是按照科学规律引导消费者，开拓新商机？两万元装尾巴的成本，不如用来制作广告和电视宣传片，讲一讲两厢车设计的初衷。不要小瞧中国人接受新事物的灵性，无论如何，欧洲日本跑着的小轿车，六成以上"没尾巴"。

在老范、东东和责编、我的好朋友毛铁的支持下，我在《经济日报》扩大版上发表了大量随笔、通讯乃至全景式的长文章。我写得最动情，也是老范最夸奖的是一篇特写《含泪听歌》。

文章写的是位于灯市口的五星级皇冠假日酒店的董事长、原北京市美协主席刘迅，为了弘扬严肃音乐，在酒店精致的艺术沙龙里，每周安排两场演奏或演唱会。一年中，已经坚持演出 100 场。

一次去酒店开会，听到这个消息，我去买了一张独唱音乐会门票。票价仅 10 元！艺术沙龙舒适的单人沙发可容 40 人，上座率有八成。

演出阵容却很惊人，女高音潘淑珍，男高音刘维维、马华，都属国内一流歌唱家，演出曲目是西洋歌剧中的通俗曲目：《饮酒歌》《我的太阳》《哈巴涅拉》等，小乐队伴奏。一个半小时。

演员唱得投入，观众凝神静听，每支曲毕，掌声由衷而起，面对面的演唱，息息相通的交流，演员观众都很动情。

为了扶持严肃音乐，赔着钱也要干，刘迅先生如是说。艺术家们都很捧场，小提琴家盛中国在这里演出不收一分钱，他们珍惜的是这样一个献身艺术的好地方。

五六十年代，严肃音乐在北京拥有广大爱好者，星期天通俗交响音乐会场场爆满。90 年代初严肃音乐却在中国备受冷落。流行音乐歌星，大型商演中唱两三支歌的收入已突破 10 万元；而美声歌唱家，想开个人演唱会，拉不到赞助，即使倾家荡产也办不成。

刘维维，当时已是中日合排的贝多芬《第九交响曲》的领唱之一，平时在酒店的大堂吧演唱，收入不菲。但是他告诉我，他更热爱这个小小的沙龙，在这里得到的是人们对艺术、对艺术家的尊重。

男高音马华当时崭露头角。在中央歌剧院，他的月工资 88 元，住两人 8 平方米密不透风的集体宿舍。人胖，每夜热醒三四次，一盆凉水从头冲下，再睡。他说，自己全靠硬拼考上音乐学院，师从黎信昌教授，几十门课，一门门啃下来，实在不容易。也许是把严肃音乐看得太神圣，是苦，是穷，投身其中，终身不悔。

把严肃音乐引入高雅的艺术沙龙，又以一般大众可以承担的价格收费，在全国恐怕独一无二。也许因为大饭店的气派，挡住了一批工薪阶层音乐爱好者，因此我在含泪感动之余，也撰文为他们介绍一个拥有超值享受的好去处。

《千手千眼》

1991年的下半年，我尝试把80年代的一些新闻作品结集出版，作为那段最动情的人生与时代的留存。书名取作《千手千眼：中国变革台前幕后》。

1979年到1991年的十二年间，我写了2000多篇新闻和评论，算得上新华社最高产的记者之一。有时候同一天的《人民日报》就会刊登我的三篇文字。

整个80年代，是我全身心投入的一段记者生涯。记者职业的魅力，恰似生有千手千眼，以一个超越普通人的视角，参与并记录下历史变革万花筒般斑斓的瞬间。

但是新闻，尤其通讯社新闻，过于精练且理性，把这些文字堆砌成书，会令读者感到乏味。于是我作为一种尝试，精选了百十篇新闻和人物特写，写出每一篇新闻幕后鲜活的背景和来龙去脉，分门别类为20多个章节，多棱镜地折射出中国经济变革十余年的轨迹。

这本书，在1992年的4月由改革出版社出版。意外地成为一本畅销书，而且这种写法和编选体例对其他记者产生了影响。比如我的朋友，时政记者邹爱国所写的《中南海纪事》就用这种体例，把最枯燥的时政新闻写成有揭秘色彩的幕后故事。

为这本书写序的是当时《人民日报》经济部主任艾丰。比起老

《千手千眼：中国变革台前幕后》封面，改革出版社，1992 年

范，我与他更亲近随便。他比我大 10 岁，当时已经是国内名记者，韬奋新闻奖的首届获奖者，是位局级干部。我经常和他一起出去采访，彼此很投缘。

年末，我把一大包书稿给他，请他写个序，我附了一封信，说稿子不用看，你作为我的编辑，经手发过不少，写序可以省点事。

结果老艾后来在序言中说：我是很不情愿给人家的书写序的，但是"小老弟"张嘴，我还是一口答应下来。大年初一打开书稿，几乎花了一整天，把全书 28 万字浏览了一遍，不是出于责任，而是在兴趣的驱使之下。

老艾写道，这本书的价值，并不限于新闻业务，而是重在现实和历史方面。它的分量比我预期的要重，对于安定这位刚进入不惑之年的记者，我油然而生一种欣赏赞叹之情。安定是有幸的，1978 年，他开始投入新闻工作的时候，正是中国进入改革开放的新时代，这是一个"第一"纷呈的年代，他能有心地"抓住"这些"第一"，应该视为新闻记者最高的追求。

艾丰调侃说，安定是一个"有性格"的人，他的性格特征，初看起来就是他的名字的反面——"不安定"。这里的"不安定"不是指政治观念，是指他的思想活跃敏捷，是指他的谈吐爽朗粗犷，是指他的涉猎广泛多思，也是指他追求的急切勇敢，这就是"新闻记者的性格"，也是我认为"可交"的性格。

1992
东方风来满眼春

　　一位 88 岁的老人，为不中断自己启动的历史脚步，铆足全身气力做最后的一搏，重启中国改革开放进程。

　　这一年，小平南方谈话发表。东方风来满眼春。改革开放重新上路，社会主义市场经济成为共识，各经济部门也争先恐后地放开手脚，加大发力程度。

《区域经济》和邹家华印象

　　进入 90 年代，我已经是工作了十多年的资深记者，从当初跑产业开始接手采访国家计委和国家经贸委等宏观经济部门。

　　当时国家计委主任是邹家华，虽然他刚刚晋升为副总理，依然兼任此职。他原来在兵器工业部部长任上的办公厅主任——我的老朋友佘健明，随他辗转了几个部委，此时正担任国家计委副主任兼秘书长。

　　有一天，佘健明很正式地跟我说：家华同志是一位很有眼光、善于思索的领导人。宏观部门的工作头绪太多，需要有人把他平时的思路记下来，及时归纳整理。我一直在找一个合适这项工作的人，咱们认识这么久，彼此知根知底，想来想去，还是你能胜任。具体的工作岗位，由我来安排。

看到我要推辞，他拦住我说，现在有一个机会。国家正在考虑一个90年代的大课题——发展区域经济，把沿海地区改革开放的成果，梯次地向内地转移。国家计委牵头，马上要在广西北海和南宁召开一个有西南五省和国务院有关部门参加的区域经济讨论会。我们已经和新华社打了招呼，由你全程参加家华同志的调研和讨论会，最后完成一个报告。

我说，行，咱们把这次随行采访作为观察期，家华主任和你看我是否胜任，我也看看自己能否适应这份工作？

我采访家华同志已经很多年了，从他任职兵器部开始，到后来的国家机械委、机电部、国家计委、国务院。

邹家华是"五四"后著名出版家、记者邹韬奋的长子。青少年时代，他随父亲颠沛流离，受革命熏陶，1944年加入新四军，多年来一直保持着军人风度。邹家华毕业于莫斯科鲍曼高等工业学院，50年代回国后，一直在机床行业工作，从普通工艺师，做到总工程师、厂长、国防科工委副主任。名人之后、工程师出身的他待人诚恳，心平气和，思维缜密，生活俭朴，平时穿的毛衣上还打着补丁。

他为人随和厚道。我曾经为新华社的一个展览会，请他题词，当时他正住院，带病把题词写好让人带给我。

这年4月下旬，家华同志先后到广西的桂林、柳州、南宁、北海、防城考察，国家计委副主任刘江、佘健明和国务院副秘书长王东明陪同。我和他们的三位秘书随行，工厂、港口、边贸一路看过去，还去了中越战事停息后的老山前线。几位首长的共同特点是没架子。大家一桌吃饭，谈工作，也聊闲天儿。朝夕相处让我对家华同志有了更深的了解。

他的思维模式是线性的，有逻辑，一丝不苟，注重细节的完善，我称之为工程师思维。

在听取汇报和开座谈会的时候，他常常会向发言者提一大串问题，问得照本宣科的发言者不知所措。其实他也并非要难为发言者，而是像海绵一样，对吸收知识有一种本能的渴望。

身为高官，他却很关心人。有一次我们乘一辆丰田考斯特面包车去中越边境老山。广西的领导在车上向他汇报工作，我在后排边听边做笔记，一会儿就被在盘山公路上拐来拐去的车甩晕了。听到后面的骚动，家华同志回过头说：小李晕车了？快到前面来，我有办法治。

我跟跟跄跄走过去。他说，你站到司机后面，眼睛看路，就当是你把握着方向盘在开车。我照着做了，眼睛盯着道路，逢到拐弯，就做出操控反应，身体也随着倾斜。果然，晕车感很快就消失。他说，看看，灵不灵。这招是有科学道理的，开车，大脑里的平衡器官就会对路况做出主动的反应，从来没见过司机有晕车的吧。

广西北海市面向北部湾，自古就以出产合浦珍珠而闻名。在北海，家华副总理主持了广西、贵州、云南、四川，以及广东、海南等省区和国务院有关部门负责人参加的讨论会，商讨建立自然联系与资源优势互补的区域经济带。

会议日程非常紧张，白天开会讨论，晚上各省领导忙着去找国家计委和各部门对接业务。平时想去北京找家华主任汇报沟通谈何容易，这下大家天天排队等着见他。家华同志也是来者不拒，一波接一波地沟通，许多事情当场拍板。

佘健明当时任会议的秘书长，看家华同志实在累得不行，就在第四天傍晚宣布，今晚大家放松一下，娱乐休息，不许谈工作。

跳舞和卡拉OK，家华同志不会，也不感兴趣，就带着我们几个

和佘健明主任、袁秘书在北部湾的炮艇上

身边工作人员,一块儿下海游泳。

家华同志身边的袁秘书,是我见过的最本分的秘书,戴眼镜,斯文低调,从来没有盛气凌人的做派。警卫参谋老刘,眉毛浓黑,是一位上校。平时穿朴素的便装,走在街上就像个工人。他和我说起,每天骑自行车上下班,遇见大雨,怕把皮鞋淋湿,离家前用塑料袋包好,光脚穿一双塑料凉鞋蹬车,到了中南海的办公室再把皮鞋换上。

考察结束当天,我把自己关在屋子里,玩儿命赶写会议消息。因为佘健明副主任面对所有赶来的中央和地方记者宣布,大家统一用新华社马上发的稿子,会议不再单发新闻稿。

我在会议消息中谈道:作为国家社会经济规划的一个新层次,西南及华南部分省区的区域经济带规划将是其中的第一个。中国经济改革中最深层,也是牵一发而动全身的改革——计划经济改革,由此迈出了重要的一步。我引用邹家华副总理的原话说:"发展区域经济,是当今国际经济发展的一个大趋势,也是我国经济发展到目前阶段的必然要求,是一个不可或缺的重要台阶。"

回到北京,我按照约定,除了新闻,还写了一篇新华社述评专稿《区域经济:90年代中国经济新框架——邹家华副总理访谈录》,刊登在《经济日报》5月24日的头版头条。后来,据佘主任说,家华同志对这篇文章的概括很满意,分别送给叶选平和国家改革委主任李铁映阅读。

经过考虑,我告诉佘健明主任,还是选择继续留在新华社当记者,我喜欢这份自由自在、每天面对不同场景的工作。

扶贫,先要把人"扶"起来

多年插队的经历,我对中国贫困地区的落后和艰苦多少有些了解,但是考察结束,我跟上国家计委副主任、曾任农业部部长的刘江,一起去看广西最贫困的喀斯特石山地区。这里才是中国贫困地区之最,自然条件的艰苦到了让人绝望的境地。

弄,广西人特指被石山圆桶般封闭的谷底。当时中国农村有6000万贫困人口,十分之一在广西,星星点点地住在群山阻隔的几万个弄里。

交通如此不便,我们只看了三个弄,却坐车爬山,整整用了五六天。

踩着硌脚的石头路,从山顶往下走几百米,有三五人家,靠着雨水从石缝里冲下的薄土,种着一块块苞谷地。地块分散得无法丈量,就以撒播六斤种子为一亩。最小的地块,一顶草帽就足以遮盖!这里的年降水量高达1800毫米,水却奇缺,石灰岩的喀斯特地貌,下多少雨就渗漏多少水,天旱时,人畜饮水都是大难,田地干枯,只好听

我随国家计委副主任刘江深入广西石山贫困地区调查

天由命。

我们看到的第一个峒,是古山乡的小朗峒,峒里有 13 户、50 多口人。竹木结构的小屋分上下两层,下层本是养猪牛的,却都空空如也。

我们走进农民陶国栋家,他在海南当过三年兵,二十年前,媳妇爬山摔死了,没钱续弦,和 80 多岁的老娘相依为命。他种一亩多地,年成好时,收 500 斤苞谷,不够吃时,向乡里贷款买粮。

国家计委副主任刘江,经历独特,他在西藏十年拓荒,做国营农场的场长。霜刀雪剑把他磨炼成一条精壮的汉子,对陶国栋,他的话说得很实:好,你知道一条道理,没粮食时找共产党,不会坐着等死。

有难处能找乡政府,在这里竟也算一种开化,这里壮族、瑶族等少数民族兄弟,自尊心极强,没粮吃,宁可饿着肚子躺在床上,也不肯求告他人。曾经发生过这样的悲剧，政府的救济粮送到乡里，遇上会计回家过年，没有把粮食及时分下去，寨里就出现了饿死人的恶性事件。

刘江问，你当过兵，有文化，为什么不想想脱贫的门路？

陶国栋以一种无可奈何的认命态度说，养猪养羊没有粮，养蚕又被鸟啄食了，屋后一棵大龙眼树，也二十年不结果了。边说边叹气。我们看他的粮食盆里，只剩两斤多苞谷面，他似乎并不特别愁苦：煮粥还能吃两三天，我们吃不惯干饭。

陶国栋带路，我们爬了20多分钟的山路。到最近一个人家，无人应门。自己推门进去，看见一条汉子在床上躺着——这是当地人应对饥饿的办法。

县里陪同的干部找到他29岁的儿子应答我们。问到上面扶贫情况，他只知道"粮棉布"，这是国家以工代赈，用出山去做工修公路换取生活必需品的一种扶贫方式。问起收成，他只能每每跑进屋里去问躺在床上的父亲。那老人有一搭没一搭地回答着，自始至终没有下床。

刘江对我说，这就是扶贫的难点：打破封闭，树立战胜恶劣环境的自觉意识，说到底，还是人的素质问题。扶贫，首先要把我们看到的那些躺在床上的人"扶"起来，引导他们解决干不干、怎么干的问题。不然靠给钱、给物，一遇灾难，一遇挫折，又会重新返贫，扶贫工作就永远没个尽头了。

到1989年，全国农村人均纯年收入在200元以下的贫困人口为6219.9万人，这个数字之大，甚至超过除俄罗斯之外任何一个欧洲国家的绝对人口。不尽快使这6000多万人脱贫，不甩掉这个沉重的包袱，中国经济的腾飞就是一句空话。

世上真有"世外桃源"

选择考察点的时候,广西壮族自治区副主席龙川说,你们一定要看看弄拉。他把弄拉涂上一层神秘的色彩,称它是现实中的世外桃源。

在光秃秃的石山中,奔走了两天,走上马山县弄拉屯村民在岩壁上硬凿出来的五公里村建公路,突然眼前一片葱茏,峰峦叠嶂的石山全被竹木掩映,鸟语花香,流水潺潺,让人心旷神怡。

在弄拉,遇到任何一个村民都是慈眉善目,笑脸迎人。屯长李义康把我们迎进他家,洁净敞亮的堂屋,正中"政策如山重,感恩似海深"的条幅中间,端正地供着天地君亲师的牌位。李义康说,屯里全是李姓,是一个大家族。150年前,他们的祖先为避战乱,从四川来到这里垦荒,子孙繁衍,到他已经是第八代。艰苦的环境,加上移民的属性,培养了弄拉人对内团结自助,对外谦让和事的美德。

同样是贫瘠的石山,却成了弄拉人的财富,枇杷、龙眼、柑橘、金银花等经济林木和药材,无一不是石山提供的。山林占弄拉人收入的70%,而农业收入只占4%。问起他们的致富之道,答案朴实而简单:封山育林,维护自然生态。

细看弄拉的山,有三个层次:下层是庄稼,中间是果树,山顶是水源林。弄拉人对水源林,视为珍宝。村规明确规定,水源林全都归集体所有,在水源林外围砍伐,也是要罚款的。李屯长的儿子砍了一棵死树,准备到学校里交柴火,屯长因此被罚了15元。

弄拉终究不是"不知有汉,无论魏晋"的桃花源。当电视机出现在弄拉的时候,弄拉也成了外面精彩世界的一部分。他们有了明显的商品意识和科技意识,从省里请来专家做技术指导,改造原有的绿植果树。甚至日本商人也来了,村里因此引种了一千棵苦丁茶树。李屯长说，日本人对苦丁特别着迷，收购价一百多元一斤。十年来弄拉人的收入，增长了十倍，全屯真正告别了贫困。主粮由粗粮改为了大米，三天两头买肉，也是平常事了。小型农机具，家用电器，甚至卡车、摩托车也都买上了。

但是要探寻弄拉致富的真谛时，我的目光不禁转向数百年传统的家族凝聚力，转向拜祖和祭神。

李屯长家的厨房兼饭堂，真大得让城里人羡慕，贴着白瓷砖的沼气灶有三米长。吃饭的大圆桌，足够围坐20人。他的一家四代16口人没有分家，老一辈人在青年人中间，享有很大的权威。

弄拉山上有座普陀寺，供着当年祖先从四川带来的七个木雕神像：观音、玉皇、盘古、神农……现在寺里整天香火不断。弄拉人的另一块圣地，是那位老祖先的坟墓。每逢清明，全屯人都来此扫墓祭奠，纪念这位带领他们千里迢迢来此垦荒的先祖。通过对祖先和共同保护神的认同，弄拉人保持了他们的集体凝聚力，这里没有形成绝对的家族势力。负责全屯生产生活事务的权力，交给了大家拥戴并推选出来的基层干部。

在弄拉，屯长一般由长辈担任，但他们所以能够有权威，靠的是大公无私和办事公道。屯是比村还小的建制，当干部都是出于义务。李屯长家的凳子、茶碗特别多，白天接待上级和外来的客人，晚上招待来看彩电的村民。他的堂屋就是屯里的总接待室，在弄拉，婆媳不和、兄弟反目和邻里间搬弄是非，极其少见，更不用说打架斗殴、纠纷诉讼了。历史的传统，在形成集体意识方面起到了凝聚和共识的作用。

我把在广西石山地区的考察经历写成一篇8000字的长文《告别贫困》，被《经济日报》7月25日周末版整版刊登。在该文中，我做了如下判断：

看来，当我们着手解决中国农村的贫困问题时，发挥中国经过数千年锤炼的历史传统和美德，也许是一个绝不亚于世界银行贷款的推动因素。

1993
新报刊成为一道风景线

1993年，随着城市市场化改革的深入，新闻变革之风吹进了中国媒体圈。传统媒体中的有识之士渴望走出旧窠臼，其中，一批中青年报人特别活跃。

一系列媒体转型新探索悄然而起。先是体制内的报纸如《经济日报》《北京青年报》开始创办扩大版和副刊；进而一批面向财经、关注社会、尝试纪实主义风格的新报纸、新刊物、电视新栏目，纷纷创立。早期具有代表性的如《中华工商时报》《南方周末》《三联生活周刊》以及中央电视台的《东方时空》，以其面貌一新、贴近读者而大受欢迎。两三年间，新报刊雨后春笋般地破土而出；传统老报改版加页，开拓报道内容，成为各大城市报刊亭的一道新风景线。

海德工作室和《中华工商时报》

那时节，我和几位媒体朋友利用业余时间，搞了一个从事新闻策划和内容写作的"海德工作室"。成员中有《解放军报》原采访部主任、长篇报告文学《唐山大地震》的作者钱刚，《工人日报》国际部主任胡舒立，《中国青年报》副刊部主任杨浪，《人民日报》总编室主任曹焕荣，《半月谈》影视部主任杨力，新华社研究所主任陆小华，国防经济研究会副总干事王东，还有机械部外事局沈刚。放在今天的公关圈，这是不可思议的"梦之队"。工作室由后面两位真正投身操作，我们几个媒体人在工作之余聚会神聊，动口不动手地策划了几个商业传播公关案例，比如中国农业发展银行的债券发行、推动各军工部门出资合办的海南和平实业公司等。

在北京，一份刚刚创办的报纸——《中华工商时报》——异军突起，这份隶属于全国工商联的报纸，打破当时中国报纸一般只有四个版的惯例，变成了内容丰富、版式悦目、多达20多版的厚厚一沓，成为当时经济界人士和企业家人手一份的报纸。该报由曾任《经济日报》副总编辑的老报人丁望担纲，旗下聚集了一批中青年才俊。我当时正在尝试写作转型，为该报撰写了多篇全景式产业报道。

一头白发的总编辑丁望，思想活跃，视野开阔，充满活力和亲和力，比年轻人还年轻。我们是忘年交，平时我直呼他老丁。

一天，老丁约我去报社交谈，说是作为中国媒体开放的一次尝试，有关部门同意报社和一个海外传媒大集团谈投资——这是中国报业的一次首创。编辑部将进一步扩大规模，并且设立国内、国际两个首席记者，全力追踪国内外重大新闻热点。国际首席记者已确定由报纸创办时的骨干胡舒立担任，老丁希望由我来当国内首席记者。

胡舒立和我是在海德工作室最相互认同的朋友，也是我认识的最有新闻追求和才华的中国女记者。她个子娇小，语速极快，浑身上下透着精力无限，始终保持着挖掘新闻的亢奋。她刚刚在美国斯坦福大学做了一年交流学者，以一本《美国报海见闻录》为中国媒体人了解西方新闻运作模式做了启蒙。

当时中国已经启动加入世界关贸总协定（1995年1月1日改称

世界贸易组织）的谈判，世界关贸总干事首次来华访问。身为《中华工商时报》记者的胡舒立虽然获取了此前仅限于新华社、《人民日报》和中央电视台等官媒的采访权，但她不满足于只做一些程序性报道。她不知从哪里打听出总干事的最后一天日程是登长城游览。就一大早等在酒店门口，在车队启动的一瞬间，她拉开总干事的车门跃身坐进去，并自报家门。活动主办者要拦已来不及了。在去八达岭长城的一小时行程中，她用英文进行了有问有答的深度采访。第二天《中华工商时报》用半个版刊登了她写的专访。这是中国媒体对入世谈判最早、最翔实的阐述。

更具有里程碑意义的，是胡舒立见证了1992年4月在新加坡举行的汪辜会谈。汪辜会谈，因提出事后多年来两岸热议的"九二共识"而载入史册。

谈判期间，她活跃于大陆和台湾双方谈判代表团的驻地，日夜不间断地与各层级的人员提问聊天。她的活跃，让几乎所有人都把她当成台湾或香港记者。她每天传回关于谈判的大量消息和特写，让《中国工商时报》一时洛阳纸贵，文字和报道多到她回国后立刻就辑成了一本书。

对于丁望老前辈的邀请，我很感兴趣，也很动心。老丁很高兴，对正好有事来找他的证券评论员钮文新说：好消息，安定也要来和我们一起干了。

但是当我向国内部主任闵凡路提出调动的打算时。老闵一口回绝：安定，你不要动，还是留在新华社有前途。显然，根据他的经验判断，《中华工商时报》作为媒体，引入外资的计划最后难以实现。后来的情形也确实如此。而且我也很快知道，老闵对我另有安排。

《新华每日电讯》首任经济版主编

在这次报刊改革的风起云涌浪潮冲击下,新华社办报的冲动再次被激发。《新华每日电讯》这一报纸应运而生,于1993年1月创刊。

《新华每日电讯》总编辑由国内部主任闵凡路兼任,我和农村组的王海征被任命为经济版主编,政治组的陈雁被任命为政文版的主编。大家开始筹划这家用《新华社新闻稿》的刊号改版的报纸。

在这之前,《新华社新闻稿》是一本印在白报纸上的八开印刷物。目录就印在封面上,分为国内新闻、国际新闻、对外新闻三大部分,一天一厚本。按照新华社每天播发新闻的先后顺序一一罗列,变成铅字留存。到了90年代,随着计算机的应用,纸质电讯稿的保存查阅功能已被取代。

《新华社每日电讯》是一家有些另类的报纸,内容全部选自新华社发布的新闻稿,没有一条报纸自采稿件。一开始没有总编室,版面各自为政。我这个经济版主编是个光杆司令,创办期由当时国内部工业、农业、财贸组的编辑记者轮流到新华社印刷厂上夜班,从电脑排版学起,充当排版编辑。

真正属于我自己所做的一件事,是请了当时在报纸版式改革中颇有心得的杨浪(《中国青年报》《三联生活周刊》主编)和陈西林(漫画家,《中华工商时报》的美术总监),参与设计了《新华每日电讯》试刊的版式。此前,他们参与新华社在1992年奥运会期间发行的第一张市场化小报《奥运快报》策划并获得好评。我一向把形式的重要性视为丝毫不亚于内容。我们苦战了一周,终于把版式风格固定下来。与当时的大报相比,我们别具一格,如标题用清一色黑体字,文字全部横排,取消区隔用线,尤其是繁复的花边。整个版式显得清新悦目。我心中对标的是美国唯一的彩色全国性对开日报——《今日美

《中国青年报》的杨浪和我设计
《新华每日电讯》试刊的版面

国》。这一版式特征基本被今天的《新华每日电讯》所延续。

但是我骨子里其实是不赞成通讯社办报的。真正干起来,很快就发现了通讯社办报的弊端:所有报纸不论大小,都有一个内容主题和版面语言的统一。如同办一桌菜,无论豪华的酒席还是家常便饭,都要有头盘,有主菜,有汤水,搭配着安排。而通讯社发出的新闻稿,以信息量为重,是供给各媒体选用的半成品。虽然可能是一道道硬菜,彼此之间却无逻辑联系,因此罗列到一起,难以形成一个有灵魂的版面,却成了一个没有指挥的乐队。

特别是办报最初的体制是国内部所有的编辑记者轮流去当版面编辑,疲于奔命,且不专业。

两三个月以后,《新华每日电讯》一开始的模式撑不下去了。只能另招人马独立组建一个局级机构,配备了总编室和各版面的排版编辑,成为一个没有任何自采内容,只选用新华社发出的新闻稿的"全国性大报"。由于和我的新闻理想渐行渐远,我果断地结束了短暂而无奈的办报尝试,回到工业组,继续我钟爱的记者行当。

来自计委大楼的报告

1993年7月20日,《人民日报》用第2版头条通栏位置发表了署名新华社记者李安定的长篇通讯《来自国家计委的报告》。这篇通讯也在当天全国所有的报纸电台显要位置刊登和播出,成为党的十四大认可社会主义市场经济以来,体制转型的一次形象诠释。

50年代,在北京古城的西边集中规划建设的新中国第一批政府建筑物中,灰砖绿瓦的国家计委大楼,堪称厚重、庄严的典范,充分表现了它的职能特色。照搬苏联的计划经济模式,第一次把当时六亿中国人的社会经济生活纳入了一个空前严密的计划体系。大到作为新中国第一批重点项目的立项审批、涉及国民经济的钢煤粮棉的生产安排和调拨,小到一般日用品,比如全国妇女所用的发卡的产量和所需钢材,计划都从这里作为指令下达。人们公认的一个形象说法是:计划就是法律。

1993年一个春日的下午,两辆黑色轿车鱼贯驶入已经显得十分拥挤的国家计委大院。国务院副总理、上届国家计委主任邹家华和刚刚获得全国人大任命的继任者陈锦华相继走进国家计委大楼,开始了他们的工作交接。

改革开放已经十五年了,日积月累,水滴石穿,人们看到指令性计划大幅度缩减,行政性手段逐渐弱化,取而代之的是指导性计划广泛运用，经济手段与法律手段得到重视。计划系统也从垂直联系，转为纵向横向和交叉多方位格局。以市场为主的经济社会活动越来越显示出它强劲的生机和活力。

走进国家计委大楼，你会发现这里人们最关心的就是计划工作的新定位。

陈锦华在就任当天接受我的采访时说，国家计委的新定位就是在社会主义市场经济的体制下，参与加强和完善国家宏观调控体系。

为写这篇通讯，我采访了一批国际经济专家，他们普遍谈到西方发达国家和"二战"后的新兴国家都在搞市场经济，搞得成功的国家有一条共同经验，就是都有一个强有力的宏观调控体系。有英美运用财政金融手段调节总需求，实施反周期的"新古典主义市场经济"；有日本、韩国的以指导性计划和产业政策把控的"政府主导型市场经济"；以及一些欧洲国家偏重总量调节和社会保障的"混合型改良型市场经济"；可以肯定地说，不搞宏观调控，经济能够正常运行的先例是没有的。

陈锦华说，过去在物资短缺情况下，计划经济管指标，发票证，做调拨。这些方法已经不适用了，要用新办法，要研究市场的价值规律、竞争规律、供求规律以及反映这些规律的法律和法规，从这个角度来研究和发挥各类市场在资源调配中的基础性作用。

在通讯中我不无浪漫地说，国家计委大楼大门两侧挺立的武警战士表明，这里依然是主导国民经济和社会发展的庄严综合部门，然而，在这座7层大楼里工作的老专家，或是朝气蓬勃的年轻人，却普遍具有一种变革而奋进的心态，改革开放的大潮把他们推到了社会主义市场经济崭新的历史前沿。

这篇文章当时影响很大，我记得一次在会议上见到国家经委主任王忠禹和副主任陈清泰时，王主任对我说：安定，哪天你来我们这里，也写一篇《来自国家经委的报告》。

然而历史的进程表明，计划与市场、审批与放权，孰强孰弱的博弈始终没有消停。

即使后来国家计委改制成为国家发展改革委，重要项目的立项和价格的审批权依然牢牢把握在手里。有时绝对的权力往往带来绝对的腐败。我记得国家物价局曾是一个侧重监控的清水衙门，并入国家计委后，改组为价格司。当时的司长是我跑物价局时的老朋友，他对我在90年代初鼓吹轿车私有化不以为然。他曾经当我面，请来两位年轻处长，让他们自报工资收入，都只有三四百元，他让我算算要多少年才能攒钱买得起一辆轿车？可是二十年后，执掌国家重要物资价格审批权的价格司成为贪腐风险最高的地方，一任任司长、处长先后落马。

当然，这些都是后话了。

1994
让世界听到延安的声音——我的姑父林迈可

长期以来，海外关系一直是我和家人头上的一把剑，因为姑父林迈可20世纪40年代在延安的工作，在"文革"中被造反派无端怀疑是英国特务，逼我父亲交代。而能证明他清白的中外人士当时在大陆都失去了自由，无法证明或证伪，使问题更加严重，这让阿爸和我们兄弟吃尽了苦头。

我的姑夫林迈可1909年生于英国的一个贵族家庭，1994年12月去世于华盛顿。

改革开放以后，林迈可重新被誉为对中国抗日战争、对中共早期通信建设做出卓越贡献的国际友人。他和我的二姑姑李效黎多次被对外友协邀请来中国访问和居住。

2015年，中国国家主席习近平访问英国，应邀在英国议会做讲演，在回顾两国人民的友谊时，他特别赞扬了一位"英国议会上院议员"为帮助中国抗日战争做出的杰出贡献。他提到的名字就是已故的"林迈可爵士"。

1986年，在北京大学勺园，坐在桌边写作的林迈可

穿上了八路军军装的洋教授

姑父林迈可的父亲任牛津大学贝利奥尔学院院长多年，受封男爵。姑父于1952年继承了爵位，并曾担任英国上院的议员。但他很不看重贵族的身份，晚年和二姑姑李效黎定居美国，在华盛顿大学做教授，过着并不富裕的平民生活。

林迈可1937年12月和白求恩大夫同船来到中国，应校长司徒雷登邀请，在燕京大学任教。他同情和支持中国人民反抗当时日本的侵略，1941年珍珠港事变后被聂荣臻将军的晋察冀部队护送到延安，先后担任八路军的通信顾问和新华社英文部的创始人，与毛泽东、朱德、周恩来等领导人有着密切的交往。

1954年，林迈可和二姑姑随英国工党领袖艾德礼访华，周恩来总理会见了他们。那时候我还是个孩子。

1962年，他们再次要来北京探望年逾八十的爷爷，路过香港时，林迈可发表了批评国内灾荒的言论，被拒绝入境。从某种程度上说，林迈可应该是中共的一个诤友，1944年离开延安的时候，他写了一篇四五十页的文章《延安哪里有缺点》，直接送给当时的最高领导层。

1983年5月，二姑姑李效黎和姑父林迈可在"文革"后以探亲身份来到北京，住在北礼士路我们的新家。居委会的大妈们跟脚就来了，让我带他们去北池子的市公安局外事处办理了临时户口。

住在我家时，林迈可已经76岁了，背有点弯，可以用比较慢的语速说中文。他不善交际，但是对人特别真诚，跪在地上和蛮蛮一起玩玩具汽车。他喜欢吃姆妈和元做的中国菜，但是他随身带着一大瓶雀巢咖啡和一瓶咖啡伴侣，每天早晨要冲一大杯咖啡喝。

1986年夏天，应中国人民对外友协的正式邀请，他们再次从美国来北京，这次被官方安排住在北大的勺园。他们在晋察冀和延安时的战友杨成武、吕正操、萧克等重新回到领导岗位的老将军为欢迎他，多次举行聚会。重新承认林迈可夫妇是对中国革命有功的外国友人，这在当时也是一种拨乱反正。

他们的外孙女苏珊正在哈佛读最后一年，显然受了姥姥、姥爷的影响，也在这时到北京大学来学中文，后来她担任了美国第三大新闻杂志《美国新闻与世界报道》驻北京的首席记者。虽然她是个金发碧眼的姑娘，但是她能完全融入中国文化。她不但能够陪同她的总编辑在1990年采访江泽民总书记，也能替我的大姑姑去居委会申请补发丢失的副食购货本。

我喜欢和姑父林迈可聊天。1986年他们住在勺园的时候，我拿了一台索尼采访录音机记下他的讲述，写了一篇很长的专访《让世界听到延安的声音》，发表在当年第11期新华社《新闻业务》上。

二姑姑李效黎是爷爷最小的女儿，有着泼辣而倔强的性格。在太原上中学的时候，因参加抗日活动不得安生，被阿爸把她和爷爷奶奶

1942年，身穿八路军军装的林迈可夫妇与晋察冀军区副司令员萧克、程子华等将领合影

聂荣臻司令员抱着林迈可夫妇生于晋察冀的大女儿艾瑞卡

1994 让世界听到延安的声音——我的姑父林迈可

245

一起接到北京同住。后来二姑姑考入燕京大学。1938年春天，当时燕京大学的校长司徒雷登从英国牛津大学请年轻的经济学教授林迈可来中国试办导师制。他从在校生中招了八个学生，二姑姑是其中唯一的女生。后来他们结婚，证婚人是司徒雷登。

在燕京大学执教之初，林迈可两次利用假期访问了晋察冀边区的大部分地区。决心帮助中国人民反抗日本法西斯的侵略，他开始为游击队采购药品和无线电器材，并且用他在业余爱好中积累的丰富无线电学知识，为晋察冀根据地制作了一部功率最大的电台。

1941年12月7日，林迈可从短波收音机里听到太平洋战争爆发的消息，立刻和新婚不久的二姑姑离开燕园，奔赴平西根据地萧克将军的总部。走后十分钟，日本宪兵就冲进了他们的家。

他们辗转来到晋察冀军区司令部，本来林迈可是要去重庆继续担任英国大使馆新闻参赞的。聂荣臻司令员恳切地希望他来帮助改进部队的通信工作。当天晚上回到住处，林迈可对已经怀孕的二姑姑说："我已经答应留下来，我觉得这儿实在缺乏技术人员。当然不论我们到重庆，或者到印度、英国，我都要做抗日工作，可是我觉得留在这儿更有用。"

此后三年，身穿八路军军装的林迈可，走遍了晋察冀每一个军分区，把分区的无线电台重新改装得灵敏轻便。林迈可建立了无线电学校，培训了晋察冀根据地几乎全部电台机务人员。翻开解放军出版社出版的大部头通信兵的军史，林迈可的名字多次出现在最早的篇章中。

他让世界听到了延安的声音

完成了晋察冀边区全部电台改造之后，林迈可1944年5月到达延安，一星期后，林迈可全家应邀去杨家岭参加一次晚宴，毛泽东和周恩来在山坡上亲自欢迎他们的到来。林迈可清楚地记得，晚宴上毛泽东不停地抽烟，说话很慢，语音低沉，他指着林迈可夫妇1942年10月在晋察冀平山县出生的女儿艾瑞卡说："她会喜欢这个地方的。"他详细地询问了林迈可在中国的经历，然后说："你能和我们一起过这种艰苦的生活，我很感动。我们能够得到你帮助打日本人，是一种幸运。"

又过了两天，第十八集团军总司令朱德将军和参谋长叶剑英请林迈可到王家坪去，朱德请他参观了自己的菜园，还拔了几颗生菜送给他。回到朱德的办公室，他们讨论了林迈可今后的工作安排。林迈可说，我在华北看到的一切，使我觉得当下最迫切的问题是打破新闻封锁，让世界听到延安的声音。在海外，人们几乎听不到华北地区抗日斗争的任何消息。即使英美的外交部也得不到华北地区共产党军队抗日的确切情报。

为了把延安的消息发出去，林迈可建议，应该首先造一台好的无线电台，他经过仔细计算得出结论，只要建一个好的定向天线，就可以把电波发到美国西海岸。

朱德和叶剑英都很欣赏这个想法，过了几天林迈可收到一封由朱德签署的、盖着总司令部大红印章的聘书，聘他为"第十八集团军司令部无线电通信顾问"。

5月底的一个早晨，三局局长王铮和晋察冀的老朋友钟夫翔（80年代，他们两位分别任四机部部长和邮电部副部长）来接林迈可到中共最高机要通信机构三局去，立刻动手设计新电台。

在随后的两个月中，林迈可每天都要去三局。交际处给他准备了一匹马，但是他的过敏性体质一接近马就会哮喘发作，结果只好每天步行十公里去三局工作。

两个月后，一台发射功率为600瓦的电台做成了。这样大的机器比起晋察冀那时的20瓦发报机来，真算是技术突破了，但是能否把

林迈可与朱德总司令 1944 年 5 月在延安

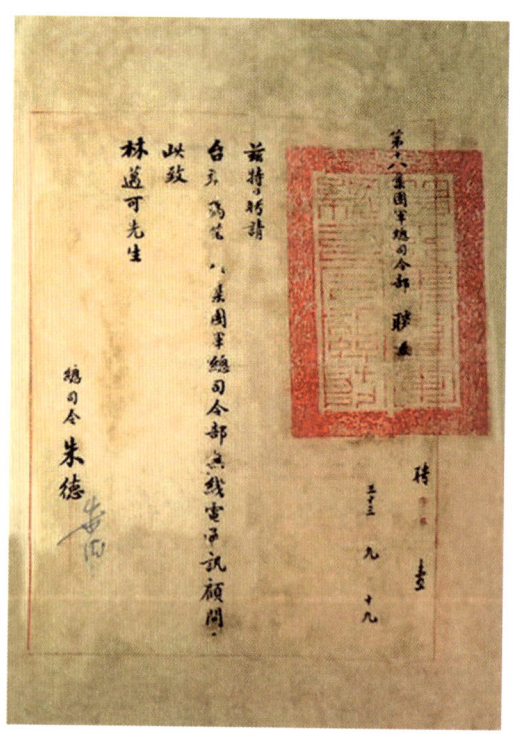

朱德总司令为林迈可签发的聘书

电波清晰地传到海外，人们还难以确定。

林迈可在众人的疑惑中开始设计一架大型的定向天线，通过跨越几座山头的两根天线形成的一个 30 度的夹角，发出的电波将比全方向天线扩大 12 倍，当时他们选定的方向是美国西海岸的旧金山。

他找到一台破旧的经纬仪，裹着棉衣，顶着陕北高原袭人的夜风在山上等待北极星的亮起。再根据北极星的方向，计算出天线的正确朝向。

不久后，美军观察组来到延安，他们说新华社通过定向天线发出的新闻，在美国西部可以收到。通过那里的报纸刊物，中共领导的军队在华北抗日的消息开始在美国和欧洲传播。稍晚，又传来消息，地处与美国不同方向的印度加尔各答，也收到了新华社的新闻。

圆满完成了这项重大技术创举之后，在周恩来安排下，林迈可从三局转到新华社工作，负责刚刚组建的新华社英文部的英文稿件最后的审定。1944 年 8 月 8 日，新华社英文部开始试播。当时新华社的社长是博古，分管英文部的副社长是吴文涛，一些重要稿件都是林迈可和他们一起选定的。

1944 年 9 月 1 日是新华社一个重要的历史时刻。英文部正式开播，最初每天发稿五六篇，相当于中文两三千字。

在英国驻华使馆做过新闻参赞的林迈可主张对新华社英文稿件增加背景和解释性材料，以适应外国读者的需要。他强调用可靠的事实讲话，叙述的口气要公允平直，避免过激的语气和谩骂。他说：我们是为那些对中国形势不甚了解，甚至抱着怀疑敌视态度的读者在写作。他特别注重事实的核对，有时为了一个歼敌数字打电报去分社核查；事实模糊的稿子，他宁可割爱也不发。

林迈可作为三局和新华社的顾问，每个月的津贴可以买四斗小米。二姑姑效黎在外语培训班教英文，每个月的津贴可以买三斗小米。

林迈可 1942 年拍摄的新华社英文部,这是新华社在延安窑洞里工作的最早影像留存

林迈可与延安新华社的同事沈建图、吴文涛、陈庶

延安的生活虽然艰苦，但是充实而愉快。他们常常应邀参加各种舞会、报告会，看京剧和歌舞剧演出。他们结识了中共领导人，也和马海德、米勒、傅来大夫等外国人成了朋友。在延安的生活中，他们还添了一份欣喜，1945年1月，在白求恩国际医院，儿子吉姆出生了。

1945年5月，中共第七次代表大会在延安召开期间，传来了德国投降的消息。大家都坚信，把日本侵略者赶出中国的日子已经不远了。那时，新华社英文部不但每天编发新闻，而且还翻译了一些重要的文件供出版。比如毛泽东在七大上所做的《论联合政府》的报告，是林迈可和同事们用了三四天的时间，逐行逐段进行讨论，突击翻译出来的，这也是《论联合政府》最早的英文译本。

8月15日清晨，日本投降的喜讯传来。林迈可走出窑洞，二姑姑带着睡眼惺忪的艾瑞卡和吉姆也出来了。一支支举着火把的队伍，在震天锣鼓声中从山谷对面涌来、交会，让林迈可这个全身心投入中国人民八年抗日战争的英国人热泪盈眶。

日本投降后，中国并没有能够得到和平。1945年底，内战危机已迫在眉睫，林迈可觉得他当时应该做的，是尽快回到祖国去，向英国人民解说中国的局势，帮助制止中国的内战。

在林迈可一家离开延安前夕，毛主席设宴为他们饯行。

林迈克经过重庆取道印度回到英国后，始终以一颗坦诚的心关注着中国人民的解放事业，关注着新华社的发展。1946年他从美国麻省写信给新华社，提出了一些批评意见。他说："新华社的军事报道往往是一些不连贯的战事，不能给人一个完整清晰的印象。只报自己的胜利，不报失利。结果是人们不相信。即令报道的事实是正确的，但是看上去让人觉得这是宣传家特别挑选的有利于自己的事实。"

新华社总社很快将林迈可的意见通报各分社并加按语："林的意见堪称中肯，甚多切中我们工作中的若干弊病，足资我们改进工作借鉴。"

1954年，当吴文涛访问英国时，林迈可取出自己珍藏的英文部在窑洞中工作的照片，送给他和新华社作为纪念。这也是新华社80年历史中，留存的在延安窑洞里工作的唯一照片。

可敬的家人：耿直与朴实永存

姑父林迈可是一个英国人，还是一个贵族。但是和李将军府老一辈家人一样，有着一种耿直而朴实的本分。

虽然林迈可在晋察冀和延安都工作过，可是他却对晋察冀怀有更深的情感，他对我说过他的感受：越是靠近前线，工作效率越高，人际关系越真诚，官僚主义越少；而在延安，人们似乎很少对上级的决定提出批评。尽管事实上领导人可能是乐于接受批评的。

他举了个很有趣，且有史料价值的例子："我们初到延安时，不同单位各自使用中国东部和中部的不同标准时间，而延安地方政府则在院子里安了一个日晷，时间是以太阳移动而决定的。不同标准当然引起了混乱，中共中央在《解放日报》发布公告，规定延安标准时间一律以这个日晷为准，理由是这样做更接近当地群众。人们私下都抱怨这一决定无法执行，但是由于决定是中央做出的，没有人公开反对。我想我不该受这种上下级限制，于是写一封信给毛泽东，指出当今世界通行的是标准时区的办法，又说明了使用日晷的种种不便，结果毛泽东派人打电话给各单位，询问采用什么样的标准时间最好？几天后《解放日报》登出了一条新通知，规定延安一律使用所在时区的时间，即中国中部标准时间，毛泽东并复信给我，感谢我提的意见。"

作为中共的挚友，尽管晋察冀和延安的战友们在"文革"中纷纷被打倒，林迈可仍然于1973年在英国出版了大型图片集《鲜为人知

1945年6月林迈可夫妇与生在抗日根据地的一对儿女在延安清凉山前留影

1945年11月29日一家人回到英国父亲家中,记者上门拍下这张照片,身上还是延安的装束

1994　让世界听到延安的声音——我的姑父林迈可

1986年,母亲、林迈可夫妇及其外孙女苏珊与我们一家合影

的战争:华北 1937—1945》。这本书以他在华北战场用一台蔡司依康相机亲自拍摄的大量珍贵的历史照片为基础,另加文字评述,以一个外国亲历者的身份,向世界介绍了抗日战争期间中共在华北、在延安领导人民开展抗日战争的生动史实。这本亲历者撰写的"有图有真相"的珍贵史料出版后,引起了国际上研究第二次世界大战历史的学者们的广泛关注。

1987年7月7日,全面抗战爆发50周年之际,这本书的中译本《抗战中的中国》出版。新华社和中央电视台还报道说:中国人民的老朋友林迈可把他拍摄的一批珍贵的抗日战争历史图片,捐赠给中国革命博物馆。黄华副委员长出席了捐赠仪式。

1994年姑父去世后,对外友协和国管局在北京方庄给二姑姑安排了住房和医疗。二姑姑李效黎2006年秋天在北京去世。

这些年关于林迈可夫妇的生平研究,成为一些机构和院校的热门。2017年8月15日,林迈可李效黎纪念馆在我家的祖籍之地——今山西省吕梁市离石区——建成。但是我从来不参与关于这位"国际友人"的纪念和研讨活动。在我心目中,他们只是两位可敬的家人。

1995
母亲走了，她曾撑起一个家

1995年2月和6月，我第一次先后赴美国和德国采访，回来把见闻讲给因患青光眼近乎失明的姆妈听。尽管此前通过影视、书籍，我对于欧美并不陌生，但是身临其境的感受，更加强烈而直观。

美国洛杉矶并非雾霾漫天，冬日蓝天下，棕榈树簇拥着好莱坞落日大道，人们开着敞篷车在飞跑；在德国画满涂鸦、已经成为断壁残垣的柏林墙边，不时驶过当年东德的"特拉比"微型车，简陋到车门都是硬纸壳做的。

FCC难圆百姓轿车梦

1995年6月，我和《人民日报》记者曹焕荣等几位中国媒体人第一次采访奔驰汽车公司，日程安排高潮迭起。

参观奔驰博物馆时，馆长凯尔博士邀我一起坐上1886年卡尔·奔驰发明的世界第一辆汽车，在展馆里几十辆历史名车中间梭巡了一圈。从这辆"世界第一车"开始，其后多年，我成为开过奔驰历史名车和最新车型最多的中国人。

接下来，我们参加了第四代"圆眼睛"奔驰E系列轿车的首发仪式，并从斯图加特到爱因斯坦故乡乌尔姆，进行200公里的媒体试驾。前后仿佛穿越了110年。

在斯图加特的奔驰新工厂，比起智能平台组成的总装线，对我更具有冲击力的却是另一件事。为了不破坏当地昆虫的生存习性，新工厂建造之前，曾专门请昆虫学家配合灯光设计师，安装了一种不打扰昆虫生态的室外照明。

在斯图加特下奥克因的环形试车场，奔驰为我们安排了一项特别体验。跑道边停放着一辆小型单厢轿车，正是那辆曾在北京车展上引起轰动的FCC。

1994年4月，中国政府公布《汽车工业产业政策》。第一次认可了在中国私人购买汽车的合法性，虽然没有任何轿车进入家庭的实施细则，却也吸引了汽车跨国巨头们把目光投向中国。

年底，"94北京国际家庭轿车研讨展览会"在国贸中心举办。奔驰公司展出了针对中国老百姓开发的FCC——这是中国家庭车（Family Car China）的缩写；与其遥相呼应的是，保时捷公司展台上的另一款瞄准中国家庭开发的轿车取名C88——"中国发发"，为百姓讨个口彩。

所有跨国汽车厂商都以背水一战的气魄，不惜重金针对中国市场进行研发。他们看中的不是那几十万辆官员车，而是瞄准上千万户百姓家的潜在需求。其长远打算，自然是为了在这个世界上潜在的最大市场中占有一席之地。

事后看来，研讨会只是应付跨国公司渴望进入中国的虚晃一枪，没有一家公司接到在中国生产家庭轿车的"绣球"。

下奥克因试车场上，FCC开发小组的负责人艾力逊先生把车钥匙递给我——当时我是同行记者中唯一有驾照的，请我以一个中国记者

恐怕我是首位开过"世界第一车"的中国人

我刚在环形跑道试驾了奔驰为中国老百姓开发的 FCC 唯一的原型车

的眼光对FCC做一番评价。

系上安全带，我开车驶向跑道，方向盘很轻，1.3升发动机对于这辆小车来讲动力十足。我很轻易地超过了两辆在跑道上做例行实验的轿车。FCC虽然车身小巧，可是时速超过120公里时并不飘。在第二圈冲向弯道时，我并没有减速，想感受一下冲上弯道外侧30度坡道的滋味。果然，车窗外的地平线陡然倾斜起来，"飞车走壁"对一辆性能优越、高速行驶的轿车来说，并不是什么挑战。然而，后座的曹焕荣事后告诉我，看见弯道上粗重的水泥护墙排山倒海般地压过来时，他的确捏着一把汗。

我把车开下跑道，大家围过来，艾力逊先生竖起大拇指："你开了奔驰公司最昂贵的一辆轿车。"原来，研制一款新车型，奔驰一般会造出十几辆样车供实验测试。然而FCC是奔驰只造了一辆的原型车，所有的开发费用都集于一身，价值高得无法计算。

FCC脱胎于奔驰将于1997年才推出的A系列单厢轿车。遵循"三明治"设计原理，它的车身地板分为上下两层。发动机、变速箱、悬架都被容纳在下层空间里，使上部空间足以与中型轿车媲美。这样的设计还使FCC成为最安全的车型，当轿车发生正面碰撞时，一个巧妙的装置使发动机和变速箱滑到乘员室下方。奔驰为适应中国人的收入水平，做了许多改进，力求把FCC价格控制在1万美元之下。

谁说德国人古板？奔驰作为世界最牛的豪华车品牌，一个新的、潜在的普及型家庭车巨大市场初见端倪，他们立刻做出决断与反应，而且反应得如此机敏而有诚意。

遗憾的是，当时没有中国政府的批准，奔驰不可能在中国找到一家企业合作生产家庭轿车。以后多次访问奔驰，我都再也没有见到这辆可爱的FCC。

无论如何，打开世界的大门，中国人和家庭轿车越来越近了。

1981年的全家照,安平、我、安宁三对夫妇和两位孙辈都围在我母亲的身旁

母亲,坚强而内敛的一生

1995年11月5日,我的母亲朱新华因患急性胰腺炎引起的全身器官衰竭,在医院里住了四天后就平静地离开了我们。母亲生于1912年7月,是民国年号启用的元年。

姆妈走得实在太突然了,她去世前一天晚上,我在床边陪了姆妈一夜。她跟我说,她觉得特别累。我攥着她的手说,那就放宽心好好睡一觉,我在这儿陪着你。第二天,白天大部分时间她一直昏睡着。偶尔睁开眼,看看周边的亲人,好像很放心地又睡了过去。

傍晚,姆妈的呼吸越来越急促和费力,然后渐渐地平复下来,床边的心电图监视器上慢慢拉出了一道绿色的横线。她走得十分平静。安平、我、从美国赶回来的安宁,以及元和蛮蛮,全家都在她身边。我始终没能接受,姆妈已经离我们而去。直到捧回一个小小的骨灰

1995年11月5日83岁的母亲去世了

盒,我才越来越感到,今后没有母亲的世界,日子完全不一样了。

即使当年阿爸还在,姆妈也是家里的主心骨。小时候,我印象中姆妈比阿爸严厉;但是阿爸走后,我从姆妈那里感受到更多的慈祥。

在上海时,姆妈做过上海中国银行系统家属委员会的委员长,上海市长宁区人民代表。到北京后,她通过严格统一的资格考试,担任了北京第六十二中学的数学老师、教研组长。学校与北京芭蕾舞团一墙之隔,但是那时候还是北京城南的城乡接合部,她几乎每周都要去棚户区和农村做家访,给那些工农子女补课,晚上往往都是10点以后回到家。学生们都非常爱戴她。在"文革"中,大多数中年以上的老师都难逃被批斗的厄运,但她教过的已经毕业离校的学生却相约主动回到学校保护她,这在当时十分罕见。

对待一切人,姆妈永远是笑眯眯的,无比谦和。顾元的母亲经常来看她,两个老太太很谈得来。每次都是丈母娘谈笑风生,而姆妈总是凑趣地睁大眼睛聆听，有些"天真"地表示惊喜或是附和。

姆妈的坚强内敛超过一般女人。1971年1月爸爸在河南去世的当晚，接到贸促会的电话通知，她正忙着收拾东西，准备去河南息县的外贸部干校。这时候，邻家一个小伙子过来聊天，谈起贸促会开始启动办理退休的事。姆妈不动声色地坐下来陪他说话。小伙子看见床上行李袋，不经意地问起，姆妈才说，李效民去世了，安宁正从大兴农村往家赶，今晚就要去河南。

小伙子大吃一惊，后来钦佩地跟我说，想不到老太太这么坚强，不动声色，把悲痛控制得一点儿都看不出来。

当时安平正在"牛棚"监督劳动，工厂造反派不让他前去奔丧；我在遥远的云南兵团，赶回来路上要用十多天。只有姆妈和安宁去干校为阿爸料理完后事。回到北京，姆妈镇定地支撑着这个家，白天正常到学校上班，在外人面前没有流一滴眼泪，也没有向贸促会提过任何要求，连抚恤金都是后来阿爸被彻底平反后补发的。

即使在"文革"中，我们家也从没有当时很多家庭出现的亲人反目、相互揭发，甚至子女在批斗会上殴打父母的不伦之事；反而更加相互关心，相互抚慰。家，就是一个温馨的心灵港湾，姆妈就是撑起全家的主心骨。

姆妈的父母都是浦东川沙县（1993年并入浦东新区）人。外公朱建璋的父母早逝，由亲戚黄家抚养，与教育家黄炎培以表兄弟相称。外婆顾韵慈知书达理，长外公一岁，两个人一生相敬如宾。外公由清政府公派就读日本帝国大学，是第一代学习兽医科细菌防疫的中国学生。姆妈的童年在日本度过，是外公、外婆的掌上明珠。外公回国任陆军兽医学校校长，一生在外奔波，外婆则在家操持家务。1949年后，外公就任解放军总后勤部军马卫生研究所传染病研究科主任。外婆慈祥且善良，晚年一直住在我家帮助姆妈照顾我和安宁兄弟。外公工资很高，每月交给外婆的钱大多补贴了我们的家用。

寒暑假时，外婆带我和安宁去位于丰台的研究所小住。研究所大院的孩子很好客，带我们在大片的苜蓿地里疯跑，在杨树林里捉知了。外公喜欢喝度数很高的白酒，吃饭时我老缠着外公把酒点燃给我看。也许正是喝酒加重了他的心血管疾患，1961年12月11日早上，外公突然发病，被救护车送到301医院，却没有抢救过来，享年只有72岁。

我的二舅朱新美回忆，由于外公对军事医学的贡献，尤其是在朝鲜战争中作为专家亲赴前线进行细菌战的调查，总后勤部部长洪学智将军特别要求，朱建璋的追悼会上由军乐队现场演奏哀乐。外公的骨灰放在八宝山革命公墓，是我国入选《军事医学词典》仅有的两位兽医专家之一。

我有三个舅舅和一个小姨。小姨夫张洪模是穆斯林，和我特别亲近。他的父亲张秉铎是新版《可兰经》的翻译者、伊斯兰教协会的副会长。舅舅和小姨都比姆妈小许多，对大姐很敬重。

外公去世不久，外婆于1962年9月30日傍晚也因脑溢血在阜外医院去世。我和安宁都是外婆带大的，感情特别深。

姆妈毕业于北京女子文理学院经济系。1935年夏天，在北京欧美同学会和父亲结婚，主婚人是梅贻琦。父母在一起生活了三十五年。阿爸总是不断地离家去远方工作。姆妈留下来收摊子，带着老老小小一大家人从北京到天津，到重庆，到上海，再到北京。姆妈在哪里，哪里就是我们的家。

1971年，阿爸去世后，家里收入最主要的支柱没有了。1974年我回到北京当中学老师，1976年结婚生子，一直和姆妈一起生活。我们两口子当时收入低，每月交给姆妈的钱也很少。姆妈的退休金，全都搭进家里日常开销里去了。但是她从来没有说过一声钱不够用，精心地把一家人生活安排得几乎看不出有什么拮据。后来我才知道，到了月末，姆妈的退休金用完了，经常要和她儿时的闺蜜凌阿姨借

母亲和孙子李蛮和李思萌

10块钱、20块钱续上。平日中午我们不在家,她就一个人在家吃酱油熬茄子,完全不再是教授女儿、经理太太。

为了补贴家用,她和街道的家庭妇女一起学做一种北京的手工艺——补花,就是用拨针和糨糊把彩色的碎布做成花瓣儿或枝叶,再缝在亚麻布上,做成杯垫、沙发垫,由进出口公司收购。缝一朵花,也就几分钱收入。她一点点攒起来,补贴家用。这是一个很费眼力的精细活儿,姆妈由此患上白内障,后来发展为青光眼,晚年近乎失明。

李蛮出生后,姆妈升级为奶奶。那时候,没钱,也没有地方去请保姆。蛮蛮出生三个月,元回延安,我在山里教书,只能每周末回来一次,奶奶就一个人全天候地照顾孙子。直到一年后,我才能每天回家,晚上接手起来热奶喂儿子的担子。

应该说,李蛮是奶奶拼着老命带大的。为了孙子,姆妈完全牺牲了自己，却从来没有一句怨言。晚年，她的眼睛几乎失明，腿也因为伤痛而行走艰难。李蛮每天放学回家一进门，大声且拖着尾音高叫一声奶奶，坐在一个老旧竹圈椅里的姆妈就会循着声音，高兴得闭不拢嘴。晚饭后，她又在灯下举着放大镜，吃力地睁大眼睛，给蛮蛮检查算术作业。

虽然在我心中留下的永远是感恩与歉疚，但是妈妈的晚年是幸福的，德高望重，儿孙满堂。她也是朱家所有孩子们敬重的姑奶奶。

这么多年过去了，我经常会梦到姆妈。在她八十三年的一生中，太多生活压力，颠沛流离，她全都默默地扛住了。她出生的头一年，中国以最小的流血代价，结束了两千年的帝制，建立了亚洲第一个共和国。随后她目睹了民国初创、洪宪称帝、军阀混战、日本入侵、国共内战，满怀期待地迎来一个日益强大的新中国，以及此后一个接一个的运动和折腾。不管外面阴晴变幻，她和父亲撑起这个温暖的家，把我们兄弟抚育成人，尤其为了蛮蛮，耗尽气力，牺牲了太多，晚年过着清贫的日子，却始终张开两臂，呵护我们。我终身感恩母亲，感恩母爱的伟大。

悲哀而幸运：兄弟安平和安宁

从我懂事，家门上方就一直钉着一块蓝底黄星写着"光荣军属"红字的搪瓷牌。我的大哥李安平不但是解放军军人，而且是解放军哈尔滨军事工程学院的第一期学员。那一代人都知道哈军工的分量，学员大多是部队中的骨干和开国元勋的子弟，院长是大将陈赓。1949年后，安平是上海第一批共青团员，圣方济中学的学生会主席，因此学校领导要求他带头报考军校，他二话不说答应了，以高分被哈军工录取，并且每个学期都因成绩优异而获嘉奖。

学院管理极其严格，五年学习期间寒暑假都不能探亲。只是在1956年夏天，他在内地实习，被批准路过北京时回家住了两晚。陌生的大哥，红肩章，大檐帽，威武神气。

1957年4月，毛泽东主席提出"百家争鸣，百花齐放"，要求民主党派和知识分子"大鸣大放"，帮助共产党整风。不久，鸣放升级，进而逆转。

随后，整风变为反右运动，在全国疾风暴雨般开始。在各地、各单位，右派是有指标定额的。1957年，哈军工的指标没有完成，1958年初又重新"补课"。筛查鸣放记录，安平一年前的两条意见让他入围"右派"。一是他批评苏联的教材是百科全书式的，缺乏完整的体系；二是说系主任只埋头自己补习业务，没有把全系的工作抓好。结果第一条被定性为反苏；第二条定性是反对党的领导。今天听来匪夷所思，但是对安平却是灭顶之灾。

6月，哈军工举行右派分子宣判大会。台上100名右派分子面对大操场上的万名师生，被黑龙江军区军事法庭宣判开除军籍，被院党委宣布开除学籍。恍如晴天霹雳，一切来得太突然、太不近情理。他突发急性肺结核，大口吐血。哈军工的右派分子被双开后，大都被送往黑龙江极寒地区的农场劳改，加上随后的全国大饥荒，不少人客死他乡。安平因突患传染病，改为回原籍安置。安平得以回到北京受到父母的关怀和理解。也许，这场意外的病患，让他捡回一条命。

安平为人特别善良真诚，知识面宽阔深厚，艺术文史、科学技术有问必答，对我和弟弟安宁影响最大。回京后，他被分配到街道搪瓷厂劳动，却成为独当一面的技术骨干。1978年，在当时中央组织部部长胡耀邦主导下，党中央对全国绝大多数"右派"宣布"错划并改正"。安平此后做了北京联合大学机械工程系的讲师直至升为教授，一直被评为最受学生欢迎的教师。1993年他被公派澳大利亚墨尔本大学做交流学者，正好在姆妈去世前回到北京。

1994年8月,安平、安定、安宁三兄弟与李蛮、思萌小哥俩在北礼士路旧宅前

大哥安平的命运,比起无数累死、饿死在劳改地的、被错划"右派"的知识分子来说绝算不上悲惨,而是一个人生二十二年黄金时光被付之东流的荒唐故事。在外人看来,他是一个性格开朗的人,但是精神摧残留下的痛苦阴影,安平始终憋屈在心里,伴随着、折磨着他的后半生。2015年11月,安平因胰腺癌去世。

1989年,临近"不惑之年"的弟弟安宁带着儿子李思萌到美国亚特兰大和妻子团聚,从头学习计算机软件设计,成为一位出色的软件工程师。弟媳周启盈是历史学家周一良的女儿,在美国连续读完硕士、博士,是周家的第三代女博士。

妻子顾元这时候已经做了《中国服装》杂志的主编,正着手把一本以文字为主的纺织部机关刊物,改版为面向市场,尤其是推广国际品牌和时装流行趋势的高端时尚画刊。

我们这些子女也算是事业有成,没有辜负父母,尤其继承了他们那一辈"五四"以来中国文人的风骨和价值观——崇尚科学、民主、进步。我的父亲、姑姑、舅舅们在1949年以前，就选择站在共产党一边。渴望推翻半殖民地统治，建立一个如毛泽东主席在《新民主主义论》中所描绘的屹立于世界民族之林的新中国。做人正直刚正、不趋炎附势；心系国家兴亡，保持平民意识——成为一个世纪以来我们的家风。

1996
不能踏空的台阶

年初，我花了全部积蓄买了一辆两厢富康轿车——雪铁龙最新车型ZX。

母亲生病前，我向神龙公司订购了这辆富康轿车，想开上车拉着腿脚不便、几乎下不了楼的姆妈，在日新月异的北京四九城转转看看。但是车运到北京时，母亲已经走了，留下了无限的遗憾。

第一辆进入新华社工作区的私家车

人生的第一辆车，对我们这代人来说，几乎是圆了一个意外的梦。周末的傍晚，我常带上全家开车去北京植物园。园中十分清静，在翠绿的草坪和周边古老碉楼的映衬下，停在山坡上的银灰色富康在夕阳下熠熠生辉。每一根线条，都显得那么流畅优美，我坐在草地上，像望着心上人，怎么看也看不够。

我是新华社第一批私车族。和我同时买车的，还有政文室年轻的才女记者胡晓梦。我们俩联名给新华社办公厅打报告，说我们的车将用于外出采访，今后不再要求社里派车，因此希望能够得到进入社大院工作区停车的待遇。报告很快获得批准，1996年初，我们成为最早"私车公用"的新华社记者。

随后二十多年，我走遍世界试开了各种品牌的新车和名车，可谓阅车无数，但是我对自己拥有的第一辆富康轿车情有独钟。这辆车是二汽神龙公司同步引进的雪铁龙在1990年全球上市的ZX，当时1.36升铝制发动机、转弯灵便的后轮随动技术、小风阻的水滴外形设计，都在世界处于领先地位。

这年新华社国内部机构变动，采编分开。合并原来的工业、农业、财贸组的采访功能，组建国内部经济采访室。我先后担任经济采访室副主任和主任。作为经采室主任，经过有关方面的政审，我进入相关备案记者名单，负责采访最高领导人参加的重大活动；日常的主要工作是指挥全室记者们采访所有国务院经济主管部门。

我去采访中央最高领导人在京参加的会议、考察活动前，报的都是我那辆银灰色富康的车号"京C-F9630"，然后自己开车前往，再也不用社里交通处配备的奔驰采访专车。无论是去中南海怀仁堂、京西宾馆报道重要会议，还是到中央党校、中央警卫局礼堂旁听省部级干部专题学习班或国务院的形势报告会，一辆尾部短上半截儿的两厢银灰富康车，停在一大片纯黑色的奥迪和奔驰车中间，显得格外醒目。

有趣的是，领导人在北京出行的车队中，也常常有我开着富康的身影。在那条实行交通管制的车道上，前面清一色的奔驰开得飞快，我必须保持相同的车距紧紧跟上。由于"长尾效应"，一个车队的最后一辆车，提速应对最难，驾驶技术必须过硬。也许就因为这一段时间的磨炼，让我后来在参加国内外各种试车活动时所展现的跟车技术，连那些专业进行汽车测试的年轻媒体人都感到钦佩。

底特律：眼见为实汽车城

新年刚过去，我第一次去了心仪已久的世界汽车之都底特律，看车展，访问通用汽车的总部。

底特律北美车展是每年第一个国际车展，美国北方五大湖区的冬天真冷，即使躲过暴风雪，气温也在零下10摄氏度以下。

底特律是美国三大汽车公司——通用、福特、克莱斯勒的总部和主要工厂所在地，这里是流水线的发源地，是现代大工业的真正开端。

以秒为节拍的上千万辆汽车每年从这里驶出，彻底改变着人类几千年来的出行方式，使汽车成为20世纪最重要的人文景观。

车展所在的科博（COBO）会展中心与加拿大的温莎市隔河相望，我们则住在会展中心旁边的皇冠假日酒店。当时美国的汽车业还很红火，稳坐全球的头把交椅。但是早晨从酒店的窗户望出去，城里高楼大厦林立，却是一片死寂，没有人，也没有车。即使坐上挂在楼间的轻轨，车外一座座高楼上也没有灯光，许多窗户上钉着木板，实在有些诡异。

80年代畅销中国的加拿大作家阿瑟·黑利（Arthur Hailey）的长篇小说《汽车城》，原型就是底特律。何等风光，何等繁华。但是在1967年，警察与非裔青年的冲突引发了一场声势空前的种族大暴动，彻底摧垮了经济。大公司和白人居民搬出底特律市区，这里只剩下一座破败而恐怖的空城。

然而当我第二天走进科博会展中心的车展场馆，眼前五光十色、熠熠生辉的世界名车和震耳欲聋的音乐却呈现出完全不同的繁荣景象。

一个多月前，通用汽车刚刚战胜竞争对手福特，和中国上汽签

在底特律通用汽车总部采访董事长史密斯,他看上去像一个好好先生

远处是衰败中的底特律城

约，准备在上海建立一家合资汽车企业——上海通用，生产中高档的别克新世纪轿车。

展会期间，我们被告知，通用汽车董事长兼首席执行官约翰·史密斯（John Smith）将在他的办公室里会见中国记者。

当时通用总部还在底特律市郊，三座并排建于1927年的花岗岩大楼里，大门前巍峨的圆柱和大厅穹顶上精美的绘画，使大厦更显出一种历史的厚重感和昔日的辉煌。第15层是大厦的精华所在，这里是通用汽车最高管理层的办公区，必须乘坐专用的电梯方能到达。陪我们访美的通用中国公关总监郝翠霞有点激动，她说，我在通用工作了二十多年，还是第一次上到这个楼层。

走廊的尽头是董事长史密斯的办公室。从敞开的门可以看见史密斯正在伏案工作，据说他的日程是以5分钟为单位来安排的，几分钟后史密斯站起身，走到门口和我们握手寒暄。

二三十平方米的面积，与想象中世界排名500强之首的公司董事长办公室大相径庭。会见十分轻松，史密斯穿一件白衬衣，戴一条深色领带，双手抱在胸前，靠着办公桌，询问我们五位中国记者几天来的观感。

约翰·史密斯1996年起担任通用汽车董事长兼首席执行官，他身材微胖，待人随和，善于倾听，颇像一位与世无争的好好先生。他当时带领通用走出亏损150亿美元的困境，大刀阔斧地减缩成本与进行结构改革，在世纪之交再造了通用在世界汽车的霸主地位。但是史密斯本人没有沾沾自喜，他说，自己的任务刚刚完成了一半。

会见比预定的安排足足超了10分钟，史密斯送给每个中国记者一支带有通用徽记的圆珠笔，并和大家合影留念。"新的一年一切都将更美好。"他用手指画了个圈，这个祝愿似乎把通用和我们都包括在内。

两年后的1998年12月17日，第一辆"别克新世纪"在上海通用的新厂房里下线，当新车冲破一幅纸幕出现在眼前时，围观的中美员工个个热泪纵横。

只有短短21个月，建成了一个现代化的轿车厂，实属不易。尤其上汽通用创立了"一切以合资企业利益为重"的合作共赢新理念，结束了多年来在华汽车合资企业中外各自为政、七斗八斗的旧格局。

离开底特律，我还一个人乘飞机跨越美国南北，分别去南部佐治亚州的亚特兰大看望弟弟安宁，到北部大湖区的布法罗看望妻弟顾亮。他们举家来美国都不到十年，全凭自己的努力，从赤手空拳到站稳脚跟，用贷款买了自己的两层独栋住宅，迈出了他们大洋彼岸落地生根的第一步。

国企改革十年难见曙光

夏天，我去哈尔滨参加国家体改委举行的推进国有大中型企业改革座谈会。代表们住在中央大街刚刚重新装修过的俄式风格的马迭尔宾馆。

中新社经济部主任肖瑞和我同机，我们是在1990年两会期间认识的。她是我见过为数不多的文笔好、懂经济而且亲和力很强的年轻女记者。后来，我与她的先生和女儿翩翩都成了好朋友，她也是与我配合默契的文章合作者。肖瑞是《经济观察报》创办人之一，我们曾合写过一篇很有影响的长文《华晨嬗变》，最初就刊登在这家报纸上。

国企改革是贯穿中国整个90年代的一个漫长而沉重的过程，1996年恰逢中点。

在此以前，国企改革举步维艰。80年代初期，我所采访的大国企那种红红火火的日子，已经一去不复返了。曾经让人心潮澎湃的东北大型机械厂、四川的万人纺织厂早就难以为继，人去楼空，一片破败。

1992年邓小平的南方谈话刺激了中国人再一次突破思想禁锢，民营企业如雨后春笋般诞生和成长。国企改革依然举步维艰，但是敢吃螃蟹的试探此起彼伏。

1992年，徐州的国企掀起了一股"砸三铁"（铁饭碗、铁工资、铁交椅）的风潮；但是大量丢了铁饭碗的失业职工酿成一场严重的社会危机，尝试不到半年戛然而止。

1993年，濒临破产的国营广州无线电厂以"工龄补偿"的方式裁掉了1000名职工。以"下岗职工"替代"失业"的提法，在中国首次出现。

1994年7月1日，《中华人民共和国公司法》施行，一种叫"现代企业制度"的改革新模式在国有企业中推行。

1995年，"中国改革风云人物"、首钢总经理周冠五黯然离休。同年，诸城市长陈光将282家国有和集体企业全部改制，低价出售。陈光一夜成名，被媒体称为"陈卖光"。但是此举获得了中央调查组的认可：诸城改革方向正确，效果显著。

1996年，终于出台一个"新招"，依靠全面扶持国企的"指标配额制"的上市机制，安排石油、银行等大型国企开始大规模上市，老百姓竞相把多年的积蓄投入沪深股市，股市代替国家财政、银行贷款，成为国企的"提款机"。靠着股市输血，不少国有企业起死回生。中国股市也从此坐上了"过山车"。但是股市圈钱，毕竟只能解决少数大中型企业的难题。

聚集到哈尔滨来参加国企改革会议的代表，大多数都是这方面的官员和学者，私下里大家调侃说：全面抗战只打了八年，而我们国企改革搞了十年，还没有见到曙光。

到了1996年底，中国国有企业亏损面积达47%，企业负债率平均高达78.9%。破产企业总计6232家，超过了过去九年的总和。上海失业人口的年均增长速度高达9.53%，60万纺织女工下岗。

直到朱镕基于1998年担任总理，进行了大刀阔斧的"三年脱困"，主要力量集中于"清理三角债""抓大放小""股份制改造""停止重复建设、清除产能过剩"等改革，取得了一时性的成效。

整个90年代，国家财政用于国有企业的补贴累计达3653亿元。此外，除了财政补贴，国有企业还可以享受比非国有企业低许多的地租、贷款利率等"隐形补贴"。

那时候，中国首次有了"企业家"这个称谓。在我眼里，国企改革的希望在于一批民营企业，以及改制的国有企业中逐步建立现代企业制度，完善法人治理结构，弘扬企业家精神。

作为财经记者，当时我已经比较深度地介入了一些著名企业的创立和改革，和一批企业家成为莫逆之交，比如菊花电扇、万宝冰箱、牡丹电视机、李宁服装、健力宝饮料、海尔电器、祥云国货、海王药业、岁宝百货、长城电脑等。我在新华社发了关注这些企业改革突破的许多稿件。我也曾经是《中国企业家》杂志的策划和撰稿人之一。

记得刚刚创立李宁服装品牌的李宁进入奥委会运动员委员会的第一篇发言稿，是我受托起草的，只有两三百字，言简意赅，没有套话；我为王云飞的祥云大楼矗立在洛杉矶而自豪，但是没有拦住他和唐锦生合作生产玻璃钢子弹头出租车而败走麦城；我曾帮一位全国政协委员撰写了一则鼓励发展零售商业的提案，并且使他获得在全体大会发言的殊荣。其实我最想写的提案，是建议把天安门广场改建成绿茵如盖的中央公园，成为北京城中心的"大氧吧"。机动车行驶到天安门前，如纽约中央公园一样，进入地下隧道通过。当然，这样的提案只能留在我的梦想中。

和各类企业家的接触，让我有了一个深切的体会：离开了政治体制改革配合，经济改革的单边突进，对于新旧体制、多重利益格局的盘根错节，已经难以取得突破。包括我所熟识的步鑫生、马胜利、禹作敏、牟其中、褚时健等第一代企业家的结局，大部分都令人悲戚。

《车轮载来的空间》并非分庭抗礼

1996年10月,机械部部长何光远给中央领导写了一封信。谈及中国轿车的自主研发,以及落实轿车进入家庭的问题。中央领导纷纷作出批示。

何部长是轿车进入家庭的坚定推进者,也是我的忘年交。他毕业于苏联鲍曼工学院,曾在一汽工作多年。在信的结尾部分,他写道:

> 最近,我听说有关部门正在议论引导社会消费的问题,对先解决"住"还是先解决"行"看法不一。就这个问题,新华社记者李安定同志在这次座谈会上有个书面发言,或许对领导决策有所启发,随信附上,敬请参阅。

那年7月,国内汽车业人士在人民大会堂召开了一次座谈会,纪念解放卡车诞生40周年。发言结集成册时,收入了我的一篇书面发言《车轮载来的空间》。

90年代中期,刚刚结束低水平住房的"分配制",转为住房逐步"商品化"为核心的"房改",开始在全国城镇迅速推进。朱镕基担任主管经济的常务副总理之后,新闻媒体频频传出"以发展住宅建设作为新的经济增长点"的信息,鼓起了中国人"居者有其屋"的渴望。住房商品化,也成了那一届政府,尤其是朱镕基副总理大力推进的一项重大改革。

此时一批有识之士关于"轿车进入家庭"的呼吁,却被误认为"分庭抗礼"——分散百姓手中有限的购房资金,因而备受冷落。

与其他汽车业的朋友们不同,我出于一个宏观经济记者的视角,从80年代中期起,一直就是"房改"的坚定支持者。但是在我看来,从当年的单位分房,到住房商品化,人们对商品房需求出现的多元化,必然导致人们出行的分散化。"私家车"本来完全可以作为推进住房商品化的一个"子项目"。

何部长随信附上了我的文章《车轮载来的空间》,我在这篇文章中写道:

> 行与住,是一组不可分割的对立统一体,又是消费结构升级木梯的两个相邻的木棱,少了一级,难免踏空。在十万元级、百万元级的"住房商品化"的攀登中,越过万元级的"行"的一级台阶,难免受到经济规律的惩罚。
>
> 今天,把推行住房商品化确定为改善住房消费结构战略的前提下,大可不必把提倡轿车进入家庭视为分庭抗礼。决策者必须清醒地看到:轿车私有化,对石油、机械、电子、交通、金融等相关产业的波及效益巨大,也是加快住房商品化的直接催化剂。
>
> 在现实生活中,有一辆经济型家庭轿车,百姓的出行半径就会几十倍地扩展,不必再对市中心一套上百万元的住房望洋兴叹,而对郊外一套十多万元的住宅在价格和距离上更能承受。而国家投资在城市新区兴建的居民小区也就会从空置与积压转为销路走俏,如此看来,家庭轿车能够说是分散了住房建设的资金吗?

国务院《关于深化城镇住房制度改革的决定》1994年就出台了。其后两年,除了各单位把分配给员工的原有住房折价卖给住户外,商品房销售推进缓慢,各地建成的新住宅区"空置率"在90年代后期连年居高不下。刚刚实现了"软着陆"的国民经济出现停滞,急需寻找"新的增长点"。"轿车进入家庭"虽然多次作为有关专家和主管部门的建言，甚至作为国家计委的建议，都屡屡受阻。

直到世纪之交的"十五"规划，才把"鼓励轿车进入家庭"这个表述纳入其中。而此后住房商品化的全国性火爆，也正好比轿车进入家庭晚了五到七年。

1997
中国"网民"诞生与传统产业再造

1997年中国人普遍记忆深刻的，首推席卷全球的亚洲金融风暴，再有就是7月1日香港回归。而邓小平在年初去世，没能实现踏上香港土地看一眼的心愿。

儿子李蛮和我说，1997年的标志事件应该是一批中文互联网内容提供商开始运营。以此为标志，中国有了"网民"——这一当时还很稀奇的称谓，更具有里程碑意义的是，中国的网络时代从此加快了脚步。

儿子成为中国第一批网民

电脑的换代真叫快。

因为长期跑计算机行业，我也算中国最早使用上电脑的人，先是买了亚运会用过的二手长城286台式机。1995年又托人到香港花了2万元钱买回来了一台康柏超小笔记本电脑——配置似乎有点儿超前，甚至中国计算机总公司的朋友也花了两天，才给这台电脑装上了中文系统。

1997年夏天,李蛮在中关村买了一台新电脑。"高配"到不可思议——奔腾处理器、32M内存和2G硬盘。不但能够处理文字,而且能够实现多媒体运行。李蛮的新电脑处理速度和Windows 95的多媒体视窗界面的确让我们爷儿俩颇感着迷。而我两年前买的康柏笔记本只有4M内存,没有声卡,连一张彩色照片都不能显示,更不用梦想着能够看视频。

早期电脑对我来说基本上就是一台文字处理机,我用它打出了所有报刊的约稿和两本书(新华社有自己封闭的文字处理系统,连录入都是一种特殊的新华码)。当时在我看来,李蛮买一台多媒体电脑,也就是能够打更高级的游戏。但是他开始琢磨的,是那会儿最时髦的玩意儿——上网。

1995年,在中关村南边,架起了一块巨大牌子:"中国人离信息高速公路还有多远——向北1500米"。很多人以为这是块路牌,包括交警也被它误导了——信息高速公路是哪条路?其实是"瀛海威时空"公司的广告牌。

当时的互联网也被称为"Information High Way",意译是"信息高速公路",音译正是"瀛海威"。信息高速公路,是克林顿竞选美国总统的时候最先提出来的。瀛海威公司的创始人张树新女士被称为"中国互联网第一人"。

瀛海威时空面向普通家庭推出全中文的网络界面,是中国第一个互联网接入服务商。李蛮买回新电脑,立刻就去瀛海威公司注册,成为中国最早的一批互联网用户。

20岁,正在上大学的他,到瀛海威中关村的营业厅签了开户合约,然后毕恭毕敬地捧回一个调制解调器。回家连上电话线和电脑,开始拨号,一阵滴滴嘟嘟的怪叫后,电脑就上网了。网速很慢,大约1分钟后终于打开了美国雅虎(Yahoo)的网页,他兴奋地叫他妈妈过来看,告诉她,这就是互联网。

儿子李蛮不但是中国最早网民之一，1991年也是最早用LEGO搭汽车的少年

最开始瀛海威提供的只是接入服务和网络社交，用一个叫ICQ的外国社交软件，好友名单必须保存在本地，一旦重装系统就啥都没有了。之后，腾讯才推出了可以在线保存好友的OICQ，后来就成为风靡一时的QQ。

因为瀛海威最初的用户数量不多，李蛮很快在圈里混出了名堂，不但认识了他的第一批网友，也和瀛海威的管理员们混得很熟，经常到他们总部去玩儿，甚至学会了如何做那些花哨的网页。

互联网雨后春笋般地在中国逐渐流行开来，诞生了一批如今人们耳熟能详的互联网中文内容提供商。我记得，1997年6月我参加了丁磊主持的网易发布会。接着1998年2月，张朝阳的搜狐创立；1998年11月，马化腾的腾讯创立；同年12月，王志东的新浪创立。从单纯的内容提供商，渐渐地具备了媒体属性。但是后来把纸媒体挤得人仰马翻的事儿，当时谁也没有想到过。

氢燃料电池，汽车新能源的终极方案

1997 年 7 月，我专程去德国斯图加特看了奔驰当时正在研发中的氢燃料电池车，这是当时最超前的汽车新能源技术。着手研发氢——一种地球上取之不尽，无处不在，而且在使用中污染"零排放"的新能源——是极有远见的选择。

在奔驰研发中心一个完全封闭的区域内，我见到了奔驰的第一款氢动力燃料电池车，是用一辆 MB 中型厢式车改装的。除了前排驾驶座椅，车厢里全部空间都被体积巨大的氢燃料电池占满。今天的眼光看，这恐怕是一辆"最古老"的氢能源车了。

由于氢燃料电池当时体积如此庞大，因此装在大巴上当时似乎更有现实意义。

对于奔驰来说，氢能源研发似乎过于超前，即使在奔驰内部也很少为人所知。多年后我和奔驰首席执行官蔡澈（Dieter Zetsche）博士谈起这段经历，他笑着说，那时候，我还不够格见到这款车，毫无疑问，您是第一个看到氢能源车的中国人。

氢燃料电池车，英文缩写 FCEV，FC 是英文 Fuel Cell（燃料电池）的缩写，所以很多人只说是燃料电池车，其实特指的内涵应该是氢能源的燃料电池车。最初只有奔驰和通用这样世界最大、实力最强的汽车公司可以进入这一领域。

三年后美国通用的第一代氢能源车"氢动 1 号"来到中国，在交通部汽车试验场向中国的科技界和汽车界进行展示。也就在这时，我开始了解，并在国内新闻中最早科普氢燃料电池的工作原理：压缩氢气进入燃料电池堆，流向几百片铂金薄膜组成的格栅。氢原子中的电离子被格栅拦下，成为电流输出；氢离子则穿过格栅与空气中的氧化合变成水雾排出。说白了，燃料电池其实就是一个氢气发

1997年在斯图加特看奔驰研制的氢燃料电池车

电的装置。

我从1997年开始关注氢能源车。特别幸运的，是我跟踪并试驾了奔驰和通用在世纪之交开发的每一代氢燃料电池车。

其中最经典的是在底特律试驾通用第三代全透明车身的"线传"（Hy-wire）氢能源概念车，借鉴电脑内部的线传模式，传统汽车的动力传递和控制系统彻底消失。我还在上海试驾过奔驰"125天环游世界"的F-cell。这时候氢燃料电池已经小到可以放在汽车的地板下面。遗憾的是，2008年的全球金融危机打断了氢能源车的发展势头。

也正是在1997年，中国国家科委推出了利用纯电动车"弯道超车"，以此获得世界汽车科技领先地位的新思路。而当时电动车采用的铅酸电池，甚至丰田、通用最先进的镍氢电池，储能密度只有汽油的1%，续航里程完全无法挑战传统汽车。直到21世纪锂电池的发

在底特律试驾通用第三代"线传"（Hy-Wire）氢燃料电池车

明，加上政府的巨额补贴，才让纯电动车在中国，在全球成了气候。

尽管氢燃料电池车整体供应链的技术难度远远超过纯电动车，但是作为一种储量最丰富、最干净的未来能源，越来越多有远见、有责任感的汽车企业加入了氢能源车的开发行列。除了奔驰、通用，到了21世纪，日本丰田和韩国现代更率先实现了氢能源车的商品化。

中国氢能源车的研发也已经正式提上官方日程。我在民营企业长城汽车看到，在制氢、运输、存储和车上的高压储氢罐都不断取得技术突破，已经具备了推出氢能源车的能力。长城董事长魏建军告诉我，2022年的北京冬奥会将会用上长城的氢燃料电池车。

二十年来，我一直是把氢视为终极方案的新能源鼓吹者。

十五大的私人记忆

1997年9月12日到18日,中共第十五次代表大会在北京召开,我是新华社十五大报道团队中的一员。然而就在大会开幕前一天,我突然患上严重的上呼吸道感染,病情又猛又急,连鼻腔两边的脸颊都肿起来,但是我依然坚持带病上阵了。

大会开幕式,我在二楼的记者席旁听,懵懵懂懂,连手里的大会主席团成员名单都没有细看。我分配在北京团驻点,回到驻地中协宾馆吃晚饭时,看到很多人围着一个年轻的女代表握手。向身边的人打听才知道,她就是很有名气的北京21路公共汽车售票员李素丽,她当选为大会主席团成员,刚才就坐在开幕式的主席台上。

因为要收集各代表团的反应给写大会综合稿的同事选用,我就走过去和李素丽攀谈了几句。她很热情真诚,不愧是"心里揣着一团火",而且谈话有条有理。

她说,坐在主席台上激动极了,当全场起立高唱《国歌》的时候,她的热泪止不住滚下眼角。她说,在昨天的预备会上,她才得知自己当选为主席团成员。一个来自第一线的代表,一个年轻人,获如此殊荣,让她既激动又不安。

主席团会议上,许多老同志认出李素丽,和她打招呼。会后,江泽民同志走到她的身边,李素丽忙说,江总书记您好。江泽民握着她的手,风趣地说:素丽,你大概不知道,我们昨天刚刚通过电话。李素丽高兴地说,贾庆林书记已经告诉我了。原来10日晚上,江泽民在参观"辉煌的五年"成就展北京厅时,展台边放着可以接听几位劳模声音的录音电话。江泽民拿起听筒,正好是李素丽介绍工作情况,江泽民听得很认真,面带笑容地说,李素丽,谢谢你。

虽然一开始我还有点儿头晕,但是记者的职业敏感让我顿时清醒起来。我在瞬间判断出，这场前后不到五分钟的采访，完全可以单独成篇。我立刻就近找一张桌子，在稿纸上一气呵成地写出一篇特写《主席台上的李素丽》。

通过传真机，我把稿子发回在人民大会堂的新华社驻会编辑部。因为大会刚开幕，各媒体的记者和代表们还没有多少接触，稿子还不多。因此第二天各大报刊登大会开幕消息的同时，新华社发出的《主席台上的李素丽》，几乎都加了花边儿，出现在会议报道的版面上，十分醒目。对我来说，发出这篇特写的一个最直接的影响，就是此后在北京团的领导和代表中间，我的采访总被优先安排。这弥补了与北京本地媒体相比，我与代表们人头不熟的差距。那次大会上，我是新华社发稿最多的驻团记者之一。

总书记江泽民在向大会所做的报告中提出，非公有制经济是我国社会主义市场经济的重要组成部分，允许和鼓励资本、技术等生产要素参与收益分配。在我看来，这是打破传统理论束缚的突破，会刺激中国经济日后产生裂变式的发展。也就在这次大会上，邓小平理论被确立为中国共产党的指导思想，并载入党章。这是邓小平此年2月过世以后的事情了。

似乎就是从十五大开始，中共中央委员会开始实行差额选举。记得大会投票后，代表们鱼贯退出会场，在大会堂的前厅和休息室里或站或坐，与参会记者一起等待计票统计后公布选举结果。当时还是人工计票，大家一起等待了一个多小时，感觉时间过得格外漫长。

1998
洪水无情人有情

5月,我随中央和北京媒体组成的记者团赴西藏考察采访,最后到达珠峰大本营下海拔5220米的平台,当时已经是汽车可以走到的尽头。北京电视台的记者拍下了我们在平台上拣拾垃圾的画面,不久有朋友在日本电视上看见NHK转播的我在珠峰下的镜头。

这是我一生登上的最高的地表高度。站在世界屋脊,依然呼吸平稳,几乎没有高原反应。尤其幸运地近距离眺望平时总是被云雾包裹的珠峰,我感到兴奋而知足——我从来就不想做一个顶峰征服者。

两本畅销书

1998年1月我的新书《家庭轿车诱惑中国》由作家出版社出版。

这本书的写作时间很长,用了两三年,这本标着"独家新闻调查"的25万字书稿分别拿给作家出版社的社长张胜友和三联书店副总编辑潘振平。想问问在他们这样品位一流的出版社能不能出?

胜友看过,当即拍板,赶在当年的春季图书订货会前出版。结果出版周期非常快,只用了短短两个月,新书就上市了。

登上海拔 5220 米，远处是更高的珠穆朗玛峰

后来我一直觉得欠了三联一个情，十年后我写完那本《车记》，就托人带给潘振平。有点诚惶诚恐地打电话问他的意见，能不能出？想不到他回答说，你的稿子我不用看。顿一顿，他又笑着说，我直接交给编辑，等定稿发排、大样签字时我再看。这样的信任让我由衷感动。

《家庭轿车诱惑中国》出版后，没有开发布会，而是别开生面地开了一个家庭轿车研讨会。机械部部长何光远、汽车司司长张小虞、国家计委机电轻纺司司长冯文英和汽车处的官员，以及艾丰、张胜友等人都来了。大家几乎是抢着发言，台下的媒体都惊呆了，说是从来没有见过这么多主管汽车的官员坐在一起说真话。

我为朋友们的捧场而非常感动。当时中国作家协会书记处书记、我的老朋友陈建功，因为记错了会议地点没能到场，事后他打电话对我说，这本书将在历史上留下痕迹，因为它会影响中国社会的改变。原《经济日报》记者、曾任加拿大某电视台主持人的张妩丹泡在北京

《十年花路：走向世界的中国名模》封面，四川人民出版社，1992年

《家庭轿车诱惑中国》封面，作家出版社，1998年

电视台的机房里用了一天一夜配合这本书的发行剪辑了一部电视片。

此前，在1992年的10月，四川人民出版社出版了我的新书《中国模特》（另一个版本叫《十年花路：走向世界的中国名模》），首印3万本，一个星期之内销售一空，后来还有人根据这本书的素材，拍摄了同名电视连续剧。

这本书的写作速度却是我最快的一次。编辑看到我写的报告文学《超级模特的X因素》，飞到北京约稿，催得很急。我把自己关在新华社分给我的一居室房间里，夜以继日地干了两天两夜，16万字都是在稿纸上一个字一个字写出来的。

到了90年代，模特在中国获得空前普及，在南方某县出现过男女老少齐上阵、穿着各种奇装异服招摇过市的"模特表演"——用以申报参加表演模特人数最多的吉尼斯纪录。而在另一个方向，中国时装业和模特界日益专业化和国际化。在巴黎举行的世界时装节上，来自世界五大洲的980名模特，在一座搭在大喷水池上长达260米的天桥上争奇斗艳。身穿红黑相间礼服的中国模特队第一次出现在世界时装之都，成为媒体争相报道的新闻。

贯穿这本书的核心材料，是上年5月我在北京国贸中心参与报道的世界超级模特大赛中国区选拔赛。评委会主席是享有盛名的福特模特经纪公司创始人爱莲·福特（Eileen Ford）女士。该公司在1980年开始评选"时代之颜"，后来改成一年一度评选"世界超级模特"。获奖者的奖金是全球业内最高的，并且一旦当选就会成为许多时尚杂志的封面女郎和奢侈品的代言人。

如何区别一个超级模特和选美小姐？爱莲·福特女士回答我的问题时，给出了答案：模特已经成为一个世界性的职业，今天人们似乎有了一个公认的标准，身高、三围的比例有了科学的测算。模特行业中有两个词：骨骼和身材。一个女模特必须同时具备两样。但是她还需要一点什么，那就是将一个漂亮女孩子和一个出色模特区别开来的东西，我称之为X因素，那是女人身上很难捕捉的一种整体气质，一种置身人群中却能把你的目光猛然吸引过去的东西，即使只是她们的背影。

1米89的浙江姑娘陈娟红，那次获得了中国赛区的第一名。当时已经崭露头角的女演员瞿颖屈居第二，让很多人感到意外。而更让人大跌眼镜的是，1992年7月，陈娟红在美国洛杉矶举行的世界超级模特大赛决赛中，获得了"世界超级模特"称号。

陈娟红回来告诉我，超模的评选别具一格，各国选手从住进饭店，就已进入角色，评委生活在她们中间，无论宴会、录像拍摄现场，以及上街购物，她们的风度气质、待人接物、言谈举止，以至于吃相、坐相、走路的步态、平时的化妆，都是评选的依据。

评委中唯一具有东方面孔的宋怀桂女士说，化妆和灯光可能遮盖模特的一些缺陷，但是舞台上的一切都是短暂的。我们平时心中喜欢上一个姑娘，评价绝不是当她从你面前一晃而过时靠打分做出来的，

世界超级模特大赛决赛,浙江姑娘陈娟红(后方高台穿白裙者)夺冠

而来自你和她交往中一点一点的积累。

陈娟红,有东方人的文静、善良和温顺,在评委和模特女孩中间很有人缘。用宋怀桂的话说,她的腿修长,腰部、胸部、肩部都发育得很好,往那里一站就是一个靓。她不是中国人喜欢的林黛玉似的文弱美。所有评委一致公认,没想到中国模特的三围和身高,即使以欧美标准看也毫不逊色,认为中国女孩都是平胸的偏见从此被打破。

那本书里,我讲述了陈娟红、瞿颖、卢娜莎等一些职业模特的生活经历,以及刚刚成立的中国第一家模特经纪公司新丝路的艺术总监张舰和领队汪桂花的职业甘苦。直到今天,陈娟红、张舰都已成为中国模特界的翘楚,依然和我保持着亲密的来往,我们都很珍惜过去的那段真诚纯美的日子。

艾丰大哥和老林刚

原《人民日报》经济部主任艾丰是中国范长江新闻奖的首位获奖者，我们那茬年轻记者，都把老艾看作为人和文章的楷模。我还多了一层，他是我在80年代末鼓吹轿车进入家庭的知音和最坚定的支持者。

作为《人民日报》编委、经济部主任，艾丰担着风险，最早拍板在《人民日报》发表了我呼吁轿车进入家庭的文章《由远及近的叩门声》。

作家出版社的《家庭轿车诱惑中国》和改革出版社的《千手千眼：中国变革台前幕后》，都是艾丰为我作的序，序言写得妙趣横生。

在《家庭轿车诱惑中国》的序里，老艾称："安定是新闻同行中，我认为是人品'可交'的小老弟。他的观点总是在发展着、修正着、完善着。这些年经我的手在《人民日报》《经济日报》上发表过不少他的作品，几乎每一篇都有新意，都有自己的见解。"老艾还写道：

> 说起安定和轿车，我不知道应该怎样形容才好。说他是"车迷"，对汽车确实到了痴迷的程度，和他聊天，三句话离不开汽车改变世界，像是谈一个最钟情的心上人，滔滔不绝，你连一句表示同意的话都插不上；说他是"汽车观察家"，业内没有人像他一样，一直紧盯着汽车问题，长期进行全方位报道，产生了巨大社会影响；说他是"汽车问题专家"，对于世界汽车的动向，特别对于中国汽车业存在的问题、战略选择、未来趋势，他都有一套完整的看法；又有一些他人所未言、未敢言、未能言的地方。把上面两顶帽子加在安定头上，应该说戴得都挺合适。但我又觉得有些话没说完，透过这些，我看到他内心深处对中国百姓享受汽车文明的急切和关注，爱国、爱民的责任感，这是他冲动

的内核。

今天看到这些话,我潸然泪下。

艾丰不但是一代著名的财经记者,还是国内企业质量管理和名牌战略专家。80到90年代,我们经常一起出去采访。我和老艾、《人民日报》老记者林刚一起去二汽,他受邀给公司各级干部讲经济形势,见解高屋建瓴,三个小时台下无人走动。

在我心目中,老艾又是一个令人感到无比亲近的老大哥。敬重老艾,还因为他为人特别仗义——尤其在关键时刻,一般人做不到,这点我终生难忘。

1995年春节大年初二,我,老艾,《中华工商时报》的黄文夫、何力和中央电视台东方时空的记者应邀去美国采访。因为邀请单位的疏忽,把票买成两段,先从北京到深圳,再过到香港转机。到了罗湖海关,才知道我们没有办港澳通行证,拿着护照进不了香港。而且我们的赴美签证已经到了最后一天。《人民日报》在深圳的驻站记者赶过来,私下跟老艾说,可以把他作为特例通关,但是其他人就管不了了。老艾斩钉截铁一口回绝:"不行,要走就一起走,扔下这些兄弟,让我以后怎么做人。"最后,还是老艾想尽办法,自担了大风险,通过《人民日报》外事部门正式出函,几个小时内,办妥了整个访问团的出境手续,传真到罗湖海关。在晚上11点半关闸前最后一刻,大家一起合法过关。

在美国,我一路上和老艾两人同住一个房间,现在想想我真是没大没小。老艾打呼噜,我失眠。鼾声太响时,我就从地上抄起一只拖鞋扔过去。第二天醒来,两个人的拖鞋都在老艾的床上。他哈哈大笑,一点都不恼。

老艾是中央媒体圈第一个买车的人,他的"私车公用",简直是一段黑色幽默。

1995年我和艾丰第一次访美，参观胡佛大坝

早在1990年，艾丰买了一部二手轿车——苏联制造的拉达，没想到酿成一场事件。同事们在背后议论纷纷，上级机关也派人前来过问。

我曾经开门见山地向他打听车的来路，老艾告诉我，买的是一个公司用来跑工地的旧车，他很谨慎地请专业人员评估，估价为八千到两万元，他老老实实按上限给了两万，花的是此前出书的稿费。这笔钱本来准备留给没有退休金的母亲有病时急用的，年前母亲突然去世，钱没有用上，他爱车，咬了咬牙自己奢侈一把。

从此私事自不必说，他外出采访、开会、讲课，不再要公家派车；甚至同事、朋友有事需要用车，他也常常自告奋勇。无奈这辆拉达毛病百出，他的手在修车时常常蹭得伤痕累累。有时把同事送到火车站，他的车再也打不着火，同事走了，他却留在车站回不了家。

一年开全国人代会，他是《人民日报》大会报道前线指挥，整天开着拉达，东奔西跑。没承想，晚上出车两个大灯瞎了一个，被交通警察扣住，说是两会期间违章重罚，除了罚款，即日起上街举小旗站岗三天。无论他怎么解释也不通融，最后只好由《人民日报》出面向交管局求情，证明确实因为两会报道离不开，才被免了当街站岗的惩罚。

以他的级别职务，外出公干时，单位随时可以派车，但是他却自己买了小汽车，每天出入党的最高舆论阵地。终于有一天，有一位资格不嫩的同志见到他开车，说了一句："哦，你是有车阶级了。"老艾心里一惊，该同志用的是"阶级"二字。私人轿车，历来是资产阶级坐的，你这个"无产阶级"相当一级的干部居然有了自己的轿车！这可是一个立场问题。

于是听说就有调查，有谈话，没有查出任何违纪行为，但是谣言不胫而走。他尽管坦坦荡荡，却不能拉住每一个人吐诉真情。公车私用，人们习以为常；私车公用，标新立异，总归让人不平。你是高级干部，偏偏自己买车自己开，岂不是让别人难堪。听说这甚至影响了他的升迁。

最后老艾耐不住世俗的压力，终于卖掉了那辆花钱换了新发动机、重新喷了一道漆的白色拉达。

他也终于接替老范，被任命为《经济日报》总编辑，坐上了由专职司机驾驶的轿车上下班。

提到《人民日报》的记者前辈，不能不提到高级记者老林刚。他是1949年前在上海参加工作的老革命，"抗美援朝"中很有名气的战地记者。1957年他莫名其妙地被划成"右派"，直到1978年彻底平反，回到《人民日报》记者岗位就拼命工作，要把丢掉的二十二年找补回来，一直做到正局级的记者部主任。

90年代初离休返聘，老林刚找到经济部主任老艾，说是想找一个行业深入采访。老艾就把他介绍给我，和我搭伴儿跑汽车，平时一起跑会，跑企业。我就称他"老林刚"。没有多久，我就对他肃然起敬，尤其他的采访作风让我服气。他是采访十分材料提炼一分文章；

我一直是采访三分材料写一分文章；而我有的同事，可以拿一份部门给的通稿，截成五六篇稿子，因为当时奖金以出稿量计算。我和老林刚采访广州标致汽车公司，合作写一篇通讯，我们不但采访了中法双方经理、雇员；采访了广州市汽车办公室；他甚至约了当地社科院的专家谈对合资企业文化融合的看法。

老林刚平易近人，永远是笑眯眯的，甚至老小孩一样单纯。每每到外地企业采访，当地汽车行业的老同志就会找上门来，和他谈企业历史变迁，拉家常，甚至待遇上的不公。他就像一个"知心大姐姐"，耐心聆听，帮人排解。老林刚为人特别真实、平和。他曾经拉上上海大众总经理王荣钧和我，去看上海市郊奉贤他"右派"摘帽后当店员的一个油盐店。有一次，老林刚去上海出差，报社有重要事情找他，上海市委宣传部帮忙查了各大宾馆，都没有他的踪迹。老艾电话问到我，我说，去拖汽公司（上汽公司的前身）地下室的招待所找找看。他去上海一般会住那里。果然在那儿找到了他，住廉价的地下室，为的是给报社省点旅差费。嗨，这样做派的老记者，已经随着他们的时代成为如烟往事。

抗洪第一线

1998年3月，在全国人代会上，朱镕基被高票通过为国务院总理。此前，我多次报道过他担任常务副总理时主持的重要会议，对他的思路和行事风格有较多了解。我最钦佩在前一年东南亚金融风暴中，他指挥若定，把大鳄索罗斯等国际炒家搅起的金融恶浪拒于国门之外。在亚洲各国经济因泡沫破灭，像多米诺骨牌一样被连连冲垮的危局面前，带领中国完胜于这场金融风波。

在全国人代会闭幕后举行的中外记者招待会上，朱镕基面对危机四伏的国内外形势，言辞激烈地说："不管前面是万丈深渊还是地雷阵，我都将义无反顾，勇往直前。"其迎难而上的决心溢于言表，记者席上响起热烈的掌声，连矜持的外国记者也鼓掌叫好。

夏天，中国南方持续大雨倾盆，长江流域江湖水位陡涨，接连出现的洪峰让江堤、湖堤险情不断。7月4日，新任总理朱镕基和副总理兼国家抗洪防旱总指挥部总指挥温家宝亲自前往江西、湖北、湖南，视察防汛工作。我被安排随行采访。

长江下游的江西，最早遭受险情，信江、抚河等江河突破历史最高水平。多处围堤溃决，大片房屋倒塌，良田被淹，百姓生命财产受到严重的损失。

一行人乘空军的专机抵达九江。一下飞机，朱镕基、温家宝就坐上一辆丰田考斯特面包车，直接赶往受灾较重的德安县乌石桥村察看险情。两位领导在抓紧赶路的空隙，听取省委书记舒惠国、省长舒圣佑向他们汇报灾情。我坐在车后部，边听边记。

抗洪救灾正在关键阶段。听到江西三百多万军民正不分昼夜地加固堤防，抢运物资，转移被洪水围困的群众，朱镕基不时插话提问，眉头一直紧皱着。

每到一处受灾的村庄，朱镕基都冒雨踩着泥泞，直接询问受灾群众的生活安置情况，责令陪同的官员，确保群众有饭吃，有水喝，有衣穿，有住处，有病能治。他鼓励基层干部和受灾村民不等不靠，积极生产自救，在洪水退后抓紧补种晚稻，发展多种经营。要求非常具体，没有空话。

5日上午洪水更加迅猛，风急浪高，部分江段的洪水已经接近堤顶。朱镕基不顾安危，亲自踏上长江大堤，和守护大堤的群众握手慰问，勉励他们严防死守，再接再厉，护好长江大堤。随后他带领我们一行人乘公安巡逻艇沿着江堤察看九江益公堤和市区临江的防洪墙险情。

就在这次行程中，朱镕基严厉批评了历年江湖防洪大堤的建造中所存在的偷工减料的腐败行为，斥之为"豆腐渣工程"。他说加固长江大堤是一项重要的基础设施建设，要加大投资，抓好工程质量，连续干上几年，彻底把长江大堤整治好，实现长治久安。

7月7日《人民日报》头版刊出我的报道《朱镕基视察江西防汛工作》，副标题是"亲切慰问灾区人民，要求把抗洪救灾作为当前第一位的工作，团结奋战确保长江大堤万无一失"。

1999
五十而知天命

1999年我50周岁，觉得心态和体魄都还和二十年前一样充满活力。尤其随着眼光和经验的积累，我对于新闻的判断和独立思考能力更加睿智，尤其在汽车这个中观经济领域。

国庆期间，由我策划的MTV《车轮上的中国》在中央电视台的《每周一歌》中播出，这是一首由交响乐队伴奏的大合唱，歌声气势磅礴，迎接中国进入汽车时代。

国庆招待会和一场大暴雨

五十周年，是新中国的大庆，上半年刚过，总编室、中宣部有关宣传新中国成立五十周年各行各业成就的稿件题目就布置下来了。上面千条线，下面一根针，宏观各经济领域的成就稿，穿线的针鼻儿就是作为经济采访室主任的我。我不但要把题目分派给采访各部门的记者，而且一些重头的综合稿必须由我执笔。严格说，这类成就稿大多数算不得新闻，但是我们做得还是很认真，经我手的稿子尽量要先找出新闻点，甚至选取生动的细节做特写式的开头。但是真能留下深刻印象的文章几乎没有几篇。

进入八九月，国务活动开始多起来，一些时政报道也落在我的头上，如中央领导人参观"光辉的历程"成就展、考察北京城市建设等。

9月30日晚上的国庆招待会，新华社派我和韩占军参加报道。招待会例行由国务院主办，总理朱镕基致辞。那一届政治局的七位常委江泽民、李鹏、朱镕基、李瑞环、胡锦涛、尉健行、李岚清，以及其他党和国家领导人、5000余名中外人士欢聚一堂。

对一般人们来说，这是规格最高的国宴；而对我来说，这是不容有丝毫差错的程序性报道。稿子中有关宴会厅的布置和气氛，甚至朱镕基总理讲话摘要，都已经提前搭好了框架；我们也早早拿到了够级别进入报道的受邀人士名单。但是等宾客真正坐下来，才是我们最忙碌的时候。外交部、中宣部的官员要我们在现场最后确认参加者。我穿行在席间，拿着名单一一核对。最后副国级以上领导68人、退下来的老同志29人，港澳行政长官2人，中央军委副主席7人。每个人的名字都要出现在新华社的新闻稿中，不能遗漏一位，也不能把一位因故没能出席的人写进名单。

工作越紧张，时间就过得越快，名单刚刚确认，招待会已经结束。宴会厅虽然有我的座位，但是我始终没有坐下，没有碰过一道菜、喝过一口水。退席的时候看见主桌上贵宾前面的苹果都没人动过，真想拿过来啃一口，但还是忍住了。

五十周年国庆招待会，让我记忆深刻的是贵宾退席时的一个意外：突然天色晦暗，狂风暴雨交加。那时候手机还不普及，客人们无法在倾盆大雨中联系司机，找到自己的车。除了几位最高领导人，剩下的上千位贵宾都站在前厅里无法离去。我穿行其中，时不时看到许多非常熟悉的面孔。除了一些令人仰慕的老同志，还看到了香港演员卢燕、著名电视主持人靳羽西。身边都没有随员，形单影只地和周围的人都点头微笑。

不知为什么,当时我突然想起了那些已经进入中国的公共关系公司这个新业态。尤其想到通用中国公司的公关经理郑洁和北京罗德公关公司的经理毛京波。她们都是《中国日报》记者出身,英文好,沟通能力强,做事追求完美,是中国刚刚出现的公关行业的佼佼者。我想如果这是她们安排的大型活动,出现这样的突发事件,一定很快就会有应对方案,并且安排得井井有条。

幸好半个小时后大雨停歇。人们得以出门站在台阶上,等待东门广场上的轿车鱼贯开上坡道,一一招呼着上车离去。

中美 WTO 谈判:淡定与惶恐

1999 年 11 月 15 日,一年一度的中央经济工作会议在中南海怀仁堂召开。按照往年惯例,我作为新华社负责经济新闻采访的首席记者负责撰写会议的新闻通稿。当天新华社发出我的通稿《1999 年中央经济工作会议在京召开》。

当天,一个对于中国未来影响更大的事件正在同步发生——在离中南海不到三公里的经贸部大楼,中美政府贸易代表连日来正在进行关于中国入世的双边谈判。

按惯例,面带倦容的朱镕基总理在怀仁堂主持了中央经济工作会议的开幕式。他简单地通报说,中美入世谈判已经进行到白热化的最后阶段,磋商正在夜以继日地紧张进行。

当总书记江泽民开始做主旨报告时,我看到本来应该主持会议的朱镕基匆匆离席。

江泽民在报告里分析了中国经济在即将到来的新世纪所面临的形势,其中谈到全球化的三个特点,特别值得一记:

一、科学技术的迅猛发展，是经济全球化得以发展的动力；二、跨国公司在全球进行投资、经营、贸易、生产，成为经济全球化的载体；三、产业调整不再是在一个国家内部，而是在全球范围内进行，表现的形式是全球范围的产业大转移。

"全球化"一词在中国日后说了二十年，内涵是什么？许多人不甚了了。这恐怕是我亲耳听到，并且写进新华社新闻的中国决策层在权威的会议上所做的权威表述。

直到下午4点，朱镕基再次回到怀仁堂会场的主席台上。这一次他朗声宣布："中美之间关于中国入世的双边谈判刚才终于达成了协议，最后的门槛已经跨越！中国入世大局已定。"台下响起了热烈的掌声。这是一个应该记载下来的历史时刻。

朱镕基在随后的讲话中透露了由石广生和巴尔舍夫斯基分别为团长的中美贸易代表团连日来的一些谈判内幕和中方应对的策略，让到会的中国经济界高层人士时而屏住呼吸，时而开怀大笑。

原来中央经济工作会议召开当天，最后一轮中美关于入世的谈判已经谈到第六天。双方各执一词，形成僵局。美国代表团收拾公文包，订了当天10点的机票，准备打道回府了。

这天上午，总理朱镕基意外地从怀仁堂中央经济工作会议直接来到谈判现场，充满智慧地稳住局面，并亲自参与谈判。

谈判双方唇枪舌剑异常激烈，后来中方贸易谈判代表龙永图在多家重要媒体的专访中回忆：到最后，还有七个谈判条件中国不能接受。想不到朱镕基总理听了前面三个条件，都一一答应下来。一向以强硬出名的朱镕基答应得如此痛快，中美双方都很诧异。龙永图急了，不断地递条子给朱镕基，说这些条件不能答应。朱镕基回头说：龙永图，你不要再递条子了。

美国人似乎还想乘胜扩大战果，但是朱镕基拦住美方说：后面的四个条件就不谈了，你们都让了吧。中国总理已经做了让步，美方也就不好硬扛了。中国为加入世贸，已经与多国进行双边谈判并成功达成了协议。入世的最重要的一关，中美之间的谈判，戏剧性地在最后一刻画上句号。

前后谈了十二年，中方始终不松口的农业、汽车、金融、通信和医疗服务等项目，同意逐步放开，然而要求美国人再给六年的缓冲期。在缓冲期里中方原本的高额关税逐年递减；而美国人则是立刻对中国开放市场。发达国家要大气一点嘛，美国人最终签了字。这就是一个战略家的谈判艺术。

中美谈判的结果对战略家们意味着什么？当晚，在中南海怀仁堂举行了每年中央经济工作会议期间例行的与会代表和工作人员的联欢会。让代表们意想不到的是，江泽民、朱镕基等常委竟破例亲自出席，朱镕基总理还前所未有地亲自登台，自拉自唱了一段京剧老生唱段，神态惬意而松弛。

当时中国经济改革进入推进中的胶着状态，旧的体制、格局、利益盘根错节，难以突破。积极推进中国加入世贸组织，说白了是"为了打鬼，借助钟馗"，用融入全球化、市场化的游戏规则，去打破几十年来旧体制留下的观念桎梏，引入竞争机制、市场规则，使中国经济在全球化的双赢中获得一片新天地。

用龙永图的话说：许多事情积重难返，仅仅凭自身的力量去解决往往不行。一个健康有效的外力，则可能"倒逼"我们完成那些想做却迟迟做不成的事。

2000
"鲇鱼"们搅活一潭死水

2000年，20世纪的最后一年。

二十年改革开放的一个最大成就，是解开了中国人的思想禁锢，没有世纪末的悲凉，中国老百姓急不可耐地期待走向世界。

中国入世在即，狼，终于来了。出于旧有观念的惯性，经济主管部门并非所有人都能解读战略家们目标达成后的淡定。

多年来闭关锁国的思维定式让许多好心的官员普遍担心，随着市场的日渐开放和跨国资本的蜂拥而至，国有经济体制将不堪一击，一些长期靠国家保护而毫无竞争力的产业将被逐出市场。在他们眼里，未来一片灰暗。

为自主品牌轿车的生存权挺身而出

中国汽车业就是一个对前景颇感惶恐的产业，曾经高达180%—220%的关税保护，中国轿车价格相当于国际市场三四倍，面对严酷的市场却不知竞争为何物。

汽车主管部门考虑的是，作为国民经济的"支柱产业"，绝不能轻言放弃。入世谈判旷日持久，其中的一个难点，就是要维持对中国汽车业的继续保护。当时主流的担心是，一旦打开国门，把世界汽车产品放进来，中国汽车业就会全军覆没。这种担心根深蒂固，以至于如何把中国汽车描述为"幼稚产业"，获得六年的缓冲期，让中国谈判代表们费尽了心力。

既然"狼来了"，就要扎紧篱笆，国家经贸委在世纪之交出台了《汽车发展战略规划》，明确六年缓冲期内，政府首先要重点保护一汽、东风、上汽三大国企。当时初露锋芒的非行业内企业，尤其是民营企业，仍然被严格的"准入制"挡在门外。用当时的话说，入世后汽车跨国公司大敌当前，不能"前门拒虎，后门进狼"。

汽车业的管理多年来堪称"计划经济的活样板"，行业以外的企业连生存的权利都没有。

2000年初，吉利、奇瑞、华晨、悦达等一批行业之外的"准轿车"企业，通过买壳换股等灰色渠道，用改装车和客车名目开始生产轿车。而要通过经贸委控制的产品目录审批，则比登天还难。

已经呱呱坠地的"准轿车"们，由于迟迟拿不到产品合法销售的"准生证"，危在旦夕。

对此，我打抱不平，在专栏文章《"准轿车"们何罪之有？》中写道：

> 国家作为出资人，引导大型国企打造"国家队"，顺理成章。但是主管部门要有眼界和心胸：允许"行业外"的汽车企业参与竞争。起码为"国家队"留下一批"陪练"。如果连跟"陪练"都不敢过招，置之死地而后快，"保护期"一过，能在全球化竞争中生存，岂非一厢情愿？

这篇文章，我专门送给当时国家计委主任曾培炎一阅，从80年代他担任电子工业部研究室主任开始，我们已认识多年。他是中国轿车发展，尤其是轿车进入家庭的坚定推动者。他把我的文章批转给有关部门研究，明确表达了对"准轿车"们的支持。

入世在即，我和几家行业外的"准轿车"密切沟通，在媒体中最早力挺并帮助中国轿车自主品牌获得生存的权利，整整一年，我竭尽全力为一个又一个中国轿车自主品牌"鼓与呼"，没有人要我这样做，像十年前开始鼓吹"轿车进入家庭"一样，从一个人势单力薄地干起，身边朋友说我是走火入魔，完全没有丝毫个人的好处，仅仅出于一种使命感的驱使。

第一拨自主品牌轿车的创业者的那份痴迷让我感动。在我眼里，他们是中国企业家里最优秀、最精明的一群；他们好似"鲇鱼"，搅活中国汽车工业一潭死水，以血肉之躯，碰撞花岗岩一般的死硬体制。以吉利李书福、奇瑞詹夏来和尹同耀、华晨仰融等人的高智商和丰富阅历，明知不可为而为之，个个是不折不扣的"汽车疯子"，是他们撑起了日后"自主品牌"的脊梁。

凭一己之力，我是这些"鲇鱼"最坚定的力挺者，用言论，用有效的行动，为他们铺路。

奇瑞，借腹生子

2000年秋，我应安徽芜湖市委书记詹夏来的急切邀约，来到被置于生死线上的奇瑞汽车公司。奇瑞当时已经形成6万辆轿车的年生产能力，然而拿不到轿车厂的合法身份，产品不能合法销售。在厂区里，一眼望不到头地停满了销不出去的奇瑞轿车。

曾是一汽大众总装车间主任的奇瑞副总尹同耀见到我，头一句话就是：我们干轿车是一帮"亡命徒"，一步一个坎儿地走过来的。

奇瑞从英国DP公司买了福特一个发动机厂的二手设备，生产出自主研发的发动机。接着，轿车生产四大工艺——冲压、焊接、油漆、总装，各个车间也都是自己设计建造的。1999年12月18日第一辆奇瑞轿车在芜湖下线，售价8万元，比当时的捷达便宜5万元。

奇瑞幕后灵魂人物，对造车充满执着的芜湖市委书记詹夏来非常诚恳地和我深谈了两天。他谈起"中国人能够造出最好最便宜的家庭轿车"的理念。在他看来，比起国际汽车业，中国有人工成本低、开发费用少的后发优势。他希望我能写一篇内参，争取获得中央领导和主管部门的理解，批准布点奇瑞生产轿车。

内参写出来，排队等着发。2000年11月28日，我去中南海报道当年的中央经济工作会议。会上朱镕基总理谈到压缩当时全国制造业产能过剩的调控思路：对新建项目一个不批；在建项目，严格把关，停建缓建。

走出怀仁堂，我拿出手机给詹书记打了一个电话，告诉他不要寄希望靠内参打动领导了。建议奇瑞按另一个预案，立即并入上汽集团。我说，现在是奇瑞的生死抉择，让出少许股份，获得生存下去的机会，这个钱就花得值。当晚，詹夏来就给上汽集团总裁胡茂元打了电话，表示奇瑞愿意加入上汽集团。

地方国企奇瑞是幸运的，出让20%股份，获准在2001年初加入上汽集团。上汽也很有气度，给了奇瑞充分的发展空间，并为其申报了轿车目录，奇瑞由此在"准轿车"中第一个得到了生存权。

吉利，渴望阳光出现

李书福的另类，就在于头脑里没有框框。1998年我的《家庭轿车诱惑中国》刚刚出版，李书福就派人来北京找我，请教生产轿车许多政策问题。

1997年，草根出身的他涉足造轿车，一上来是一次高起点的"模仿秀"。他带人拆散几辆奔驰 E 280 进行测绘，买来红旗底盘和动力总成，扣上玻璃纤维和树脂"糊"的车身。他还亲自去香港，背回来车灯等奔驰零配件，攒在一起，第一辆轿车就造出来了。李书福很得意，开着他的"奔驰"进出主管部门，显示造车的成功。

然而，没有轿车的生产资格，就没有生存的权利。李书福从省里到北京，跑遍众多衙门，遭受的都是冷眼和讥讽。他甚至对领导们发出那个著名恳求："能不能给我一次机会，即使失败了，也算体现一次公平。"

但是以李书福的精明，终于摸到了打"擦边球"的门道。他花大钱和四川一家有资质没产品的汽车厂合作，获得6字头的小客车目录。工厂更名叫"四川波音汽车公司"。1998年8月8日，打着小客车"擦边球"模仿夏利的小型轿车"豪情6360"在浙江临海的波音分厂下线，定价6万元。

李书福欣喜无比，备了100桌酒宴庆贺，发请帖遍请各级官员。民营企业造汽车，太不靠谱，当官的大都不敢去，只有浙江省副省长叶荣宝一个人前来祝贺。望着空落落的九十多桌饭菜，李书福饱尝世态炎凉。

申请准生证八字还没一撇，半路杀出一位程咬金。美国波音飞机公司找到国家经贸委，尽管它注册的产品范围中没有汽车，也不许李书福叫波音。

当时，李书福和我说，他一直坚信，中国入世后，轿车业的这些

"准入门槛"将不再被允许了。他在宁波北仑征地1000亩建厂，公司从此更名为浙江吉利汽车。

2000年，四缸电喷环保型轿车吉利"美日"在宁波下线，售价创下全国同类轿车最低价位的纪录。但是直到入世在即，7月份国家经贸委发布的车辆产品公告中，吉利轿车依然榜上无名。

几天后，《中国企业家》杂志刊登了我参与策划的封面文章《生死李书福》。我在为这组文章所做的点评中，有些激愤地说："一些部门的这种回避竞争的管理政策，最后会害死李书福们，也会害死中国汽车工业，白白要了五六年的保护期，全浪费掉了。"

华晨，大象无形

1999年初冬，应华晨董事长仰融的邀请，我在清华大学第一次看到"中华"。说实话，当时我被惊得目瞪口呆。

这辆黑色样车雍容、圆润，比起当时世界最成功的车型设计也毫不逊色。出自乔治亚罗大师之作的B级车，开了中国轿车设计的先河。

仰融谦虚地告诉我，他造轿车，是受我1993年访问韩国现代汽车后，在《瞭望》杂志发表的《现代启示录》一文的启发。民营企业华晨收购沈阳金杯汽车以后，他把我的文章，复印了发给每位董事阅读，最后董事会确定，借鉴韩国现代自主研发本国汽车的思路，高起点进入轿车领域。他概括华晨自主开发轿车的理念："中华在我心中，世界为我所用。"

中国汽车工业长期最稀缺的资源就是钱。仰融是第一个给汽车业接通金融管道的人。他最精彩的第一笔，当属1992年10月9日，华晨汽车经过一番令人眼花缭乱的金融运作，破天荒地在纽约证券交易所挂牌上市，开中国企业海外上市的先河。

中华轿车生产工厂的起步，也是自主品牌中的大手笔：在沈阳工厂，库卡公司的焊接线、杜尔公司的涂装线、德申克公司的总装线，与美国通用、德国大众在上海的新厂是同样的设备。后来宝马坚持和华晨合资，一是看中了华晨的机制，再就是看中这条世界一流的生产线。

2000年12月16日，中华轿车在沈阳下线。两辆新车穿过地球和国旗组成的背景板登台亮相。

尽管和宝马的谈判还在紧锣密鼓，仰融的思绪已经跳到另一个超越时代的新冒险。到宁波建立一个年产150万台的发动机工厂，生产即使今天在世界仍然处于领先水平的涡轮增压直喷发动机。

华晨当时的另一个大手笔是英国罗孚项目。双方谈定先合资建立产品开发公司，共同开发罗孚45、25、75三个车系的新车型，全部搭载华晨发动机，中英双方用各自品牌生产。

2002年，形势突然逆转，按照国务院的要求，华晨的原挂靠部门把它下放给辽宁省。交接中，风波骤起，发生了华晨按合同给宁波项目分期打款的事。此举被当时的辽宁省政府领导解读为抽逃资金，掏空金杯，双方由此翻脸。5月，仰融出走美国，宁波发动机项目与罗孚合资开发项目双双流产，让人痛惜无语。

通用汽车的新世纪眼光

6月，我作为唯一的中国媒体代表，飞到意大利的布雷西亚，参加当时世界500强之首通用汽车公司的"21世纪，通用和世界汽车工业的未来"研讨会。与会的是通用汽车全体高管层，以及来自全球50位最有影响力的汽车媒体人和金融分析家。

我和顾元参加在意大利召开的通用汽车研讨会期间留影

布雷西亚就像是小号的日内瓦，环抱着意大利最大的淡水湖。阳光明媚却不灼热，水天一片湛蓝，红瓦黄墙的古堡掩映在绿树丛中。选择这样一片安谧的净土，倒能让人心平气和地畅想世界汽车全球化的未来。

说起会议文化，美国人和中国人天差地别。会场的座席呈椭圆状排成外高内低的三层，有点像古罗马元老院开会的布置。没有既定的座次安排，更没有领导席。每个座位前面的桌上放一个空白的桌签，与会者进入会场随意选定座位，在桌签上填写自己的名字。我注意到通用董事长史密斯毫不张扬地坐在后排的一根柱子旁边，挨着一位美国记者。

人们坐定，担任主持人的是时任通用首席执行官的瓦格纳，他拿着话筒，在会场中央一边踱着步，一边在做主旨演讲。他说，我们正迎来一次兼并浪潮，一次重大的关键性转变。如果说，20年代的兼

和通用汽车CEO瓦格纳在意大利共进早餐并采访,右边是担任翻译的李国威,他后来成公关圈的大咖"姐夫李"

并是在一个国家里几百个汽车厂合并为几个大公司,而这次重组却是全球性的。今天各大汽车生产商寻求的深层目标是:适应新的市场细分以取得增长、提高规模效益,以及依靠前瞻性的行动掌握自身的命运。

在自由发言环节,身高1米9的瓦格纳大跨步跳上代表席递话筒。出乎我意料,接连几位来自华尔街的金融分析家纷纷对通用投资中国的项目提出强烈质疑——90年代,中国中高档轿车的需求只有几千辆——做出这样的决策,似乎是通用的决策层把股东的钱投到泥潭里。史密斯以及他的搭档承受着巨大压力和嘲讽。

"看来我不能从这个话题滑过去了。"史密斯从后排他的座位上站起来,平静地说,"中国有13亿人,并非所有人都买得起汽车,但是我们看到,中国已经有一部分人达到相当高的消费水平。中国沿海地区人口约4亿,该地区的购买力与大多数中欧国家相仿。而中国轿车销量仅为 65 万辆，比不上一个人口 4000 万的波兰。这难道不能引起我们的思考吗？对于一个有管制的市场，最先进入的企业是一种低成本的进入，会获得可观的回报。但是，我们有个原则，一定把最强的技术和管理带到中国去，要在中国把事情做得最好。"

此后十多年，通用就一直是我观察跨国汽车公司高层运作的窗口。我和瓦格纳，尤其是通用中国公司 CEO 墨菲成为经常坦诚交流的朋友。比如引进旗舰品牌卡迪拉克，放弃引进一款低端厢式车，就是他们完全听了我的建议而迅速更改了既有决策的结果。

主动辞去主任职务

过了国庆节，我做出了一个有关个人的重大决定：主动辞去国内部经济采访室主任的职务，从烦琐的行政事务中解脱出来，专心致志地做一个深度研究国内经济问题的专栏作家。此前国内部也曾经安排戴煌、冯东书、邱原等著名老记者组成机动记者组。我做了四年经济采访室主任，而且把整个采访室管理得井井有条，尤其是给了年轻人一个宽松向上的业务空间。我很知足了。

这一年国内部主任李尚志被要求退居二线。我担任经济采访室主任正是他任上的事。说实话，能坐到这个位置，我自己也感到意外。我实在不会来事，部领导到室里参加会议，一开口讲话，几乎所有人立即掏出小本记录，当时作为副主任的我却从来不记。

李尚志，是一个从胡耀邦时代跑起的中央时政记者。熟知改革开放以来各种重大事件的来龙去脉，他的新闻作品就是历史。李尚志是山东人，很耿直，脾气暴，业务强，没架子。在新闻界我和许多德高望重的前辈都是知己，甚至是没大没小的小老弟。而在新华社的顶头上司，我都只是君子之交。李尚志很认可我的写作能力，他在部值班室签发稿件时，曾拿着我写的稿子和旁人说，这才是真正的新闻。但是我也因为写稿的事跟他对着拍过桌子，在别人看来，不挨整就不错了，经济采访室主任这个担子不会落在我的肩上。

但是我还是被任命为新华社最重要业务部门之一经济采访室的主任。我感谢尚志的正派和慧眼识人，以后的几年，我也用做人和能力回报了他。在我担任主任期间，经济采访室是业务环境蒸蒸日上、人际关系和谐、人才辈出的时期。

半个世纪的成长经历中，我遇到了众多前辈超越常规的认可和提携，所以不遗余力地帮助年轻记者提升做人的素质和业务能力，成为我担任采访室主任时的一种本能的回报与传承。

室里一位刚来不久的研究生，要了新华社采访用的奔驰轿车回母校参加校庆，惊动了校方领导。我开会时告诫年轻记者们，大家都是平民的孩子，以前在家乡见个县长都不容易，现在天天能和部长打交道，自我膨胀在所难免，但是希望大家的这个"膨胀期"越短越好，尽早脚踏实地。我说，一个记者无论见官员还是见百姓，都要永远只比对方"矮半头"，见官员不阿谀，见百姓不张狂，这才是做记者的人格和分寸。

当一个小部门的头儿，不能把部下当作往上爬的踏脚石，而要把年轻人的利益和发展放在肩上，时时像一只老母鸡乍起翅膀护着小鸡。评职称的时候为他们争，受打压的时候替他们扛。有了好的报道线索，先想着为年轻人出点子写好稿子。

那一年开始有了国庆长假，我们全家去了一趟大连，发现各地同时出现了旅游和购物的大热潮，让当时缺乏消费热点的地方经济瞬间升温。回到北京，我与接替我跑国家计委的年轻女记者索研谈起，长假的实行很可能引发一种新的经济现象，建议她马上搜集各部门的数据，写一条有分量的稿子。这个女孩很有灵性，拉上另一位年轻记者贺劲松，两天后写出内容丰厚扎实的述评《国庆放长假，消费掀热浪》，在全国媒体中首次提出"假日消费""假日经济"的概念，以其前瞻性和概括性被评为当年的全国好新闻。

50岁上下，是人生阅历最丰富、精力最充沛的黄金期，能够在工作的最后十年，选择做自己更倾心的事情，并不是每个人都能有的幸运。我主动提出辞去职务的请求，腾出位子给副手。我的要求出乎所有人意料之外，接替李尚志的年轻部主任惊异地称赞我是"德艺双馨"。

说句实在话，本来在我的人生目标中就没有当官的选项。这么说，并不是狐狸吃不到葡萄说葡萄是酸的。从80年代后期，几次宏观部门或报刊总编辑的位置如同实实在在的葡萄送到嘴边，都被我推辞，并且推荐了称职的朋友担任了这些职位。如果说在新华社里有一批心无旁骛就想一辈子留在一线写稿，而且以在身后能为历史留下足迹为追求的记者，我想我能算一个。

那年夏天，国内部在雁栖湖开了一次全体编辑记者参加的业务研讨会，我和另一位老编辑主讲。我谈起当记者三个心得。

一是能够独立思考。我一直欣赏"县委书记的好榜样"焦裕禄的一句话："嚼别人吃过的馍没味道。"靠领导出题，凑材料做文章，可以是个好秘书。全世界的记者，大都是"单兵作战"，要耐得寂寞，独立思考，发现线索，甚至不畏危险，才能写出今天的"独家新闻"、日后仍有价值的历史注脚。

二是"能够听懂"被访人讲述的内容和逻辑。被访者比记者更高明，有满肚子的知识和阅历。记者如果素质不足，自以为是，能听懂都难。如果你有足够知识储备，善于"听懂"，交流中被采访者才会对你敞开心扉。他给你最鲜活的"干货"，你就算中大彩了。许多记者一辈子都没有这个本事。

三是新闻写作贵在直白简练，少用空话、套话。如同白居易的诗，老妪能解。我刚当记者时被告知的写作要求——新华社的新闻，要能让初中文化程度的读者都能看懂，被我遵循了一辈子。我常常和年轻人说，写了上千字的大块文章，回到家在晚饭桌上，能够三言两语把你今天写了什么，和老婆孩子述说明白的，才是新闻写作的最高境界。

最后，我引用了《千手千眼》书中的一段话："新闻是信息的粗制品，浅显而缺乏含蓄；记者的职业生涯却是丰富多彩，投身其中，我终生不悔。"会场上静了片刻，响起热烈的掌声。

卸任后，我被任命为国内部专职编委。说到底，就是在工作上不用再管别人，别人也不管我。利用这种难得的业务自由，其后的十年我全力投入中国汽车发展问题研究，并写出大量不违心、讲实话、有影响力的新闻稿件和著作。

2014年，中国汽车工业建立六十周年，人民网、《汽车商业评论》等媒体评选"六十年50位最具影响力的汽车人"，我获此殊荣，而且是其中唯一的媒体人。

2001
新世纪的第一缕曙光

20世纪的最后一个夜晚,我在澳大利亚采访亚太勒芒汽车拉力赛的最后一站比赛。临近子夜,阿德莱德闹市区的广场上挤满了人,来自世界各地的不同肤色、不同信仰的旅游者和当地人,激动无比地同声数着读秒倒计时。

2001年1月1日0点,千年一遇的千禧年之交降临。教堂钟声骤然响起,鞭炮齐鸣,礼花腾飞。人们欢呼、鼓掌、拥抱,不相识的人也真诚地相互祝福。在阿德莱德,我比中国的亲人们早四个小时迎接了21世纪的到来。

作为世纪同龄人,如果父亲还活着,今年正好100岁。我自出生,也过了半个世纪。我的回忆录《生于1949:半个世纪,半生往事》至此也到了收官的时候。

7月13日,莫斯科,国际奥委会高票通过了由北京举办2008年奥运会的申请。是夜,北京市民的车流自发地涌向天安门,不少车窗里伸出挥舞的国旗,全城一片狂欢。

对于中华民族而言,这无疑是新世纪更具象征性的一缕曙光。

好人吕福源

为赶到底特律采访北美车展,1月2日一早,我一个人从悉尼乘机回国。在飞机上欣喜地遇见老朋友吕福源,他以教育部副部长身份率团去新西兰,用新世纪第一缕阳光为将在北京举行的世界大学生运动会点燃火种。

认识吕福源是90年代初,他刚刚从一汽调到北京,后来一直当到机械部主管汽车的副部长。从悉尼到北京,要飞八个小时,旅途漫长,海阔天空,最好聊天。

谈及即将面临入世考验的中国汽车业,吕福源说:参与全球化,中国必须有自己的支柱行业和骨干企业,汽车合资企业必须建立在双赢的基础上,按中国的长远利益搞。我们有可以和美国比肩的巨大市场。入世在即,人民关心中国汽车能否走出一条成功的路,中国汽车一定要争气。

吕福源"文革"中毕业于吉林大学物理系,分在一个粮管所当电工。靠对调进入一汽红旗轿车厂,从冷气装配工做起,靠着读书钻研,一直做到一汽的总经济师。他思维敏捷,英语纯熟,主持了许多重要的引进谈判,被称为"一汽的基辛格"。

1990年一汽获得了生产轿车的资格。得知德国大众在美国威斯特摩兰(Westmorland)有一座已经停产的高尔夫轿车工厂,一汽派出吕福源和助手李光荣奔赴德国狼堡,就收购进行谈判。因为是一个废弃的工厂,大众要价不高,3900万美元。而一汽为这个项目能够筹到所有的钱,却只有2000万美元。谈了21天,大众让到2500万美元,还是谈不拢,主人只好送客了。

在分别晚宴上,吕福源和李光荣听德国人在彼此闲谈中,谈起奥迪正因为产量达不到保本点,可能要亏损裁员。吕福源突然灵机一动,他在出国前得知,国家计委批准外贸部门进口2万套奥迪散件,在一汽组装后提供给公务车市场。于是他神来之笔地把这条信息当作筹码,在餐桌上当即向大众提出,如果一汽大量购买奥迪散件,你能不能干脆把威斯特摩兰工厂的设备送给我。

大众很感兴趣,于是双方重新谈判。几天后达成的协议,中国方购买14500辆份奥迪散件在一汽组装(其实是外贸出钱);大众把威斯特摩兰年产30万辆高尔夫轿车的全套设备,无偿赠给一汽,折算下来,通过技贸结合,一汽只用了7%的钱得到了这座工厂。

吕福源当即直飞美国,接收大众高尔夫工厂,随后100多名一汽员工来到威斯特摩兰,把上万吨设备拆卸、编号、装箱,运回长春原样重建,建成当时中国最先进的轿车厂。更绝的是,1991年这座工厂又作为一汽投资的一部分,作价进入合资企业一汽大众,成为捷达轿车的生产基地。

吕福源唯一的爱好就是看书买书,我也爱书,却远远达不到他的段位。他和我说过,调到北京工作,最大的乐趣就是北京有中国最大的图书馆。他们在北京安家的第一个星期天,夫妇俩就带着儿女,背上面包和水壶,过节似的直奔国家图书馆,流连了整整一天。吕福源出国,公务之余的时间全用来逛旧书店,当时出国发的外币零花钱,一般人都攒下来买彩电冰箱等大件,吕福源则全部用来逛旧书店买书。直到他去世,家里用的还是当年一汽知青三产木器厂做的旧床、旧桌椅,唯一添置的新家具就是三个新书架。

2002年,吕福源被任命为中国新组建的商务部首任部长。当年9月,他率领中国代表团第一次以正式成员身份赴墨西哥坎昆参加世贸组织第五届部长级会议。出发之前他被查出患了癌症。在坎昆,他坚持参加了25场双边和多边会议与磋商。拖了一个多月,他才住进医院。但是手术的最佳时机已经错过,2004年5月18日,59岁的吕福源去世。

19日一早,我还没有起床,朋友打电话告诉我这个噩耗,我立刻扑到电脑前,一口气写了一篇长文《好人吕福源》,并且马上发到网上。稿子发出后我才发现,一个多小时,我一直光着脚踩在地上。

华尔街,纽约证券交易所

迎接2001年新世纪到来的装饰物在曼哈顿街头还随处可见,作为一个中国财经记者,我第一次访问了坐落在华尔街的纽约证券交易所。纽交所大楼并不像想象中那么宏伟,花岗石的大门仅够两个人并行而过。经过严格的保安检查,工作人员领我们进入交易大厅二层的回廊。

9点半,这天并没有大人物来敲开盘钟,一个普通而繁忙的交易日开始了。俯身望去,刚刚开市的交易在大厅里有条不紊地进行。没有人疾走,甚至没有紧张的神色,据说,这也是一条不成文的行规,为的是保证整个交易的平稳公正。

这座有205年历史的大厅,充满历史的沧桑,四周是幽雅的花纹大理石墙壁,屋顶点缀着金色的花形雕塑。14个交易岛在不很宽敞的大厅里显得有些挤,尤其连接各交易岛的金属电缆架,像一个巨大的金色蜘蛛颇有些不协调地盘踞在半空。二楼回廊窄窄的电视墙滚动着股票行情,写着"NYSE"的深蓝色布标张挂在四周,迎接圣诞和新年的花环也还未摘去。在我们这边的回廊上,是诸多媒体的"观察哨",CNN、CBS、NBC甚至设有专门的电视转播间,捕捉着交易的微妙变动。

这里是不折不扣的世界证券交易中心,是国际经济的晴雨表:前一天,2001年1月4日,成交21亿股,交易量800亿美元;而三年前每天只有两三亿股,1967年每天只有1000万股。整个股票市场趋于活跃,一两美分的涨落也会促成交易。

2001这一年,3500家企业在纽交所上市,其中13家中国企业,9

纽约证券交易所大门没有想象中的气派

家香港企业，今天看真不算多。纽交所市值最高的是一家基金，每股2600美元。中国上市公司中最活跃的是中国电信和中国石化，而中国企业最早在纽约上市的是一家汽车公司——1992年上市的华晨汽车。

陪我们参观的是一家证券公司的经理布洛根（Brogen），他的公司在交易所代理通用汽车公司（GM）的股票交易，并在交易岛拥有一个交易员席位。他把我们领进交易大厅——这是一种难得的优厚待遇。布洛根先生介绍说，众多交易现在已经通过计算机进行，但是大宗股票交易还是由经纪人直接找交易员下单，他的公司就代理着通用汽车公司85%的股票买卖。

站在交易大厅，里面并没有想象中的嘈杂，西服革履的经纪人侧着身在你身边匆匆走过。每个交易员有一个固定号码，挂在交易台席位上方。尽管他们身边的柜台上有一个折叠皮凳，但个个都是倚着交易台站着，像一个守着货摊的商贩，一边接助手递过来的电话，一边和找上门的经纪人交易。布洛根告诉我们，大厅里一共有 330 个这样的凳子，看似平常，却价格不菲，每把要价 200 万美元。

走出纽交所，天上飘起鹅毛般的雪片，拐过街角，纽约地标双子座的世贸大厦被大雪遮挡得越来越模糊，进而消失。

混合动力是一种"道"

春天，樱花盛开时节，我应邀到位于日本爱知县的丰田汽车公司采访，试驾了刚刚面世不久的混合动力车"普锐斯"。

混合动力，顾名思义，同时装有汽油发动机和电动机两套系统。汽车在行驶中，把怠速、制动、滑行时原本浪费的点滴能量收集起来，变成电能，存在蓄电池里。在加速和上坡时两套系统同时出力，劲头十足；平稳行驶时，由蓄电池驱使电动机单独出力，不再烧油。

我见到了从 1997 年开始，一门心思坚持研发混合动力的工程师内山田。此后我们多次见面交谈，成为朋友。他最后做了丰田唯一工程师出身的社长。

在爱知县的丰田会馆，院子里有一块写着"锲而不舍"的石碑，作为一个汽车企业，丰田的伟大之处正在于此。

二十多年过去，丰田心无旁骛地研发混合动力，普锐斯如今已经做到第四代，依靠回收的能量发电驱动电动机，可以担当 40% 的行程。每百公里油耗最终下降到 3.2 升。

在新世纪全球变暖的压力下，汽车业纷纷转向以电驱动作为节能减排的对策。从广义上说，所有新能源车都将采用电驱动，尽管各种技术方向选择层出不穷。

几年后一次见面时,我问内山田,为什么丰田还在锲而不舍地提升混合动力一点一滴的节能效果?内山田微笑着在纸上给我画了一张图。以混合动力车 HEV 为圆心,拿掉汽油发动机,加上外接充电功能,就是纯电动车 EV;加一个电插头,就是插电式混合动力 PHEV;把发动机换成氢燃料电池堆,就是氢燃料电池车 FCEV。一张纸涵盖了全球汽车业新能源的所有研发方向。丰田通过一千万辆级别混合动力车的累积,进行完善与打磨,在电机、电池、电控"三电"的耐用性、成本控制、产品综合实力诸方面,都可以成为丰田推出各种电驱动车型的优秀基础部件。

我也一下子悟出,丰田把混合动力看作一种"道",贯穿在所有新能源技术的选择中。这张图,后来成为丰田有名的新能源电驱动的路线图,也成为全球汽车业的共识。

家轿与入世,两大推举力迎来十年"井喷"

对于中国经济来说,21 世纪的第一年,还是两个重要的新节点:一是百姓不得拥有私家车的禁忌彻底终结;二是中国正式加入世贸组织。两大推举力给 21 世纪中国社会与经济注入巨大的活力,超出了任何人的想象。

3 月 15 日,延续五十年的在中国只有公车没有私车的格局被彻底打破:全国人大通过的《十五规划纲要》首次提出"鼓励轿车进入家庭"。

从 1989 年 1 月开始,我公开在媒体上呼吁轿车进入家庭,一开始被人看作痴人说梦,前后执着十二年,"鼓励轿车进入家庭"终于成为国策。我多年的梦想和努力终于成真,但是我对私家车的认识仍在不断升华。

3月16日，新华社开辟并播发了我的个人专栏《门外车谭》。在开篇文章中，我写道：

> 家庭轿车是一种权利。享有轿车文明，是一个现代社会，尤其是一个社会主义国家老百姓应有的权利。这种权利的实现，既不是政策限制能够永远阻止，也不靠领导人明智善举所赐予。政府部门应该做的，是采取有效措施，发展汽车工业，改善使用环境，制定严格的环保与安全法规，从而保证老百姓追求更高生活质量的基本权利的实现。
>
> 认可轿车进入家庭，折射出的正是中国老百姓从义务本位向权利本位转变的一种进步。

顺便说，我的《门外车谭》，是新华社正式播发的第一个个人专栏，每周一期，播发长达十年不曾中断，是新华社历史上绝无仅有的一个孤例。《门外车谭》后由新华出版社结集出书。我退休后专栏转为在新华网上继续刊登。如今演变为微信公众号"安定洞察"。

2001年11月10日，狼，终于来了。中国打破五十年的自我封闭，被世贸组织接纳，承诺接受全球化贸易规则的约束和享有通畅互惠的市场开放。

正如李书福所说：我渴望中国入世，到了那一天，对于外国企业和中国民营企业的限制，都将不复存在了。

11月9日，中国入世前一天，国家经贸委发布了第六批《车辆生产企业及产品公告》，吉利JL 6360终于榜上有名。民营企业造汽车第一次得到政府的认可，成为中国汽车史上一件"破天荒"的事件。李书福和吉利，在中国入世的节点上享受到和国企、合资企业相同的"国民待遇"。

吉利、夏利、赛欧、捷达、富康，从此都把销售的主战场转向私

《门外车谭》封面,新华出版社,2005 年　　《车记:亲历·轿车中国 30 年》封面,生活·读书·新知三联书店,2011 年

家车。

2001 年于是也被我称为"中国家庭轿车起步年"。

家轿和入世的冲击波持续奏效。第二年,中国轿车产量从上年的 70 万辆增加到 110 万辆,增长了 53%!这让全球汽车业目瞪口呆。更让人们没有想到的是,从此"井喷"一词,几乎陪伴了中国汽车市场整整十年。

2001 年,年销 70 万辆轿车的中国市场,与年销 1500 万辆乘用车的美国相比,对汽车跨国公司来说,市场想象空间实在太大,太诱人。入世后,中国对国外车企的准入限制逐步放开,美国通用、福特、克莱斯勒,德国大众、奔驰、宝马,日本丰田、本田、日产,法国雷诺、标致雪铁龙,意大利菲亚特,韩国现代、大宇、起亚,几乎全世界主要汽车品牌都在中国找到了合资伙伴。

以前人们关注着,又有谁来到中国?现在悬念没有了,该来的

吉利收购了瑞典沃尔沃汽车，董事长李书福和沃尔沃团队在 XC40 新车前合影

全来了，汽车"世界杯"转移到中国举办，余下的将是更加激烈的竞争。

狼来了，中国汽车业并没有此前人们担心的那样全军覆没，相反，在"与狼共舞"中站稳了脚跟。

中国老百姓终于第一次可以在市场上像选购彩电冰箱一样选购轿车了。这在几年前还都是中国人做梦都不敢想的事。

更让人们不可思议的是，从 2001 年到 2010 年十年间，轿车年产量从 70 万辆一跃达到 1000 万辆，其后最终在 2016 年以 2800 万辆的产销规模超越美国，成为世界第一大汽车大国。

2009 年在全球竞争中崛起的吉利收购了瑞典豪华品牌沃尔沃，李书福梦想成真。

一个中国人在伦敦感受的"9·11"

2001年9月初,我和同行吴迎秋去西班牙巴塞罗那试驾菲亚特全新开发的新车Stilo,随后我飞到英国曼彻斯特,和一批中国记者在小城克鲁采访大众刚刚收购的宾利工厂。

9月7日,我们乘大巴经过莎士比亚的故乡斯特拉堡,当晚到达伦敦。

本来第二天我们要飞去德国法兰克福看车展。但是一个签证上的差错,迫使我一个人滞留在伦敦,等着六天后飞到布拉格与团队会合。

我拖着拉杆箱,乘地铁来到大英博物馆附近的罗素广场,入住一家三星级的帝国酒店。我并不沮丧,甚至有些欣喜,虽然之前来过伦敦两次,都是走马观花,我计划接下来的五天时间,在大英博物馆、国家美术馆、自然博物馆做一次奢侈的英国博物馆深度游。

我手上的外汇有限,饭店的自助早餐虽然单调,但是我使劲儿吃饱,省去一顿午饭(以致后来很长一段时间,我看到煎培根和熏三文鱼就倒胃)。傍晚则到附近超市买一些打折的面包、熟食与水果当晚饭。

穿过罗素广场,就是大英博物馆很平易近人的后门。上一年在博物馆和大英图书馆之间,加盖了钢网玻璃圆顶的休息厅,与罗浮宫的玻璃金字塔有异曲同工之妙。在这里我买了一本介绍博物馆的中文画册,作为导览,边阅读边参观。随后几天,从古代远东、埃及、希腊、古罗马、中国、东南亚、欧洲、北美、伊斯兰、非洲以至现代建筑馆无一遗漏,从每天上午10点开馆,一直看到5点半闭馆。

世界三大博物馆中,巴黎卢浮宫、纽约大都会博物馆的门票价格不菲,英国的国家博物馆和国家美术馆却全是免费的,真好。

大英博物馆最精彩的馆藏当属埃及、希腊部分。埃及木乃伊及棺椁彩绘精美,尤其木乃伊面具如同人像彩照,难以想象这是两三千年前的绘画。木乃伊的展示，多达三个展馆，有猫狗的木乃伊，也有穷人的埋葬方式，曲体塞入木板箱。

希腊馆里不单爱神、太阳神栩栩如生，更有来自希腊雅典帕特农神庙的大批精美雕塑。帕特农神庙建于公元前5世纪，供奉女战神雅典娜。19世纪，英国人把神庙的三角山墙上的诸神和旗手队列雕刻全部从希腊雅典运回了英国。如果不去评论历史上列强的掠夺留下的仇恨，能够一览无余地看到这些人类文明的瑰宝，作为一个开始走出国门的中国人真是大饱眼福。

9月11日，轮到了参观中国馆，没有想象中那么精彩。青铜器、瓷器为主，有一幅不大的敦煌壁画，据说一些珍贵的藏品还一直放在仓库的木箱里，没有展出。下午，我下到地下室，进入伊斯兰馆。发现身边的警卫接听对讲机，面色惊恐，似乎出了什么事。

步行五分钟，我回到饭店，随意打开电视，屏幕上出现了正冒着浓烟的纽约双子座世贸大厦。只见一架客机直直地拦腰撞上大楼，引起巨大的爆炸起火。隔一会儿，又一架飞机像鸟一样飘来，绕到楼后，火球顿起。在大火和浓烟的吞噬下，大楼仿佛不堪重负地层层叠叠地坍塌，压缩成一片灰尘缭绕的废墟，我不禁大惊失色。过一会儿，电视画面又切换到被飞机撞毁了一角的位于华盛顿的五角大楼。虽然听不大懂，也猜出了个大概。这不是好莱坞大片，而是真正的灾难。

打电话给当地的朋友，得知这是一场恐怖袭击，是恐怖分子劫持的三架民航飞机所为。美国机场已经全部关闭。

六十年前，数百架日本零式战斗机在珍珠港做不到的事，恐怖主义者竟能轻易得手，世界政治格局的下一步走向不得而知。

傍晚时有人敲门，开门看，是酒店的主管和服务员，问我是否需要什么帮助？并嘱咐要注意安全。我下楼到大堂，看到周围的人不是恐慌，而是在互助，即使对于我这样一个被卷入困境的中国人也充满关切。

第二天一早，餐厅里气氛凝重，桌上英国报纸的标题是"Last

2001年9月11日恐怖分子劫机撞毁纽约世贸大厦

War of America"。

尽管有恐怖分子当天要袭击伦敦金融街的传言。我仍然去了市中心，花6英镑买票进入威斯敏斯特大教堂。沿墙是历代英国国王、主教和名人的墓葬。12点整，教堂里响起一个沉重的女声，谈起昨天在纽约发生的悲剧，请正在教堂里的人们站立为遇难者默哀。

很遗憾，我用"9·11"——发生在21世纪元年的最重要的一件大事——来结束这本书。那次恐怖袭击共有2977位无辜的受难者，其中包括343名纽约消防队员。

也就是因为这次灾难，中国成为世界反恐阵营中的一员，充分享受了全球化带来的高速发展红利，后来又成为"人类命运共同体"的积极提倡者。

2001年的当下，我感到了一个新时代的切换，中国融入全球化，对世界、对中国都是机遇。

新世纪留出无尽的想象空间，恐怕远远超过我当时所能做出的最大胆的预想。

后　记

尊敬的读者，你能拿起这本书，一直读到这篇后记。作为写书人，我由衷地谢谢你。

按照书名《生于1949：半个世纪，半生往事》，这本书应该从1949年写起，记述上个世纪后半叶我的前半生——我、我的家人，我的生活经历，以及时代大潮映在我们身上的光影。

但是后来我决定把从出生到插队之前的这二十年，压缩成很短的一章。也许这一段岁月包括太繁复的历史背景，以一个人少年时的回忆，很难把握分寸。

作为共和国同龄人，这本书主要记下的是我人生的"前半场"。后面新世纪的二十年，还没有来得及沉淀。

一个普通中国人，一生没做过轰轰烈烈的大事情，甚至没经历过大的坎坷。写出半生回忆的意义何在？

我喜欢看上世纪初的黑白老照片。那些见面相互屈膝打躬的旗人，那些在街头给人理发的剃头挑子，那些骆驼队和手推车进出的城门楼子，镌刻下一个时代风土人情的历史印记，让我兴味盎然。

在这本书里，我用系年方式不曾间断地记述下半个世纪身边流淌的事件。这段时光，在今天的"九〇后"和"〇〇后"们看来，就像我当年看民国初年老照片一样久远。虽然有点浮光掠影，但是其价值就在于细节的平凡和真实，在于原生态。以我们之间的世代差，我就是老照片里那个挑着剃头挑子、走街串巷的人。

当下芸芸众生的口述历史方兴未艾，但是我觉得如果有能力，经过深思熟虑，认真用笔和键盘记下自己的一段历史脚印，会更真切，更准确，更是历史全景中可信的一部分。这正是我的尝试。

历史长河是由涓涓细流汇聚而成的，我和我的一家人无非就是其中的一瓢水。既有和同时代人相仿的共同命运，也有各不相同的独特人生。

大河滚滚向前，逝者如斯夫，不舍昼夜。赶上一个巨变也是剧变的时代，我想用亲历者的笔，为历史留下多一些注脚和细节。

虽然是一本凡人记事，但却不乏我对中国发展的重要进程和人物不经意间的观察和写照，且不说我的一生有幸切入了历史的边缘。

追忆似水流年，我几乎都不敢相信：在我的每个人生节点，都有人伸出手给力地拉了一把；而在漫漫长路中，我又几乎出自本能地规避了一些会让人迷失初衷的选择。从这一点来说，我的一生近乎传奇。

我把做人的一个很高境界称为"好人"，我很庆幸，我的生活经历让我遇到了许多"好人"——对国家、对社会、对我，都当之无愧的"好人"。

在这本书里，我也用简短的篇幅记下了我的先辈和家人们对这个国家所做过的奉献，以及生活中的艰辛与奋斗，作为我对先辈的敬意和对家人的一份交代。

　　　　　　你们的朋友　李安定
　　　　写于 2020 年那个难忘的春天